观|文|馆

发 现 更 好 的 自 己

新三届
致新生

XIN SAN JIE
ZHI XINSHENG

主编——
东方平　少　达

广西师范大学出版社
GUANGXI NORMAL UNIVERSITY PRESS
·桂林·

图书在版编目（CIP）数据

新三届致新生 / 东方平，少达主编. —桂林：广西师范大学出版社，2018.3
ISBN 978-7-5598-0565-2

Ⅰ. ①新… Ⅱ. ①东…②少… Ⅲ. ①回忆录—作品集—中国—当代 Ⅳ. ①I251

中国版本图书馆 CIP 数据核字（2017）第 330152 号

广西师范大学出版社出版发行
（广西桂林市五里店路 9 号 邮政编码：541004
网址：http://www.bbtpress.com）
出版人：张艺兵
全国新华书店经销
广西昭泰子隆彩印有限责任公司印刷
（南宁市友爱南路 39 号 邮政编码：530000）
开本：787 mm × 1 092 mm 1/16
印张：18.5 字数：300 千字
2018 年 3 月第 1 版 2018 年 3 月第 1 次印刷
定价：48.00 元

序一

高考，一代人与一个国家的故事

| 张墨宁 |

高考恢复是一个起点，而真正决定他们（恢复高考后的三届考生）中的许多人成为未来40年里国家发展的中坚力量的，是其后的大学学习经历和一代人的整体思想格局。

从1977年10月恢复高考制度的消息公布，到当年12月参加考试，数百万人的命运以及改革开放即将启动的人才储备，正是在这不到三个月的时间里被决定的。从“老三届”开始，20世纪70年代末参加高考的这一代人以这场考试为起点，逐渐走上了历史舞台，在政治、经济、思想等领域开始承担起了构建新秩序的历史重任。

高考，改变了一代人的命运，也改变了这个国家的命运。由此，一个谋求伟大复兴的国家重新回到了制度性培养知识分子和遴选精英的轨道上。

个人命运的转折

回忆40年前的那场考试，几乎所有亲历者都把它看作个人命运的转折。1977年10月，政治形势并不明朗。在田间地头、车间农场劳作的年轻人第一时间通过广播得到消息的时候，他们看到的仅仅是生活轨道将发生改变的可能。

翻阅各种回忆录，我们会发现所有人的记忆都趋于一致，无论他们彼时在哪里，做着什么样的工作，都有着共同的对现状的苦闷和对前路的茫然，而恢复高考的消息带给那一代年轻人的冲击是他们的青春岁月里最深刻的记忆。

湖南湘潭钢铁厂刚出徒的电钳工熊晓鸽从工厂广播中得知消息时，简直“难以相信自己的耳朵”，他向工厂请了两个星期的假，开始备战高考。父母为了让他安心复习，把自己住的房间让了出来。整整半个月，他都在这间屋子里闭门苦读，床上堆满了复习资料。

两个多月后，熊晓鸽被湖南大学英语系录取，虽然与心仪的工业自动化控制专业失之交臂，但总算进入了离家最近、当地最好的大学。后来，他成为 IDG 资本全球董事长，被称为中国“风投教父”。

现担任哈佛大学高级研究员、中国与全球化研究中心主任、中华海外联谊会常务理事的王辉耀是广州外国语学院 1977 级学生。他“接受再教育”的时间虽然只有短短一年多，但是在四川茅屋中与老鼠共眠、下雨天只能光脚行走在泥泞小路上的日子，让他很快就感觉到身处“广阔天地”的残酷之处。也是在广播里，他听到了消息，“改变命运的机会来了，冥冥中感觉一直在等待这一刻”。

同样觉得机会来了的，还有著名导演张艺谋。在此之前，他下乡插队，做了三年农民，后又调进咸阳棉纺织厂，当了七年的搬运工。北京电影学院 1978 年才开始全国恢复高考后的首次招生，张艺谋趁着去沈阳出差的机会，带着一包煮熟的鸡蛋赶赴考场。

在贵州一个小县城的供销社当工人的葛兆光从收音机里听到消息时，他的第一反应是不敢相信，并接着忙他的秋收采购，直到从乡下回到县城，才确认真的要恢复高考了。这时候离高考只有一个多月了，而葛兆光的理科基础并不好。1966 年上初三之后，学校就开始停课了。1968 年，葛兆光来到贵州凯里的一个村庄当了知青，后来又到砖瓦厂、农药厂工作。从没有学过物理、化学的他只好选择文科，但又没有学过高中数学，只好硬着头皮用一个月时间把高中数学学了一遍。北大中文系当年在贵州招生仅有两个名额，高考时已经超过 25 岁的葛兆光幸运地被他的第一志愿录取。可以说，曾任清华大学历史系教授、复旦大学文史研究院首任院长的葛兆光正是从北大中文系古典文献专业开始了他的学术之路。

身份反差，这是今天人们回忆 40 年前那场考试时最直观的印象。1977 年参加高考的有 570 万人，被大学录取的仅有 27.3 万人，1978 年高考有 610 万人报名，最终录取了 40.2 万人，这些人中的大多数像王辉耀、张艺谋、葛兆光他们一样，前一天还做着机械重复的体力劳动，拿到录取通知书的时候便摇身进入了另一个阶层。这样的对比使得他们的经历看起来很像今天的"逆袭"。

但实际上，这种个人命运的转折并非戏剧化和偶然性的结果，他们中的佼佼者原本就从未放弃读书。葛兆光下乡时带的一箱书里有《宋元学案》《明儒学案》，王辉耀在父母亲的鼓励下一直坚持学英语和各种知识。他们的身份转换只是一个国家回到正常发展秩序的结果。他们进入大学后开始了纯粹的求知生活。那些曾经的磨砺和压抑也给了他们其他任何一代读书人都不具备的生活经验，这些都是求知若渴的来源。

与此同时，从特殊的政治氛围中成长起来的人们对于种种变化格外敏感，那一代大学生经历了真理标准讨论、十一届三中全会等一系列重大事件，改革开放也开始启动。家国天下的情怀就是在这样的氛围中产生的。

北大和清华分别提出的两个口号——"振兴中华"和"从我做起，从现在做起"，是那个时代最有影响的精英认同。学者许纪霖后来回忆，那时候的大学校园里，到处都是有关国家建设的讨论和辩论。

参与改革和法治建设

曾获得"中国反倾销第一人""亚洲地区最优秀仲裁律师"称号的陶景洲回忆，在法学名师的影响下，他们七七级法律系的 82 名新生开始接触新的知识领域，常常在宪法与行政法学大师龚祥瑞的小院里一起讨论欧美法律问题。

北大法律系七七级后来被称为法律界"黄埔一期"，有的进入了政法系统、政府部门，比如曾担任最高人民法院立案庭副庭长的马迎新，曾任北京奥组委法律部部长的武树臣，曾任司法部法制司司长的杜春；有的则继续从事学术研究，成为法学领域颇有建树的学者，如北京大学法学院前院长朱苏力，北京大学法学院教授姜明安，曾任华东政法学院（现华东政法大学）院长的何勤华等。

七七、七八级的法学“明星班”还有西南政法学院（现西南政法大学）七八级。2016 年年底，十二届全国人大常委会第二十五次会议经过表决，任命了新设立的第三、第四、第五、第六巡回法庭庭长、副庭长。

至此，六大巡回法庭的“一把手”中有三位是西政七八级本科生：江必新任第三巡回法庭庭长，景汉朝任第二巡回法庭庭长，李少平任最高人民法院副院长、第五巡回法庭庭长。

西南政法大学在举办七八级校友入校 30 周年纪念活动时曾做过一个统计，这届学生中担任过省部级领导职务的有 14 人、担任过厅局级领导职务的约 100 人、知名的法学学者近 100 人。

大约在 2007 年前后，拥有经济学和法学背景的官员开始在新一轮的代际交替中崭露头角。此时，距离他们上大学已经 30 年。普遍进入“知天命”年纪的政界精英到了收获成果的旺盛期。

在过去的几十年中，党政事务重心向经济转移的变化让这些专家型官员得以发挥所长、积累丰富的从政经验，随着治国理政思想的变化，法治化进程需要吸收更多拥有法学思维的人才。北大经济系七七、七八级就有至少 9 位省部级官员。

这样的例子还有很多。

他们密集分布于各个场域，无论他们的话语权和影响力源自权力、学识还是在改革进程中发挥的作用，都给这一代大学生附加上了集体的光环。他们既是高考制度恢复的受益者，也是新旧交替以及一个国家回到理性发展道路上的承担者。在时代的浪潮下，个人经验以及智识反而成了退居其次的成功因素，他们身上共同的精神气质才是最鲜明的符号。

在理想主义与现实主义之间

那一代人的青春是在两个极端中度过的，前半程劳作乡野，后半程潜心求学。

投射在他们身上的精神气质可以用兼具理想主义和现实主义来概括。

这一点，在商业领袖身上也有所显现，冯仑和李东生就是七七、七八级的企业家代表人物。即使没有上山下乡的经历，冯仑的身上也依然具有那代人共同的底色。1977 年，18 岁的应届高中毕业生冯仑参加了高考，进入了西北大学。

后来回忆时，冯仑说，那时候很多同学都去农村插队了，高中校园里完全没有紧张备考的气氛，直到高校招生推荐制被废除，全国各地才沸腾起来。经过几个月的复习，冯仑被西北大学新设立的政治经济学专业录取。他的大学同班同学有后来的知名经济学家刘世锦等。

这一年，现任 TCL 董事长李东生也参加了高考。1974 年高中毕业后，他成为知青中的一员，到了广东惠阳马安农场，四年后考入了华南工学院，也就是现在的华南理工大学。

与其后出身于农村的大学生不同，“新三届”的农村生活经验是一种制度性安排的结果，知识与个人命运以及一个国家的现代化进程的联系也因此被中断。当他们回到城市，回到阶层流动的正常轨道时，再去观照底层社会就有了更多的代入感。

28 岁的知青周其仁听到农场的高音喇叭播出恢复高考的消息时，已经是 1978 年春天了。此时，他已经在中俄边界下乡整整 10 年。在这里，他学会了割草、狩猎、锄地，也喜欢发表高见。闲暇时，就在窝棚里翻读着父亲从上海邮寄来的书刊，如郭大力和王亚南翻译的《资本论》和《国富论》。

一边是几乎自给自足的狩猎和畜牧，一边是亚当·斯密的“分工水平是理解经济现象包括富裕程度差别的一个关键”，带着这样的冲击和疑惑，周其仁来到了中国人民大学经济系。那段生活，大约是他一直以来倡导真实世界的经济学的开端。

有学者曾撰文称，改革开放后，七七、七八级大体扮演了新思想的传播者、旧秩序的改革者、新体制的维护者三种角色。他们初进大学适逢反思“文革”，在现实与理想的巨大落差之间，他们带着来自底层社会的现实感，吸收各种思潮观点，对旧关系、旧观念进行批评乃至反叛。当他们走出大学时，中国的改革开放正在紧锣密鼓地进行，他们理所当然地成为与时代同行的改革者，虽然有过辗转反复，但无论改革还是游离，都与他们青春时代的生活经历密切相关。

他们身上的光环终将随着历史而消退，但个人命运的转折将始终具有高考制度的标本性意义。时至今日，高考依然是精英与主流社会之间的沟通渠道，未来仍将不可替代。它虽然不是完美无缺，但依然是改变个人命运最有效的途径之一。

40 年过去了，这一制度对年轻人的意义从未改变。

（本文作者系《南风窗》原记者）

序二

1977年恢复高考的来龙去脉

| 樊克宁 |

1. 周恩来批极“左”

挽救高考“一寸寸掘进”

1971年，“文化大革命”已进行了6年，大学也已停止招生6年。也正是在这一年，林彪出逃，在蒙古温都尔罕坠机身亡。

1972年恢复招生　工农兵大学生诞生

林彪事件后，周总理抓住机会批极“左”路线，指出“现在没有书读了，这完全是思想垄断，不是社会主义民主”。

1972年恢复招生，高校进入工农兵大学生时代。

这时，教育部已被撤销，管教育的是国务院科教组。科教组向吉林省借人，为恢复大学招生搞调查，写简报。1960年从东北师大毕业后留校当教员的杨学为由于参加过东北师大的招生工作，就被借调到科教组。

1971年，在张春桥的把持下，《全国教育工作会议纪要》(简称“全教会纪要”)抛出“两个估计”，其一为17年来的教育战线“几乎全是旧的一套”，其二为知识分子的“世界观基本是资产阶级的”。这“两个估计”，全盘否定了新中国成立后的教育战线和知识分子。

根据这个“全教会纪要”，1972年大学恢复招生，不恢复高考；不招应届高中毕业生，而是招“有二至三年以上实践经验的优秀的工农兵，一般应有相当于初中以上文化程度”；执行十六字招生办法：自愿报名、群众推荐、领导批准、学校复审。这就是工农兵大学生的由来，也是后来1977年恢复高考时被颠覆的主要内容。

“39号文件”出台　智斗“全教会纪要”

1972年7月15日至8月9日，国务院召开了高校停止招生6年后的第一个高校招生工作座谈会。杨学为作为会议工作人员，见证了国务院“39号文件”即《关于高等学校1973年招生工作的意见》的产生过程，参与了“39号文件”对“四人帮”的“全教会纪要”所做的两处重大修改。这两处重大修改，是周总理同极“左”路线进行斗争的“一寸寸的掘进”。今天回忆往事，杨学为说这是“激动人心的时刻”。

两处修改都是关于“文化条件”的。

第一处修改，是将“全教会纪要”规定的大学招生文化条件“一般应有相当于初中以上文化程度”，改为“目前，应保证学生具有初中毕业以上的实际文化程度”。这句话中增加了“目前”作为时间限定，为将来再次修改埋下伏笔；增加了“毕业”作为必须强调的条件，因为在北大、清华的试点中，有未达到初中毕业文化水平的人也上了大学；增加了“实际”以针对当时很多学校不上课，即使毕业也不一定有初中毕业的实际水平的情况；增加了“保证”以确保生源的初中毕业文化水准，也为实行文化考查提供了依据。

另一处修改，是在推荐制招生办法之外增加了“文化考查”。在当时政治背景下，“文化考查”虽然不是高考，但实质是起考试作用，因此考查结果就应在录取时起作用。这是一个非常重大的举措，因为“文革”正是以废除高考为“突破口”的。当时的政治环境相当凶险，杨学为记得，在加上“文化考查”后，科教组负责人迟群又加上了一句暗藏玄机的话：“同时也要防止‘分数挂帅’。”

“39号文件”发向全国，凭着“文化考查”这一条，不用动员，中小学生的学习风气有所好转，下乡知青也开始读书了。与此同时，“文化考查”也为张铁生事件埋下伏笔。

张铁生“白卷”书信　被人当政治“石头”

在当时，大事小事都同“路线斗争”有关。周总理强调基础理论学习，批极“左”，被“四人帮”说成“回潮风”“基础风”。毛远新（“文革”时期任辽宁省革命委员会副主任，毛泽东之侄）说："这下把知识青年拔根了，不会扎根农村了。"他说："这不单单是个单纯的业务问题，是个路线问题，这是一场斗争，是执行毛主席革命路线，捍卫'文化大革命'成果的问题。有人想否定'文化大革命'成果，都是从上层建筑、意识形态领域里开始的。"

恰恰在这时，毛远新听说了张铁生参加文化考查时在试卷背面写信的事，当即如获至宝，把它当成了一块打向国务院"39 号文件"的"石头"。文化考查被毛远新攻击为"'梦想复辟资本主义'对有实践经验的工农兵的管卡压"，被迟群定性为"修正主义教育路线在招生工作中的表现和影响突出反映在文化考查上"。

事实上，人们在报上读到的张铁生的信《一份发人深省的答卷》，同原件已经有所不同。其中有一段关键的话被删除："我所理想和要求的，希望各级领导在这次入考学生之中，能对我这个小队长加以考虑为盼。"这也就是说，张铁生在试卷背面写信的动机，是想解释为什么没考好，希望得到谅解被录取上大学。他每科都考了，其中语文 38 分，数学 61 分，理化 6 分，并没有交白卷。

34 年后，杨学为这样评价"白卷事件"："张铁生希望上大学没错。当时没有时间复习，他复习一下，会考得更好。他为考不上而焦虑，可以理解。可能他是很聪明的孩子，也不能认为他说假话。在当时的社会情况下，他写这封信，算不得什么阿谀谄媚。他的问题在于，毛远新正好需要这样一个典型。因为知识青年要永远在农村扎根，需要这么一个典型来反击周恩来总理强调基础理论学习的观点。所以他的信被利用，成了一块政治'石头'，他自己也被江青封为反潮流典型，被用来证明搞文化考查是对工农兵的专政。"

"群众推荐"形同虚设　招生两千"走后门"两百

杨学为说："周恩来在'文化大革命'中批极"左"，努力挽救高考，就这样在'四人帮'的围攻下而夭折。"

张铁生事件的后果是，手上的老茧被认为是上大学的最好的条件，同时群众推荐制形同虚设，"开后门"成为风气。"文革"中开始招工农兵学员的第一年，很多人还没有明白过来，就已经有人"走后门"了。1972 年，清华大学招生 2000 人，被发现"走后门"的就有 242 起。由于上大学的名额直接下到基层，有的村干部让自己和亲戚好友的孩子排队，有的竟排到了 1980 年。

2.“文革”中邓小平拯救高考

1974 年，邓小平第一次复出，恢复了教育部，周荣鑫任部长。1975 年，全国招生会即将召开，杨学为再次被借到教育部。

毛远新搞“三来三去” 周荣鑫以整顿相抵制

这时，毛主席提出要限制资产阶级法权，毛远新乘机在朝阳农学院搞“三来三去”：农民上大学，毕业当农民，挣工分；工人上大学还回去当工人；从哪来回哪去。毛远新还提出“大学就是大家来学”，52 岁识字不多的农民“王大学”成为大学生的榜样。对此，沈阳机电学院自动化 3 班的七名工农兵学员贴出大字报，反对大学是培养工人、农民的提法，招来舆论“围剿”。

杨学为说，对毛远新的这一套，当时的教育部部长周荣鑫是抵制的。邓小平 1975 年进行整顿，说大学生“一点外语知识、数理化知识也没有，还攀什么高峰？中峰也不行，低峰还有问题。我们有个危机，可能发生在教育部门，把整个现代化水平拖住了”。

周荣鑫紧跟邓小平，在许多场合发表讲话，在教育部搞整顿。周荣鑫说：“毛主席说，形而上学猖狂，经济战线猖狂，我看教育战线也很猖狂。”“周总理在 1972 年接见李政道时有一个谈话，说现在高中生毕业要劳动两年再上大学，这是个试点，还不一定。像基础理论好的，中学毕业后可以直接上大学，边学习、边劳动。”

杨学为说，1975 年，周荣鑫问教育部计划司管招生的负责人：“周总理的指示对不对？”对方回答说：“对。”周荣鑫继续问：“对，为什么不执行？”对方没有回答，周荣鑫又问：“去年不执行，今年也不执行，明年执行不执行？”对方只好回答：“当然执行了。”所以，1975 年教育部派出两个组搞调查，杨学为参加往广东、福建、上海的调查组，调查招应届毕业生和进行文化考查的事情，准备第二年执行。

三省市调查“文化考查” “反击右倾翻案风”骤起

杨学为清楚地记得，当时广东是广外（原广州外国语学院，现广东外语外贸大学）招了一个年级100多人，招的是初中毕业生。当时省招办的刘育民带杨学为去一个农场搞调查，令杨学为感觉让中学生直接上大学是正确的。

杨学为在广东调查“文化考查”，把人带到一个公共汽车公司，他在调查时问道：“你们怎么考数学？”他们说：“售票员早上出去时拿走一沓票，晚上回来看看卖了多少张，钱对不对，这个就是数学题。”广东调查完了，杨学为就到福建。福建的文化考查题是挖水渠，渠多深、多宽，一共挖了多少立方。考这个比考计算公共汽车票难一点。然后调查组又到上海，还没等开始调查，北京“反击右倾翻案风”了，他们也就被通知打道回京。

杨学为回忆说，“1976年，‘四人帮’把周恩来关于中学毕业生可以直接上大学的意见当作靶子，反击右倾翻案风，邓小平再次被打倒，周荣鑫被迫害致死。我因为公开发言支持周荣鑫的‘教育战线形而上学猖狂’的观点，也被从教育部退回学校，到农场劳动去了”。

3. 邓小平领导实现“恢复高考”

1976年，“四人帮”垮台。到1977年，又要开招生会了，教育部又要借人，杨学为第三次被借调进教育部。这一回，他见证了“四人帮”倒台后拨乱反正的第一个标志性事件——在邓小平的直接领导下实现了“恢复高考”。

邓小平复出请缨抓科教 恢复高考过程千回百折

杨学为认为，1977年恢复高考的决策过程开始时进行得并不顺利。那年开过两次全国招生会议，后一次会议甚至开了45天，这种情况以前从来没有过，以后也再没出现过。

这两次全国招生会，杨学为全程参与。第一次招生会于6月29日到7月29日在太原召开。当时邓小平还没有再次复出，华国锋刚刚讲了“两个凡是”，即“凡是毛主席做出的决策，我们都坚持拥护，凡是毛主席的指示，我们都始终不渝地遵循”。因此，教育部拿出来的招生方案基本上仍然维持“文化大革命”时的那一套，杨学为甚至认为它“还没有达到1973年‘39号文件’的水平”。各省招办对教育部的做法很不满意，会上争论很激烈。

杨学为说：“邓小平1977年7月16日复出后，自告奋勇抓科教，首先考虑的就是恢复考试和招应届生的问题。实际上，在1974年那次复出时，他就已经设想要贯彻周总理的指示，所以，1977年这次复出之前，他就说，要经过严格考试，把最优秀人才集中在重点中学和大学。他是有所准备的，非常明确要解决这些问题，并不是在科教会上大家提了他才随便讲的。”

当时的教育部长是刘西尧，他的回忆录记载了与邓小平的一段对话。邓小平问刘西尧当年恢复高考“来不来得及”，刘西尧说：“如果推迟开学就来得及。”邓小平问：“报告送出去没有？”刘西尧说：“刚送出去。”邓小平说：“赶紧追回来，就下决心今年开始改。”当时已经是8月8日了。然后，教育部马上召开第二次全国招生会，从8月13日开到9月25日，时间长达45天。

两次招生会争论激烈　邓小平一句话“定音”

杨学为说：“一年开两次招生会，这是第一次；招生会开45天，开得这么长也是第一次。为什么？因为争论很厉害！‘文革’还肯定着呢，华国锋的‘两个凡是’也都在那儿呢，‘四人帮’关于教育的‘两个估计’都没推翻呢。在这个情况下，要招应届高中生，那就不叫工农兵大学生了，那不是资本主义修正主义路线吗？当时很多政治问题还没搞清楚，前提的问题都没解决，就要解决招应届生和恢复高考这两个具体问题，而这两个具体问题在教育上虽说是大问题，但是从全国的政治局势来说是小问题，所以非常困难。”

“参加会议的什么人都有，有老干部，还有工宣队、军宣队、年轻干部‘造反派’……争论非常厉害。再加上教育部领导一直不表态，就一直争论。一直拖到9月19日，教育部就被邓小平批评了。邓小平说，‘你们还没有取得主动，至少说明你们胆子小，怕又跟着我犯错误’，‘赞成中央方针的，就干；不赞成的，就改行’。邓小平一讲话，形势就急转直下，教育部就一致同意了。”

4. 邓小平亲笔修改“政审标准”

当时，杨学为在大会文件起草组。他记得，起草的文件中，其中一个是“政审标准”。“文革”中的政审标准是“血统论”，要查“内外三代”，“八大父母”（父母、祖父母、外祖父母，以及伯、叔、姑、舅、姨父母等），要“三代赤贫”，社会关系中没有任何“分子”，本人表现要“党团化”。这个标准把很多优秀人才挡在大学门外，所以要重新写。

烦琐政审全部勾掉　强调重在本人表现

杨学为说：“起草政审文件时，我们担心由于恢复考试，强调文化，会被认为是注意分数，降低了政治标准。我们选的一定是政治好的，文化也是好的。不像‘四人帮’那样，只要所谓政治好，不要文化。所以我们把政审标准定得特别高，把能想到的都写上了，比如‘政治历史清楚，热爱毛主席，热爱华主席，拥护共产党，努力学习马列和毛主席著作，有一定的阶级斗争、路线斗争和继续革命的觉悟，积极参加揭批‘四人帮’的伟大政治斗争，坚持走社会主义道路，积极参加集体劳动，遵守革命纪律，联系群众，决心为革命而学习’等。”

教育部把送审稿交给邓小平，他看后，连说三个“烦琐、烦琐、烦琐”，厌恶之情溢于言表，大笔一挥，全部勾掉。然后，他亲自起草了一段。后来 1977 年文件上的政审标准，就是按邓小平写的照抄，中心思想就是“本人表现好，择优录取”。

杨学为补充道：“我们把邓小平写的政审标准拿来后，仔细一看，没有‘拥护共产党’，我们就把‘拥护共产党’加上了。当然，他看过后也同意。（这份政审标准）拿去政治局讨论，就通过了。”

取消四个等级　解放一大批人

虽然政审标准是“重在本人表现”，但实行起来还是有很大阻力。当时大量的冤假错案都没改正，“这些人的孩子政审都是不合格的，其中有些人考试成绩不错”。杨学为说：“1977 年高考录取时出现大批上访的。教育部直接处理这些问题，主要是对‘重在本人表现’的政策不落实。”

从此以后，高考政审就取消了“文革”时的绝密、机密、合格、不合格四个等级，只有合格和不合格，然后把确定不合格的权力收到省里，县里不可以决定哪一个人政审不合格。接着，又取消政审这个词，改为政治思想品德考核，“阶级斗争都不存在了，怎么还搞政审呢”，杨学为说。

5. 各省份副厅长一场大辩论

1978 年补了 1977 年的课

1977 年的招生会议，重点解决了恢复高考和招收应届毕业生的问题，但是仍然遗留了一些重要的认识问题没有深入解决，主要是对考试的认识。于是，1978 年召开的全教会和招生会，就有了一场关于考试问题的大辩论。

杨学为说：“参加的都是各省份管招生的副厅长。有些曾是延安时期的老干部或大学的副院长、副书记。他们中间有的人在分组讨论会上说，‘文革’前还有个阶级路线的问题，贫下中农还要照顾，现在都是凭分录取了，也不提要照顾贫下中农了。”

“《会议简报》马上登了，一看简报，全部哗然。其实说这些话的都是很好的人，‘四人帮’时挨整过，绝对不是‘四人帮’的爪牙。这些人在会上挨批，回省份后也挨批。当时还是用‘文革’的方法来处理问题。现在回过头来看，这些人有这些观点，反映了 1957 年以来‘左’的思想仍然是很深的，恢复高考这一制度要克服很多思想障碍。我觉得 1978 年的招生会，补了 1977 年的课。”

杨学为这样评价恢复高考事件：“邓小平复出之后抓科教，就抓住了整个社会的龙头。而抓科教，他先恢复高考，从政治上来说太高明了，一下把几千万知识青年抓住了，把几千万家庭抓住了，厉害，大政治家啊！”

从 1977 年恢复高考开始，杨学为正式留在教育部，一直在高考招生岗位上从事领导工作，干到 2000 年退休。

（本文作者系《羊城晚报》首席记者，著有《呆在原地：与世纪学人面对面》。本文为作者对原国家教委考试中心主任杨学为的采访整理，原载于《羊城晚报》2007 年 6 月 16 日，有删减）

那年高考

那年高考

改变的

不只是一代人

你必须内心丰富，才能摆脱这些表面的相似。——王朔

一听到恢复高考的消息，第一想法就是抓住机会赶紧备考。因为在这之前，我想走被推荐上大学的道路，由于缺乏社会实践的条件，不能上，为此我还专门申请下乡去参加社会主义教育运动一年。现在机会来了，可不能错过。

那时的我真诚地相信：知识改变命运，读书终有前途。喜欢读书的我，就夜以继日地备考，而在考上大学后也就想着继续考硕士和博士了。

——蒋述卓

扔掉锄头，我们报考去

——我们共同经历的年代

| 庞 松 |

从 1976 年 10 月粉碎“四人帮”，结束“文化大革命”十年动乱，到 1978 年 12 月十一届三中全会确定改革开放的新路线，其间有两年多的时间。“文革”结束后的这个过渡期，后来被称为“在徘徊中前进”的两年。

这是一个因袭着“文革”及其以前时期的历史重负，又旨在唤醒党内和社会各界的理性思考，促使中国社会全面向价值理性回归，最终引领中国进入改革开放“大时代”的过渡阶段。

这个过渡阶段有很多标志性事件，如邓小平复出、全国真理标准大讨论、恢复国民经济“八字方针”的调整、争取为 1976 年“四五运动”彻底平反等。

然而，真正能够在整个社会层面产生广泛影响，使千万个普通家庭看到了希望的，是 1977 年 7 月邓小平复出后果断地否定了“四人帮”炮制“教育黑线专政论”的所谓“两个估计”，并当机立断，下决心当年就恢复高考。

1977 年 10 月 21 日，《人民日报》发布了恢复高考的消息。当天社论的标题就格外醒目——《搞好大学招生是全国人民的希望》！

得知这个令人振奋的消息时，北京一位名叫阎阳生的大龄青年，时称“老三届”，正在京郊租住的民房里用碎砖剩瓦盖小厨房，准备迎接他第一个孩子的出生。从部队复员后，他被分配到北京环保所做收取废水样本的工人。

12 月 9 日，当阎阳生去往北京 110 中学考场时，女儿已在他 30 岁生日那天出生。他参加的是理工科考试，最后一门语文试卷的作文题目和文科一样——“我在这战斗的一年里”。12 月 11 日这一天，阎阳生写下了一篇先是在阅卷老师中引起很大争议，最终获得北京考生作文最高分，后来在社会上广为流传的文章：《不称职的父亲》。

作文的开篇这样写道：“再也没有比婴儿的第一声啼哭更能提醒你已经进入中年了。这是个女孩儿，皱着眉头哭着。大概她也像门口的那个护士一样，不相信这个挎着书包、满脸胡茬的人就是她的父亲吧……”

同阎阳生一样，这年年底，有成千上万的知识青年参加了高考，主要是 1966—1968 年初中、高中的“老三届”，还有一些是在“文革”期间并未正式上过多少课程的“新三届”。“扔掉锄头，我们报考去”——这是等待了十年的有抱负的青年张扬个性的呐喊。

他们带着在基层劳动多年的知识积累，大多只经过短促匆忙的复习准备，怀着忐忑而激动的心情，从插队的深山老林里的农村、机声“隆隆”的工厂、部队复员安置单位、信马由缰的草原部落以及散布在社会各个角落踪迹难寻的处所，潮水般涌向在各地仓促设立的考场，义无反顾地参加和见证了改变时代、改变一代青年命运的“文革”后的第一次高考。

这一年，全国共有约 570 万人报名参加高考，考生的年龄跨度史无前例，最大者 37 岁，最小者 13 岁。而当年录取人数只有 27.3 万余人，录取比例仅 20 ∶ 1。

我在国企工会做电影放映员

这是新中国成立以来高考竞争最激烈的一年。

正值岁末年关，有很多已届而立之年的人，出于个人的、家庭的、社会的种种原因，没能赶上第一次恢复高考的机会。好在 1977 年只是部分恢复高考，从 1978 年起，高校招生恢复全国统一考试，由教育部组织命题，各省、自治区、直辖市组织考试、评卷和开展在当地招生院校的录取工作。

根据邓小平的批示：在公布参加体检名单的同时，公布全体考生的各科考试成绩。公布的方法，由县（区）招生委员会通知考生所在单位分别转告本人。

公布考生成绩，是提高招生考试过程的公开、透明程度的重要举措，对于转变社会风气，杜绝“走后门”和徇私舞弊等不正之风，发挥了重要作用。

由于高校正规招生中断了 11 年，全国具有报名资格的青年、学生有 3000 余万。而全国高校经历了“文革”十年的破坏刚刚恢复，校舍师资条件非常有限，无法接纳众多的学生就读。1978 年教育部相继决定恢复和增设 60 所重点高校、55 所普通高校，并要求各高校千方百计扩大招生。

结果是，1978 年全国高考有 610 万人报考，录取 40.2 万人。其人才竞争的空前盛况，至今回忆起来还令很多人唏嘘不已。

翻阅这一年“全国高等学校统一招生语文试卷”，第一部分是给一段文字加上标点符号，而第一题就跟经济有关：“实现机械化要靠人的思想革命化有了革命化才有机械化机械化不是一口气吹出来的要经过一番艰苦奋战才能成功要把揭批四人帮的斗争进行到底要肃清他们的流毒促进人们的思想革命化一个软懒散的领导班子是挑不起这副重担的。”

这反映了当时主流的价值观：解放思想，肃清“左”倾的僵化教条主义的余毒，是经济进步首要的前提。

龙门陡开，江鲫飞跃，积压了十多年的人才潮一朝喷涌。有 67 万余人幸运地步入了高等教育的殿堂，更有 1100 余万青年先后报名参加了高考，这又牵扯到无数个家庭、单位及社会各界的操虑和关注，带来了深远的社会影响。

由于恢复高考废除了“文革”中以权力和出身为核心的“群众推荐、领导批准”招收工农兵大学生的招生模式，按统一考试、择优录取的原则，将招生面扩大到

11年以来的中学毕业生和各行各业的青年，很多过去根本不敢想象有任何机会的人，“靠自己的奋斗站起来”，改变了自己的命运。

“文革”期间靠交“白卷”竟当上“英雄”的张铁生现象一去不复返。高考的恢复激励了一代青年人学习的热情，一种公平竞争的机制也逐渐形成。

由于1977年尚未全面进行拨乱反正，有不少考生因家庭问题影响未能被录取。但考生和家长们不再沉默放弃，而是奔波申诉，据理力争，使一部分问题得到解决。

为此，《人民日报》发表了题为“高考政审必须坚决执行党的政策”的评论员文章，尖锐批评了对考生的政审不是主要看考生的政治表现，而是主要看家庭、看亲属的政治历史问题的“左”的偏向，指出这种片面的、不负责任的做法，是极端有害的，并严重干扰了党的政策的落实。随着指导思想上拨乱反正的深入开展，高考招生工作片面强调所谓“阶级路线”的问题得到了解决。

因重大错案而蒙冤的胡风之子张晓山回忆说：“实际上，恢复高考对我这样的人，还有很多像我这样的人，是一个平等竞争的机会，并且等于恢复了作为一个人的尊严。因为在恢复高考之前，评判一个人，或者是不是给他一个机会，不是看他这个人本身，而是看他很多外在的东西，看他的家庭，看他的社会关系，把人分成了不同的等级。”

由此，全社会开始出现公平、公正的人文氛围，价值理性逐渐走向回归——这是一个标志性的变化。

七七、七八级学生在高校教学设施和师资力量很不齐备的条件下，同一年进入大学校园。譬如中国人民大学是新中国创办的第一所新式的大学，是中国历史上以前没有过的大学，但“文革”中被解散，教职员工被遣散各处，复校时还是第二炮兵的军事设施重地，老校长成仿吾最初也只能暂借岁月斑驳的澡堂办公。

困难的环境，挡不住同学们渴望掌握科学文化知识的意念。“把‘四人帮’耽误的时间夺回来”——当年最时兴的口号化作了学习的动力。其中尤以历经生活磨炼、思想成熟、进取心强、文化基础好的“老三届”表现突出。

“那时的学习氛围真是好，大家都抓住一切时间来拼命地读书，排队买饭时都能看到学生拿着书在看。”许多人这样回忆。

适逢其时，十一届三中全会正好在七七、七八级同学入校后不久召开，党和国家的指导思想的拨乱反正，一举扭转了中国的前途和命运。

同学们带着为实现社会主义四个现代化贡献力量的自觉和热情，如饥似渴地学习，通读天文地理，死记硬背外语单词，古今中外兼收并蓄，课业内外紧张活泼，这是一代有志于天下的莘莘学子。他们中有很多人，后来成为中国改革开放事业在各个部门、各个领域的带头人和中坚力量。

随着全面恢复高考，全国科学大会隆重举行，一大批被长期禁锢的电影、戏剧及其他中外优秀文艺作品得到解放，过去曾忝列“臭老九”的知识分子重新获得了社会的尊重，包括科学、教育、文艺等各个领域的知识分子都受到极大鼓舞。一个尊重知识、尊重人才的“春天”到来了。

人们普遍感受到，有一种久违了的凝聚社会和人心的政治“和解”，正在加速正常社会秩序和生活秩序的恢复和重建，整个社会开始呈现出生机和活力。

大学时期班级到颐和园秋游，我（左一）在演奏手风琴

那是铸造中国改革起点的年代。

那是推动全社会走向和解的年代。

那是我们共同经历的值得记住和回味的年代。

……

（本文摘自庞松：《30 年，转型与变迁》，广州：广东教育出版社，2008 年。原文标题为《我们共同经历的年代》）

只要有读书的机会，哪个地方都去

| 陈平原 |

没想到我们三兄弟会屈死在这小山村里

我是1969年初中毕业的，因为爸爸妈妈被批斗，没办法继续念高中，就插队去了。当年我上山下乡有两个途径，一是到海南岛的生产建设兵团去，一是回到我的祖籍插队务农。奶奶不让我去远的地方，所以我就回到了祖籍——广东省潮安县磷溪公社旸山大队去插队。

下乡几个月后我就当上了民办教师。民办教师也是农民，但主要任务是教书。就像阿城小说《孩子王》写的那样，我带着学生，一边教书，一边读书，当然也一边劳动。平时要种自家的自留地，农忙也必须去公家田里参加劳动。

我在乡下八年，有好多时间是在当小学老师和初中老师，而且，我还在邓小平第一次复出的那段时间，去补念了两年高中。当时根本没办法预料将来还有可能上大学，只不过见缝插针，只要有机会，我就想读书。当年很多人认为我很傻，因为民办教师是一个很好的工作，我去读高中回来，就没有这个位置了。再过了一年，才有了新的机会，我又当老师去了。在同代人中，我的学历是最完整的：从小学、初中、高中、本科、硕士、博士一直读下来，只是中间被切成一段一段的。

我的妻子（夏晓虹，北大中文系七七级）曾在东北插队，也很辛苦，不过我跟她说，其实我们更辛苦。因为气候原因，北方一年有四个月不能下地劳动，所以，东北很多知青参加宣传队，会写诗绘画、唱歌跳舞、说相声等，而广东一年12个月都要下地劳动。我们有大量的农田改造工程，说是农业学大寨，高的地方往低的地方搬，没沟的地方硬要挖一条河……当初认为农业机械化是我们发展的道路，可我下乡的地方人多地少，加上一半是山地，根本不适合于做这种改造。改造的结果，就是把下面的生土翻上来，熟土反而压在下面，收成不升反降。

因为我有民办教师这个身份，劳动强度没有当地的农民大。前期只是记工分，后期每个月除掉工分，还有五块钱的津贴，相对于其他人来说，应该是很不错的了。只不过当时在乡下，最大的痛苦不是钱多钱少，而是根本看不到出路，相信当时很多下乡知青都有这个感觉。

今天的孩子们可能觉得，下乡几年，没问题，挺好玩的。但我们当初可不是这样的。我先下乡去，然后我奶奶把两个弟弟也带去了。我爸爸后来回忆，说我当年有一句话让他伤透了心。我说，没想到我们三兄弟会屈死在这个小山村里。

说实话，如果不是政策改变，单靠个人的力量是走不出来的。我在小学教书，教得很好，两次被推荐去上大学，最后都走不了。其实，七七、七八级大学生中，很多像我一样，如果不是恢复高考的话，是走不出来的。

有人问我：您当时觉得迷茫吗？“迷茫”是今天的描述，太过一般化，当初各地知青的困惑是不太一样的。情绪性的东西，在兵团里面更容易酝酿，也更容易传播。因为生产建设兵团是一大批北京知青、上海知青、广州知青集中的地方，大家集中起来共同劳动。而插队知青很分散，两三个或三四个知青到某一个村子里，跟农民一起生活。我们看到同龄的农民子弟，他们从小在这个山村长大，念完中学又回到这里来。所以，在某种意义上，我们也会苦闷，但我们的苦闷跟兵团里面的那种不一样。

只要制度能“转弯”，我们就有机会

在那个闭塞的年代，“小道消息”很重要，但必须进入那个网络才能获得。插队知青相对来说比较闭塞，像我在乡下，孤零零的，知道的东西很少。

我父母是中学和中专的语文老师，家里本来就有藏书。“文化大革命”刚开始，这些书就被查封了，我下乡以后，我妈妈先解放出来了，就要求把那批书还给我们。

1977 年 12 月，离开山村前夕全家合影，我在后排中间

所以，我是靠那一批“文革”前父母积攒下来的书籍来阅读并成长的。

那些书籍决定了我日后读书的方向。比如，后来我在中山大学、北京大学念书时的名教授，像黄海章、王季思、吴组缃、林庚的书，我家里有。而我的博士生导师王瑶先生在“文革”前出版的书，我家里也几乎全都有。那些书当时读不懂，但随便翻翻，多少总有收获。所以，等于是先天地规定了我只能走这条路。比如说，我家里没多少社会科学方面的书，自然科学的那就更没有了。我在乡下能读到的书，大都是文史方面的，像古典小说、古典诗词，或者翻译的诗集，以及文学史、中学语文教材等。

我不可能走别的路，比如往数学或物理那方面发展。我读高中的时候，各科成绩都很好，平均分数是 99 点几，除了体育课，其他都是满分。但是我深知，我回乡下劳动几年，再来参加高考，数学和物理是不可能考好的。所以我只能选文科，这跟家里这方面藏书多，以及个人的阅读兴趣有关系。

上大学就是获得读书的机会，对我们那代人来说，抓住读书的机会，这是最关键的。至于毕业以后，哪个学科的知识更管用？不知道，也没想过。可以这么说，只有 20 世纪七八十年代，才有那么多人坚信“知识就是力量”。以后的孩子们，嘴上也许这么说，但不见得会相信。可我们那代人真的相信，所以，只要有读书的机会，哪个地方都去。

我在山村学校当语文老师，参加高考前，语文课是不复习的，闭着眼睛走进考场都可以。我需要认真复习的科目是数学。因为数学隔了几年不读，会忘掉的。加上我本来就是在农村中学学的数学，水平有限。当年不考外语，对我们这些离开校园多年的人来说，数学是决定能否被录取的关键。所以，我从得到可以参加高考的消息到走进考场，时间基本上都用在复习数学上。

其实，七七、七八级能够考上大学的人，大部分都是在“文化大革命”中没有完全放弃读书的；如果不是这样，那么短的时间是准备不过来的。这么多年，我们没有完全放弃阅读，但因环境限制，绝大部分读的是文学或文史方面的书。所以，有机会参加高考，我们首先集中精力，把跟日常生活关系不大的数学补上来。我知道我的好多同代人都是这样做的。

当初“高考产业”还没有发明出来，无所谓题库或辅导教材，突然间宣布恢复考试，家里有什么课本，就拿什么复习。

我高中就读的潮安县磷溪中学组织过辅导班，从这个学校毕业的学生，都可以回过头来，参加短暂的补习。我参加过这个补习班，班上的老师们会强化地讲解一些习题。

恢复高考第一年，各省份自己命题。广东的作文题目是“大治之年气象新”。我的作文先是在省里电台播出，后来登在《人民日报》上。这有很大的偶然性。我是语文老师，参加高考，作文必定中规中矩，稍微有一点点小才气，这样就行了。太过文采飞扬的，或者太有个性的，反而不符合高考作文的要求。考场中，基本上没有好文章，自古以来就是如此。

只能说我很幸运，有了这个机会，才让我走进中山大学。这里有个很有趣的故事。高考完后，需要体检，至今记得很清楚，那个时候我很瘦，体检记录是 99 斤。听说大学录取新生有规定，男生必须达到 50 公斤。我特别沮丧，因体检规定早上不能吃东西，我要是偷偷吃一个红薯，肯定就过了。为了这差的一斤，那段时间我非常焦虑，很怕因此而没被录取。后来听上过大学的人讲，不同专业要求不一样，念文学的，瘦一点胖一点关系不大，这才比较放心。

当时的高考是不告诉成绩的，入学后一定要去打听，也打听得到。但我觉得没有意义，能够进大学，有读书的机会，这就很好了，没必要打听到底考了多少分。

记得是报名参加高考的时候，就填报了志愿。我妻子在北京，她报的第一志愿是北大，第二志愿是北师大，第三志愿是南开大学。这在我看来是很不合适的，三个志愿同一个级别，如果第一志愿录取不了，就三个都录取不了了。因为她过去在东北插队，好不容易回到了北京，她说，比天津更远的地方她就不去了。

我不一样，在山村插队，哪个地方有读书的机会，我都去。所以，我第一志愿是中山大学，第二志愿是华南师范学院，第三志愿是肇庆师专。专科、本科、重点大学都报了，我有迫切的愿望，只要能出去念书，什么样的学校我都去。

当初我报了中山大学，还被同事嘲笑。她觉得我不自量力，怎么能考上中山大学呢！因为，中山大学是华南地区最好的学校，而且十年没招生，这么多人集中在一起，山外有山，天外有天呀。尤其是七七级，没有录取的标杆，大家都是硬着头皮往考场里面走的，谁都没把握，但谁都有可能性。万一考不上怎么办呢？我做好了思想准备，连师专都准备去读了。万一还考不上，那就明年再考。肇庆师专最先发录取通知书，然后是华南师范学院，中山大学要晚好几天，那几天我特别紧张。

当初有这么一个坚定的信念，今年考不上，我明年再考，肯定能考上的。只要这个制度能够转弯，我们就有机会，起码这个自信是有的。而只要能走出山村，考上大学，我就能够自己发展。现在的人很难理解，那个时候的压抑，很大程度来自各种严酷的制度限制，导致你根本没有办法发挥聪明才智。

凡迫切希望走出困境改变命运的，会努力复习；如果是生存状况比较好的，很可能可有可无。我们三兄弟同时参加高考，我是老大，老二已从乡下回到城里，在工厂工作，比较稳定，所以他复习就三心二意，最后就我和老三考上了。

我在乡下教书，参加县文化馆组织的各种活动，写的诗歌、小说、剧本等得到很多人的表扬。但是此前两次被推荐上大学，都没上成。我知道被录取的人成绩不如我，但是他们能上我不能上，那是受限于制度的问题。一旦恢复高考，以我的聪明才智，肯定是能走出来的。即便今年不能出来，明年也能的，所以我关心的是整个国家大政方针的变化。

高考制度改革最大的意义就是给年轻人希望

从乡村出来读书的孩子，当然觉得大学了不起。同为七七级大学生，从大城市下乡再回城的知青，和我这样从小地方到广州念书的，感觉是不一样的。刚进大学校园，大城市来的孩子见多识广，学习好，人也聪明，尤其是会说话，所以在校园里特别活跃。而小地方来的，一般都比较拘谨，我当年从乡下来到广州，小心翼翼，因为自尊，也因为自卑，不太能够很好地展现自己。

但任课老师说，以他的教学经验，一二年级肯定是大城市的学生占绝对优势，三四年级就开始变化，到毕业的时候，往往是小地方来的学得更好。为什么呢？因为人家有压力、有动力，而且心无旁骛。我在北大教书，也这样转告我的学生们。

今天的中国，城市化程度越来越高，真正从乡村走出来的不太多，但即便如此，小地方的学生到北京大学念书，一开始也都会怯场的。这个时候，应该让他们有这种自信：只要我努力，肯定能赶得上。

我们这一届很特殊，七七级大学生是 1978 年 2 月份才入学的，6 月份是思想解放运动，12 月份是十一届三中全会召开，整个中国正是在这里转了一个大弯。七七、七八级的幸运就在于，用当时的话来说，我们跟这个国家一起走进新时代。所以，与以后各年级的大学生相比，我们有更多天之骄子的感觉。

现在的孩子们，一边读书，一边苦恼毕业后找工作、买房子等问题。而这些，我们当初从没想过。之所以比他们单纯，是因为我们都知道毕业以后会有很好的发展前景。那时的大学毕业生是国家包分配的，所以，想也没有用。正因为不必考虑太多世俗事务，我们能更多地体会大学生活里飞扬的青春。

为了体现思想解放，有些今天看来很好笑的举措。比如，不只我所在的中山大学，全国大学生都要练习跳交谊舞，不管喜欢不喜欢，都必须学。因为，这代表新时代的新风气，或者说是一种新的生活方式。还有，各个大学都有自己的文学社团，大中学生办《红豆》杂志，全国十三所大学的学生社团合办《这一代》等。这些活动我都参加过，但从来不是主角，作为旁观者，日后写过若干回忆文章。

今天怀念 20 世纪 80 年代，很多人会把它描述成一个非常美好的黄金时代。总

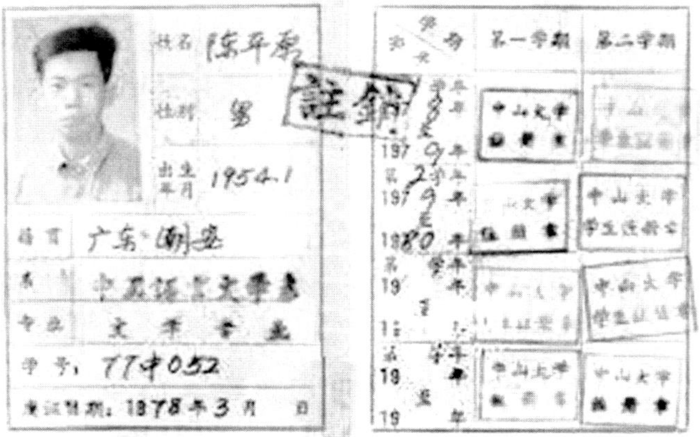

我上大学时的学生证

的印象没错，但如果说到 80 年代，应记得两首歌，一是《在希望的田野上》，一是崔健的《一无所有》。80 年代初期和 80 年代中期，是不太一样的，而且，“阴晴未定”是常态。只不过，我们的大部分同学念完本科就工作了。毕业马上工作，路走得很顺，不见得非要念硕士、博士不可。

因为喜欢读书，我对就业没有特别向往。我是在中山大学念硕士的，因为有机会，那我就读。至于读博士，确实有点偶然。我到北京找工作，我日后的导师王瑶先生接受了钱理群先生等人的推荐，希望中文系录用我，报到学校去。北大有自己的骄傲之处，觉得从中大招聘毕业生不太合适，便告诉王先生，他要是觉得我好，就招我来念博士吧。后来我念完博士留校，那就顺理成章了。因此，很荣幸，我成了北大最早的两位文学博士之一。有机会到北大念书，也使我日后的学术道路比较顺利，但我不是北大最早的博士，数学系、哲学系都比中文系早招博士生。我进北大，那时全校博士生中男生有五六十人，住在 29 楼。

我第一学期的室友是学国际政治的，第二学期的室友是化学系的，第三学期以后的室友是历史系的阎步克和高毅。不同院系的学生在一起，当然会有很好的交往与对话。可惜我后来结婚了，不太住学生宿舍。

要问读博修什么课程，根本就没什么专业课程，除了外语。英语是第一外语，日语是第二外语，这是必修的。我的任务是每星期的一个下午到我的导师王瑶先生家里跟他聊天，他抽烟，喝茶，我喝茶，不抽烟。三年以后，我就被熏陶出来了。当初中国的博士学位制度刚建立，还在草创时期，并没有课程和学分的要求。好处是你自己读书，有问题向老师请教，老师就像师傅带徒弟一样地跟你沟通、对话、传道授业解惑。我在纪念中国建立博士制度二十周年的时候应邀写过一篇文章，谈我当初怎么读博，学生们看了很羡慕。

对于当时的中国来说，恢复高考有什么样的意义？最关键的一点，是给年轻人希望。一个时代，年轻人代表着未来。有“希望”，不一定真能实现，但是让你感觉到命运掌握在自己手中，你有未来，这是最重要的。还有，那就是对公平竞争的期待，“分数面前人人平等”。

高考改变了我的人生轨迹

——从与王朔做海军战友的往事说起

| 周大伟 |

我刚刚上小学的时候，那场史无前例的“文化大革命”刚刚开始，我高中毕业开始走进社会时，那个荒唐失序的动乱岁月刚刚落幕。我对那些“70后”和“80后”说，自己的少年时代并非“阳光灿烂”，而是在社会政治动荡中虚掷了不少光阴。不过，那些比我大几岁并经历了艰苦生活磨炼的人却特别认真地对我说，你其实还应该属于“基本上没怎么耽误的一代”。

我以为，所谓“基本上没怎么耽误”，大致和我后来参加了高考并在大学里读了法律专业有关。

回想起来，当初选择学习法律专业，纯属偶然。

1977年1月初，我和一百多名北京籍的应届高中毕业生，作为1977年中国海军北海舰队水面舰艇部队应征入伍的新兵，身穿中国海军当时特有的深蓝色冬季军服，一起登上了一列开往青岛的军用列车。我和一个名叫王朔的年轻人都在其中。我来自北京第31中学，王朔来自北京第44中学。

1977年秋天，我们结束了在水兵训练基地的专业训练。我被留在训练基地的航海操舵教研室担任助教，王朔等战友被分配到了停泊在青岛军港码头上的一艘艘军舰上。记得王朔当时在一艘军用消磁船上当卫生员。

然而，就在这个时刻，也就是在我们离开北京不到一年的时间里，北京城里发生了一件影响我们今后命运的大事，那就是：国家正式恢复了高考。

王朔（后左）和哥哥王宇当兵时与父母的合影

我相信，这个消息当时在包括我和王朔在内的入伍新兵心里，已经掀起明显的波澜。听到这个消息时，虽然我们表面都沉默着，但内心却在跳动。此时，一个鲜明的人生信号从我们面前掠过：高考的出现，给我们这些人的前途带来了新的选择，也增添了新的压力。

此时此刻，即便像王朔这样一个含着宝玉来到这个世界的天才，也必须正视自己今后的前程。军队生活毕竟是暂时的，回到北京后，我们这些人马上就会面临新的人生的选择。这就是：要不要去赶赴“高考”这趟人生的高速列车？

如果国家没有恢复高考，我们中间的大多数人会毫无悬念地回到北京。不少人可以在一家国营企事业单位找一份还算体面的工作，像很多在城里的普通人一样，大家都吃差不多质量的饭，穿差不多质地的衣服，过着差不多平淡的日子，彼此之间不会明显拉开距离。可现在，高考恢复了，它不仅使我们的生活出现了新的曙光，而且使有些特权家庭拥有的权势、关系等不透明因素变得爱莫能助。

就我个人而言，我很快就清楚地意识到，高考已经成了自己绕不过去的未来首选之路。

机会终于来了。1979年初夏，经所在部队推荐，我在青岛参加了地方大学的高考。

在和地方考生同等竞争的条件下，如果考中，就可以带军籍前往地方大学读书。在等候考试发榜的日子里，我去了一次青岛市区。在经过位于青岛馆陶路的北海舰队水兵招待所的时候，正好看到王朔穿着一身深蓝色水兵服走出来，我们站在路边随意地聊了起来。

王朔好像从其他战友处得知我参加高考的消息。他问我："听说你参加今年的高考了？感觉怎么样？"我回答说："还不知道结果。能不能考上还很难说。"王朔说："能考上就好，实在考不好，总还可蹭一次考场经验吧！"王朔说话时，似乎若有所思，神态特别认真。

不知道为什么，王朔当时的认真神态给我留下的印象实在太深了，几乎成为王朔本人的形象在我脑海中的定格，以至于在后来的日子里，每当有人提起王朔的名字，王朔站在青岛馆陶路上和我交谈时的神态就会浮现在我的脑海中。这副神态在他后来成为名人后，我再也没有发现过。

的确，当时刚刚离开北京两年，整个国家就发生这么大的变化，之后我们这些人脱下军装回到北京后，该何去何从，还充满悬念。这一点，我很清楚地从王朔的眼神中看到了。

我自己算是个幸运儿。当年，高考的录取率低得令人难以置信——1979 年大约是 6%。在填报重点大学的志愿栏里，我优先选择了几所大学的经济学专业（大多是北京的名校），又在重点大学名单的最后一栏中，填报了位于重庆的西南政法学院的法律专业。没有料到，我真的接到了这所属于全国重点政法学院的"绝密专业"的录取通知书。

不过，打开通知书后我还是深感惊诧：这是一个我事先并没有申请的"刑事侦查专业"。我不能理解，学校为什么不经过考生同意就擅自为考生调整专业，在极度困惑中，我几乎决定放弃这个学校的录取。我向父母发誓，如果我明年再参加高考，一定会考得更好，并考取我向往的经济学专业。父母建议我慎重考虑，这毕竟是经过艰苦的高考获得的入学通知书。

随即，我在北京拨通了这所学校招生办公室的长途电话，在电话里我表达了自己的抱怨，并告诉校方我可能决定放弃这次录取。接电话的是一位态度温和的女教师，她在电话里告诉我，那个由校方擅自为我安置的“刑事侦查专业”，是这个学院临时受公安部委托增加的学科。如果我坚持要学法律专业，唯一的可能就是找到一位法律系的同学和我调换。她说能考上大学不容易，可不要轻易决定放弃，还是先来学校报到为好。

我听从了她的建议。来到学校后不久，校方果然找到了一名愿意和我调换的同学。就这样，我开始步入了法律专业的殿堂，那一刻便成为我今后在这个世界上能得以安身立命的定格。更有趣的是，那个当初和我调换专业的同学，毕业后直接分配到了公安部，从此步入仕途并升为正部级的领导干部。

后来有人总是和我开玩笑说，如果当初你去学了刑侦，说不定也能弄个部长级干部当当。我极有自知之明地讲，我不适合从政，如果当年学了刑侦专业，估计现在充其量也就是在警官学院里当一个副教授。这么多年后，回想起这件事，我还是觉得，人生苦短，如果可能，还是尽量选择自己喜欢做的事情。无论走到哪儿，这一点大致都是颠扑不破的真理。

1983 年春天，在大学的最后一年，我参加了研究生的考试，后来被中国人民大学法律系录取，录取我的导师是中国民法学界德高望重的佟柔教授。

算起来，我在海内外的法学院里先后学习和工作了十几个年头。可以说，今生

1982 年春，我（左一）和同学在重庆街头为市民提供免费法律咨询

今世恐怕也不会离开法律这个专业了，无论是工作，还是写作。

不过，对法律专业前景的迷茫和疑惑始终缠绕着我们这一代人，曾经使我们这些法律从业人员一度感到自豪的世界社会主义革命的导师马克思和列宁最初都是学习法律的，不过，后来他们都深感法律这个行业还不足以拯救这个苦难的世界，他们的兴趣最后都转向了更为宏大的主题，比如唤醒劳苦大众并掀起世界性的暴力革命。

长期以来，法律学科在中国是不被重视的。那些早期的革命倡导者希冀以疾风暴雨式的变革来解决问题，拒绝接受同步渐进的制度演进和知识积累过程。这样一来，在20世纪的大部分时间里，在战争和动荡的年月中，中国的法律人士们成了历史这面镜子中最尴尬的一群人。

不过，今非昔比，革命和战争的年代终于结束了。20世纪末期，当和平发展的"集结号"再次在我们中国人耳边吹响时，法治的种子又开始在中国古老的大地上生根、开花和结果。这些，都和我们今天发誓要构建的"和谐社会"息息相关。

这些年来，在工作之余，我写下了大量法律随笔作品，它们是我这些年里日积月累的思考记录。写下这些文字，占用了我大部分业余工作时间，有些文稿是在数万米高空的飞机上完成的。我希望通过这些文字，包括对其中人物和故事的叙述，可以帮助人们在传统文明和现代世界秩序的缝隙中，看到中国自身法律在价值、制度以及技术层面的过去、现在和未来。

法治是个极其宏大的事业，在这个事业中，自己深感卑微，也许连一颗螺丝钉或一方砖瓦都算不上。然而，假如能在这个宏大的事业中做一个冷静的旁观者，做一个具有耐力的思考者，为这个事业的年轮增加点滴记录，也是非常值得的。在这个已经有不少人打算将"后现代"奉为时尚的时代里，我这些文字还在不厌其烦地叙述那些"启蒙"的东西，因为我总是固执地相信，法治启蒙的工作在我们中国还远远没有完成。

文字写到这里，我不由得想起诺贝尔文学奖获得者大江健三郎借用他书中人物的口吻说的那段意味深长的话："过去是已经发生的事，所以无法改变。话虽如此……

河流不是一直流到这里来了吗？那就暂且把这里作为现在。流到这里之前、还在上游的时候便是过去，已经无法改变。可是呀，将来要从这里流下去的下游，是可以改变的。”

大学同学春游，我在后排右一

考上大学

——生命复苏，心灵飞扬

| 骆小元 |

1966年“文化大革命”前，我在上小学五年级。“文革”一开始，在学术界工作的父亲骆耕漠，首当其冲地遭受了突如其来的猛烈抨击，批判文章见诸报端，批斗会接踵而来，家中大量的书籍、物品被“造反派”洗劫一空，家中的玻璃窗通通被砸碎……

父亲1927年参加革命，同年入党，长期参与革命军队和根据地的后勤及财经部门领导工作。但在“文革”中，他却因为大革命时期曾经进过国民党的杭州陆军监狱，而被诬打成“叛徒”；因为新中国成立前曾经在浙江、上海从事党的地下工作，而被诬打成“特务”；因为新中国成立初期曾任华东财委副主任、国家计委副主任，而被诬打成“走资派”；因为在中国科学院学部搞经济研究、蜚声经济学界，而被诬打成“反动学术权威”。能给扣上的“大帽子”，全都给父亲扣上了。

我的初中时期，就是在这种巨大的社会政治压力下，忧心忡忡、惶惶不安地度过的。1971年初，我去了母亲所在的物资部——五七干校，在河南农村务农三年。回到北京后，我在福绥境胡同育觉寺改建的街道工厂当了五年车工。

由于“家庭出身不好”，我完全没有从工人中被“推荐上大学”的可能。从小学五年级之后，我就再没有接受过正规文化课的学习机会。

治国兴邦，教育先行。“文革”结束后，党中央很快决定恢复高考制度。我参加了1977年恢复高考制度后的第一届考试。凭着看了大量中外小说的底子，我勉强跃过了大学文科录取分数线，和工厂里为数不多的几个青年工人一道，通过了“准

新中国刚成立时，父亲、母亲和姐姐小予

大学生”入学前的体格检查。上山下乡、当工人八年了，我做梦都没敢想过，就要接到大学录取通知书了！

“哪所大学、哪个专业要我，我都去。”怀着这份希冀，我等啊等，等到的却是一纸未被录取的“通知”。眼巴巴地看着厂里一起考试、一起体检的年轻同伴都兴冲冲地到大学报到去了，我内心五味杂陈。

过了一段时日，厂里的政工干部老庞看着我懵懵懂懂、一头雾水的样子，忍不住悄悄告诉我，没能被录取的原因是政审没有通过，因为扣在我父亲头上的诸多“大帽子”，还没有被摘掉。当时，描述这种状态的常用词，是“问题还没解决”，或“还没被解放”，或“审查还未定性”，等等。

带着阴霾的心情，坐在父亲的写字台前，我都不敢看父亲的表情，眼睛一个劲地盯着写字台上那盏有着那个时代标志性的墨绿色玻璃灯罩的台灯。我知道，不论我怎样语调平缓、语气平和，这个话题对于古稀之年的父亲来说，都太沉重了——殃及子女，是“文革”压在众多父母心上的“大石头”。

父亲到底是经历过战争洗礼、见过大世面的人，他对党和国家的前途充满着信心。父亲很平和、很慈祥地对我说：“国家这样大，政策落实要一个个来，需要时间。我们已经熬过了‘文革’的政治迫害，是劫后余生。继续补习吧，明年你会考得更好，会上你最想上的大学的。你只管学习，我来管政审通过。”父亲的淡定和坚韧，深深感染了我，我下定决心，从头再来！

七七、七八级的高考只间隔了半年。这半年，我跟在车床上“三班倒”的师兄妹们换班，我几乎上了连续半年的夜班，为的是在完成生产定额后能靠着工具箱眯一小会儿，然后腾出白天的时间补习功课。文化底子太薄了，要浓缩地学习初中、高中那么多科的知识，时间真是不够啊！那阵子，我曾经不知多少次地感叹过伟大祖国的历史悠久——有那么多的朝代、那么多的历史人物、那么多的历史事件都要记下来。

经历了 1978 年再一次的高考、再一次的体检，我又开始了惴惴不安的等待。虽然成绩已经超过重点大学文科录取分数线，但我还是做好了最坏的准备：上不了大学也没关系，高考已经给了我很多的知识和感受。揣着这份渴求又不敢奢求的心境，一天下班回家，在大院门口意外地看到了正等待着我的父亲。

那天的情形我永生难忘。面容清癯的老父亲双手拄着一根藤质手杖、腰杆笔直地站在那里，银发在微风中飘动，他笑着向我招手，那表情像是要揭开一个秘密。我骑着自行车蹿到父亲跟前，蹦下车，心里一阵狂跳。

父亲轻轻拍着我的肩膀说："我的老朋友宋涛教授来电话了，他在学校新生录取名单中查到了你的名字，中国人民大学录取你了！"从 13 岁开始经历"文革"抄家等坎坷的我，自以为被磨砺得很坚强了，没想到，泪水竟当即夺眶而出。

这泪水，不仅饱含着我将要上大学、去读书的喜悦，还饱含着我生命复苏、心灵飞扬的痛快。

中国人民大学的录取通知书是 9 天以后寄达的。后来我才知道，为了我的政审能够顺利通过，父亲给老首长邓小平同志写了一封信，请求给予帮助，希望不要因为自己的问题贻误了子女读书的机会。小平同志收到信后，即请姚依林同志阅办，姚依林同志批示有关部门：不要影响孩子们上学。

在七七、七八级的大学生中，不乏我这种经历的人，我们真的是在党的拨乱反正政策的落实下，才得以有平等机会入学。老一辈国家领导人的亲切关怀，我永远铭记在心。

大学毕业以后，我在财政部工作了 24 年，中国人民大学对我的系统培育，使我有机会、有能力得以在更高层次的平台上回馈祖国建设。我的姐姐、弟弟也和我一样，因为接受大学教育而改变了人生轨迹。

我的弟弟一禾，1979 年以优异成绩考入北京大学中文系，毕业后到《十月》杂志社，从事诗歌创作、诗歌评论、诗歌编辑工作。他以短暂的 28 年追逐、推进社会文明的精彩人生，跻身"1917—2016 影响中国百年百位诗人"的荣耀行列。

我的姐姐小予、小红，都是怀抱着襁褓里的幼子，边工作边学习的，她们分别以顽强的意志完成了北京大学图书馆专业和中国人民大学会计专业的三年函授学习，从普通工人、照相馆职员的岗位，应聘上了从事经营管理、服务于改革开放前沿的工作岗位，并经过不断学习、实践，取得了高级经济师、高级会计师职称。

入学近 40 周年，感慨万千。我热爱中国人民大学，热爱我的老师和同学们。充实、

我（右）快大学毕业时与姐姐小予（左）、小红（中）的合影，两个姐姐当时也正在读函授大学，三姐还带着她们照相馆营业员的号牌呢

愉快的大学生活，真正驱散了“文革”给我留下的心理阴影；崇尚真理、勤奋拼搏的大学生活，深深浸入我的人生历程。上大学，改变了我的命运，让我心灵飞扬。

入学近 40 年后的今天，祖国经济繁荣，社会更趋和谐，父亲也已百年仙逝（1908—2008），他以长寿战胜了一生中经历的一切艰难和困苦。他不仅亲身参与了革命战争和建设新中国的伟大事业，而且还见证了改革开放这个重大转折和随后的经济腾飞。

父亲晚年备受党和国家的关怀照顾，生前被授予“老有所为精英奖”，并被评价为经济战线卓有成效的理论家，既有学识魅力，又有人格魅力。

父亲一生著作等身，最可贵的是他在 90 岁高龄、双目几近失明的情况下，依然坚持每天写作 6 小时。父亲晚年的著述方式很特殊，他先打腹稿，一章一节口述录音，然后请助手、学生、家人帮助整理出文稿并诵读录音，再由他反复听取录音文稿，并逐段逐句提出修改意见。他以这种惊人的毅力，93 岁时出版了一部 46 万字的经济学论著，97 岁时再出版了一部 30 万字的回忆录。

在出版社编辑与他交换修改意见时，父亲经常会提示：此处修改后，还有哪些章节也要做出相应的调整。如此不凡的记忆力和逻辑思维能力，令编辑们惊叹、折服。父亲在他看不见的世界里遨游，心中充满着精神的光明。这种光明，直穿我的心底。

入学近 40 年来，不论遇到多少学习、工作上的困难，我都觉得日子过得很甜，不仅因为家庭的幸福，也因为曾经的苦难。我女儿是在改革开放后的安定、宽松环境中长大的，她已经很难理解我上大学的那番曲曲折折，每听我谈及，她总会说："怎么会这样呢？"

从女儿清澈的眼眸里，我看到的是时代的变迁、社会的进步、人性的舒展。尽管她可能永远不会对这些往事产生深刻的共鸣，但我还是会经常和她讲。因为，这是祖国一次重大政治转折时期中的往事，毕竟不是人人都能赶上这样的历史转折期。

财政系会计专业七八级 13 朵"金花"。我在前排左二

341.3 分

——从默默无闻到全厂名人

| 袁 晞 |

参加过高考的人多半不会忘记自己的高考，而 1978 年走进大学校门的人可能有更难忘的记忆。

从下乡知青到工厂熟练工

我是在四川成都上的小学，1966 年正好小学毕业，考中学的一切准备都做好了，还去中学看了考场，结果到了考试那天，中学红卫兵封了考场，说是要砸烂旧的教育制度。接着，是“文化大革命”，几派群众组织“文斗”，完了再“武斗”，上中学的事因此一拖就是三年。

1969 年进中学，混了三年，天天跟工宣队念毛主席语录，英语只学了“Long live Chairman Mao”几句。三年后初中毕业，有关方面规定少数不满 16 岁的学生升高中，我们这些大部分过了 16 岁的，不是到云南支边，就是插队落户。

1972 年春天我下乡到四川北部山区。由于那里地少人多，哪个村儿都不愿要知青，多一张吃粮的嘴，只好一个村摊一个。我住的村子当时叫广元县（今广元市）上寺人民公社桅杆六队。下乡第一年国家给粮食，第二年旱灾吃救济粮。下乡快两年时，听说大学中专都要招生，大家挺高兴，等政策下来时才知道，要插队两年以上才能考大学，我们这批不满两年的只能考中专。好不容易考完了试，又出了“张铁生事件”，县里要重写推荐材料，再找全村贫下中农人人盖了手印才算数，经过

我在工厂操作车床

一番折腾总算回成都上了中专。

那时的中专，每学期一半时间上课，一半时间在工厂劳动。上课的教材都是改过了的，只教一点工厂眼前用得着的知识；工厂劳动倒是车、钳、铣、铯、磨各个工种都学了个遍，连铸造、翻砂都学了。三年后毕业，文化没学到多少，但已经能当个熟练工。

1976 年秋天，我中专毕业被分到离成都 50 公里的工厂开铣床。工厂在双流县境内，属第四机械工业部，是待遇高的“国防厂”。中专三年相当于在工厂出徒，毕业后直接当一级工，一个月挣 31.5 元，但没有师傅带，独自一人开一个大立式铣床。

那时候，白天在工厂上班，下了班还要学一小时刚出版的《毛泽东选集》第五卷。工厂食堂一个星期只卖一回肉菜，星期天可以几个人合伙买一只农民的鸡改善伙食。整个 1977 年，我是全勤，也是全车间唯一没有出废品的工人，因此被评为全厂的先进个人，也顺利通过考试，升为二级工，月工资提高到 39 元，除了吃饭，每月还能有十几二十元的节余。比起下乡时，条件好多了，一切都还满意。

弃理从文，加班攒假备战高考

听说恢复高考，我们几个中专毕业的同学都很兴奋，除了技术科的“老大学生”和“工农兵大学生”，我们算是工人中文化水平最高的，大家自我感觉良好，都跃跃欲试。

同车间要好的师傅劝我，“考大学干吗？国防工厂工作稳定，现在已升了二级工，你技术好，过几年升三级四级，比上大学强多了，要是再来‘文化大革命’，大学生没准儿还下放农村、支援边疆，工人阶级还是领导阶级”。

我从小是在大学院儿里长大的，同屋同事的父母是中学教师，上学读书对我们而言都是根深蒂固的概念，所以别人的劝说没有作用。

我们几个人立即开始准备，到处找教材。那时候，“文革”前的中学教材成了“抢手货”，连废品站都被人翻了个遍，好在同事的父母在中学工作，总算找到了全套教材。

由于“文革”时期有文科背景的人普遍“遭殃”，学理工科的还好点，加上华国锋时代号召全国人民实现“四个现代化”，科学受到重视，周围想考大学的人都准备考理工科，我们一群人也整天用工余时间做题。

数学、物理我中学还学过一点，但化学压根没学过。上中学时，有一门课叫“工业基础知识”，其实就是物理和化学的结合，但我们学校有一位化学老师在“文革”期间因受迫害自杀了，只剩下一位年轻女老师能教化学，可她只能应付几个班，物理老师还多几个，所以我们一些班的工业基础课知识只上物理。

等到四川省考试章程一公布，我们一帮中专同学都傻了眼，章程说，像我们这样的中专毕业生，必须工作满两年才能考大学。我写信问分到外省份的同学，别的省都没有这条规定。大家的第一反应都一样——给邓小平写信！

虽然大家精心策划，又分头写了十分恳切的信，结果还是泥牛入海。

好在半年后就是下一次高考，而那时我们工作就满两年了。

第一次考试时，看到题，我发现自己对化学还是一窍不通，反倒是文科的题好应付些。参加考试的水平与我差不多的人，物理、化学都考得不好。

有了教训后，我决定改考文科，于是又到处找历史、地理的旧教材。

工厂里找不到高明的老师，做完题后只能同学几个对对题。工厂离成都50公里，只有星期天能回去半天，没法听成都有些中学开的补习课。正巧同车间李师傅要在成都做眼睛手术，车间支书和车间主任对我不错，让我去成都待半个月，照顾病人。

李师傅的夫人通情达理，只是要我每天上午去替她一会儿，让她有空出门办些事，下午不用去医院，这样我能找地方听补习课。

除了照顾李师傅的半个月，我还用了全年加班攒的十几天倒休，前后在成都待了一个月，这对复习功课大有帮助。

姐姐认识的郑老师帮了我大忙。郑老师是当时成都最好的中学——成都四中的数学老师，而数学是我最差的一门，没人指导很成问题，这下好了。

郑老师很有因人施教的心得和方法。他拿出一张数学试卷让我做了一遍，大概知道了我的水平后告诉我，我的初级代数、平面几何还可以，认真做一些题，巩固巩固，争取不丢分，还有合并同类项之类的小题一教就会，他教我掌握技巧；至于三角函数、立体几何这些我完全没学过的，一个多月的时间从头学也来不及，干脆不要了。这样算下来，也能得个50分左右，对于考文科，这样的分数就很不错了，起码不拉低平均分。

我按照郑老师的方针复习数学，每过几天找他解答疑难问题，复习很见成效。

赤膊上阵，最后全场只剩我一个人在答题

记得那年夏天，仅四川一省就有近50万人参加高考，全省凡是能用上的校舍都成了考场。

我考试的地点是工厂附近的农村小学，开车要十几分钟，工厂用两辆大卡车拉大家去赶考，中午还用车拉大家回厂吃午饭，休息一会儿后，下午再拉大家去考场。

考试的时候正是盛夏，四川盆地的天气又热又闷。乡村学校不要说空调，就是电风扇也没有，窗户还特别小，我座位顶上的日光灯还一闪一闪的，修了一阵也没

修好。

我坐的位子靠墙，不通风不说，墙上石灰早被小学生抠没了，胳膊肘顶着土墙，每天考试时出一身汗，考试出来，总是一胳膊黄泥。

一天下午，在去考场的路上，突降倾盆大雨，卡车没有顶篷，全车人都被淋得湿透。到了考场，发现其他考生也没几个身上是干的。进了教室，监考老师宣布，男生可以脱了外衣长裤、穿短裤赤膊上阵，女生就只好自己克服了。

那天考完试，一身的雨水、汗水加黄泥，不过总比那些穿着一身湿衣服做题的女同胞强点儿。

试题中最难的还是数学，扫一眼卷子后发现，后边儿好多题不会，当时脑袋都大了。定了定神儿，想起郑老师的教导，按既定方针办：不看后边的难题，认真做好前边会做的代数、平面几何什么的。

考试才半个多小时，考场里的考生“呼啦啦”地起身交卷，弄得我很紧张，心想是不是我最差，老做不完。到一个钟头时，整个教室只剩下我一个人，这时两位监考老师都走到我身边，其中一位女老师小声对我说，“他们都是基本不会做，所以没怎么做就交卷了，你不要着急，慢慢做，能做多少是多少，不到铃响千万不要走”。这让我静下心来，做完了会做的题，又仔细核对了一遍。

几门科考完后，回成都找郑老师对题，郑老师说，你基本完成了任务，数学多半能有 50 分，按你的水平相当好了。等拿到成绩单，我数学考了 51.3 分。郑老师真是料事如神。

郑老师又带我找了四中其他科的老师估计分数。几科估完，郑老师说，如果你复述得基本准确，各科算下来能有 300 多分，你肯定能上大学了。

那会儿大家学业荒废，考试出了不少笑话。我们那年全国统考的历史题中，有一道填空小题让填“中国革命的三大法宝”是什么，有人填“毛泽东、朱德、周恩来”。现在想来也有一定道理，当时毛泽东代表“党的领导”、朱德代表“人民军队”、周恩来负责“统一战线”。

很多考生多年没上学，对考试的评分标准一概不知，对文科的题，大家都认为自己考得不错，有人甚至估计自己的地理分在 94 分到 96 分之间，等成绩下来才知道不及格。

无心插柳，看“世界杯”“押中”高考地理题

说到高考，还有一个插曲。我用倒休在成都家里准备高考那会儿，听说电视台要首次转播两场在阿根廷举行的足球“世界杯”比赛，我从小就是球迷，自然高兴极了。那时我家还没有电视机，巴西和意大利争第三名那天，我要去邻居家看球，妈妈拦住我说：“别去，看球要影响复习，你如果因此没考上大学，会后悔一辈子。”我只好悻悻然回去复习。

转播阿根廷与荷兰决赛时，爸爸见我实在忍不住，就对妈妈说：“他不看也安不下心，还不如让他看看，就算休息俩钟头吧。”妈妈勉强同意了。

我急忙拎着小凳子挤到邻居家的黑白电视机前。盛夏酷热，一群看客大多光着膀子，摇着蒲扇，电视上双方队员一登场，有人惊叫“他们的棉袄怎么那么厚”。因为那会儿我们还从没见过羽绒服，而电视里运动员们呼出的寒气清晰可见，于是有人问：“阿根廷怎么这么冷？”

我爸是有文化的人，答曰：“阿根廷在南半球，我们这儿是夏天，那儿是冬天。”说着又叫我回家看看墙上贴的世界地图，比赛地点布宜诺斯艾利斯在南纬多少度。我看了回来说是 30 多度。我爸说，北京在北纬 40 度左右，两地季节差不多正相反，所以我们这儿夏天，那儿是冬天。

比赛开始了，双方踢得紧张激烈，90 分钟战成 1 ∶ 1 平。加时赛中，肯佩斯一记漂亮的凌空射门，为阿根廷踢进制胜的一球，接着，贝托尼接肯佩斯妙传，又射进一球，阿根廷终以 3 ∶ 1 获胜。这是阿根廷第一次夺得“世界杯”冠军。

当时过了几天就高考，打开地理试卷时一看，最后一道 15 分的大题竟是：“北京夏至时，阿根廷首都布宜诺斯艾利斯是什么季节……”我大喜过望，看一场球赚了十几分！同去考文科的人，基本上都还说不利索“布宜诺斯艾利斯”几个字。

等到考试结果下来，应考的两卡车人中，只有我一人榜上有名，不少人问我怎么能考好，我就说看球的事儿，有家长悟道：“看电视还是有好处。怎么这半年就

没让孩子看一回呢？”我也不知我这话是帮了人还是坑了人，反正长头发的肯佩斯从此永远留在我的记忆中，他不仅是我眼里的球星，也成了我心中的福星。

341.3分——从默默无闻到全厂名人

那个年代很多事情是百废待兴，高考也是刚刚恢复，一切都是试着来，改卷子远不像现在这样程序化，全是人工一张一张地看，加上考生数量又大，过了两个月，才听说评完卷了。

左等右等，总算等到拿成绩单的日子。全厂的成绩单都由厂子弟学校的教导主任去县里拿。他早晨坐厂里的班车去成都，再换车到双流县城，然后再照此路线回厂。那会儿别说手机，就是电话也找不到地方打，只能等。

从成都回来的班车要下午五点多才到，我们这些参加考试的工人，早早关了机床，四点不到就去路口等着，子弟学校学生、老师、家长也早已聚在路口。

记得那天班车到得特别晚，教导主任最后一个下车，愁眉苦脸的，对着大家第一句话就是，“今年全厂都考砸了”。然后说，“我看了成绩单，都是200分多一点，一个也过不了体检线”。那会儿也没考试成绩是“个人隐私”一说，他随便就拆开信封看了。

我有些吃惊，忙问：“知道我多少分吗？”他说：“我看的是子弟学校平时成绩最好的学生的，你们待会儿到办公室自己看吧，多半也好不了。今年第一次全国统考，太难了！”他边说边叹气。

到了学校办公室，拿到自己的成绩单，一看是341.3分（快40年了，这个分数随手就能写出来，可见记得多牢）。

我小声对教导主任说：“我是341分。”

“341！”他大叫一声。

一屋子的人都围过来看我的成绩单。

全厂只有我一个人过了分数线，不仅过了体检线，还过了当年四川省文科的重点线。

我本来是进厂不足两年、没几个人认识的青工，一夜之间成了全厂名人，有人来祝贺，还有不少同事和学生家长来找我讨教高考经验，我也不知道说什么好。

1978 年四川实行的是看了成绩再报志愿，我的分数不够北京、上海好学校的招生线，于是报考了四川大学中文系和历史系。

1978 年 10 月，一个金色的秋天，我幸运地走进了四川大学的校门。

大学教育改变了我的生活，随着时间的推移，我越来越认识到大学对人生的意义。

我（右）和同学上学期间在校门外的合影

小学未毕业考入大学的天方夜谭

| 张小雪 |

梦境一：数学考场，我拿着考卷看不懂，急得我抓耳挠腮……吓醒了！摸摸耳朵，哦，是梦。

梦境二：大学招生放榜了，在名单里找来找去没有我……哭醒了！掐掐大腿，哦，又是梦。

人这一辈子，像我这样几十年反反复复、没完没了地被同一个主题的梦纠缠不休的恐怕不多吧？一句话，能上大学是我一生中最幸运、最宝贵的经历。

1965 年，我上小学四年级。在爸爸的影响下，我为自己未来的学业编织了一个美丽的梦：中学直奔北京 101 中学或者师大女附中，大学就选北大、清华了。

“文革”爆发，我的美梦第一次被搅碎了。虽然不用读书、写作业了，可以疯狂玩耍了，但是接下来家被抄、父亲被抓、母亲被整、哥哥姐姐上山下乡……我慢慢感觉到名中学、名大学在我的脑海里越来越模糊了。

那个年代的大学生都是工农兵中佼佼者，或者跟领导关系良好或者本人家庭背景特殊的人，简称工农兵学员。我是多么羡慕他们啊，尽管他们手里经常捧着“红宝书”而不是课本，但毕竟被冠以“大学生”的荣耀。1974 年我因病退伍回了北京，我琢磨着只要养好身体，好好工作，就一定有机会被送去读大学的，当时信心满满，上大学的梦悄然复活了。

记得那是 1977 年的冬天，我正在北京延庆县白河堡水库简陋的工棚里，白天为祖国战天斗地忙着描图，晚上和同事智斗老鼠，有一天突然接到通知，中国的高考制度恢复了，我们都有资格参加。

俗话说人算不如天算，当时我想当工农兵学员的梦八字还没一撇，中国的工农兵大学生就要绝版了。这对我一个只有高小文化水平的人来说无疑是一个毁灭性的打击，上大学的美梦似乎又一次被撞破了。其实，对待人生我们自己是能够做出一些实质性选择的，就看能否勇敢面对，能否无所畏惧。在我看来，免考直入大学的门在我面前无情地关闭了，而靠自己努力学习、拼搏进取的自考大门却对我敞开了，而且更加敞亮！

在父母和朋友的动员下，我那颗绝望的心又萌动了：报考者可以歇一周（复习功课），交五角钱报名费，去见识见识考场也值啊！从报名的那一刻起，我就没有再回头了。现在回首，我这辈子做得最轰轰烈烈的事情，就是演绎了一出小学未毕业考上大学的“天方夜谭”。

军旅，我的大学预科

常说“人民军队是革命的大熔炉，锤炼了一代又一代的钢铁战士”，而如今，我更愿意把部队比作我的大学预科班。在我看来，部队的经历不仅锤炼了我的意志和能力，而且还为我这个小学生日后迈进高等学府打下了坚实的文化基础，积累了丰富的实践经验。

1970年，部队的管理是非常“左”的，文艺兵不能以排练演出为主要任务，步兵、炮兵同样也不会狠抓射击和训练，而每天早请示、早读、晚汇报、班务会是雷打不动的。当时我的文化水平充其量是个半“文盲”，仅限于写写家书而已，连情书都未必写得了。我最怕早读时当众念报纸，因为字认不全，念着念着就遇到生字，侥幸的话，自己找个替代词蒙混过关了，不走运就会被指导员纠错，很没有面子。脸皮厚的人也就算了，偏偏我脸皮薄又要强，于是我就笨鸟先飞，提前一天去队部阅读报纸，查阅字典。久而久之，我不惧怕给大家念报纸了，教导员也不“为难”我了，他肯定发现我有进步了。

同时，我怕写总结、写评论，因为词汇量不足！我们部队有一个不成文的规定，每天中午饭和晚饭期间，各班派出一人念一篇自己写的短小精悍的文章，赞扬身边发生的好人好事或者批评不良行为，美其名曰“小评论”。

我就是那个经常被班长点名去念小评论的人。班长一般提前一天派活儿，我那会儿就怕班长的目光落到我的身上，但越怕就越来。更有甚者，后来我们班的小评论的活儿基本上由我“承包”了。班里“老三届”学生大有人在，班长不叫他们写，偏偏赶我这只半“文盲”的“鸭子”上架，说得好听是班长器重我，说得难听，班长就是拣软柿子捏——看我年龄小、听话罢了，我是敢怒不敢言啊。

按照辩证法，好事会变坏事，而坏事也会变好事。写小评论、当众读小评论看似一件尴尬和“傻帽儿”的事，久而久之，日积月累，潜移默化，正是这个“傻帽儿”行为培养了我观察和分析事物的能力，锻炼了我在众目睽睽之下演讲的胆量，逼着我查字典、学习文化知识，提高了我的写作水平，特别是写评论文，需要观察敏锐、思路清晰、论点准确，我对此似乎越来越在行了。

当初我对班长大人又恨又怕，如今只有感激之情了。这一切都要归功于班长，没有她当年逼我历练写小评论，哪会有今天我“爬格子”的功夫。多年后，我当面感谢班长，可她却早已忘却了，无论是功劳还是苦劳一概没了印象。

当年部队狠抓政治思想教育，崇尚“马恩列斯毛”著作的学习。这对我来说本来是一件被动而无聊的事情。为了受表扬，为了入党进步，我经常违心地捧着马列著作在那里“装认真”，可装着装着就把自己装进去了。起初是从书里学新字新词，后来学句、学段、学文字，再后来就琢磨起道理来了。有一次，我居然还跟教导员交流起读《国家与革命》的心得。回想起来很滑稽，而实际上我确实学进去了。

在部队几年间，我阅读过《共产党宣言》《国家与革命》《关于费尔巴哈的提纲》《论托洛茨基》等马列著作，为后来的政治考试夯实了基础，大学时我们主修马列专著，我把在部队学习的那点政治墨水儿倒出来搅了搅，考试时居然蒙了个 5+！

总而言之，部队的生活苦中有乐，我学到的比失去的多得多。这个革命大熔炉培养和造就了无数个像我一样的从“文盲”、半“文盲”变成学者、教授、专家和对社会有用的人才。1974 年，我，一个普通的战士，以优异的成绩（18 岁入党、获三次嘉奖、摘掉了半“文盲”的帽子）完成了我的大学预科，“毕业”回京。

数学，敲开大学之门的金砖

1977 年我从白河堡水库赶回北京，局里给的一周复习时间是一点儿没有浪费，我认真复习了各门功课，除了数学。结果，1977 年高考落榜，这也是情理中的事情。不过我的语文、政治和史地成绩都不错，这次卡就卡在数学上了。对于一个小学都没有毕业的人来说，高考数学的考卷我一道题也看不懂，但是我不愿交白卷，把所有题目工工整整地抄了一边，交了一份布满字迹的“白卷”。出乎意料，数学居然拿到 3 分！

这么多年来我还经常琢磨，可能是我的认真劲儿感动了阅卷的老师，决定以 3 分鼓励我这个数学白丁吧。他们绝对没有想到就这小小的 3 分，日后对我的生活和学习有多么大的影响。通过 1977 年高考，我对自己有了信心，继而加倍燃烧考大学的热情。我决心从那 3 分开始起步，去学习数学、攻克数学，把数学当成金砖去敲开高等学府的大门！

1978 年春节，正当我有志而无助时，家里来了一位客人——数学教授许寿山伯伯，他在北京养病，顺便带了一帮亲友的孩子复习数学，备战高考。闲聊间他了解了我高考落榜的情况，并主动提出帮助我复习数学，当即给我做了测试和辅导。于是，我有生以来的第一堂数学课（小学是算术课）不是在学校的课堂上，而是在自己家里，当着父亲的面，由许伯伯开讲的。

他想当然地从正负数给我教起，教着教着发现我连 5 年级的分数、小数都不懂！我猜想许伯伯一定很失望，他手里虽有金刚钻却揽了我这么个不正宗的瓷器活！我很担心他会放弃教我。然而许伯伯在第一堂课后爽快地对我父亲说：“我教她，保证她高考数学及格！”

接下来的几个月，是我人生旅途上的一段既非常辛苦又特别充实、既不堪回首又刻骨铭心的经历。我的生活轨迹在每周一至周六是三点一线：早起上班，下班去许伯伯家上课，夜里回家练习。每逢周日就变成两点一线：早晨一睁开眼睛就去许伯伯家报到，上午旁听应届生的数学课，下午独享许伯伯给我开的“小灶”。

1978年全国统一高考数学试卷

一、解答题（共11小题，满分120分）

1. （4分）将多项式x5y－9xy5分别在下列范围内分解因式：（1）有理数范围；（2）实数范围；（3）复数范围.

2. （4分）已知正方形的边长为a，求侧面积等于这个正方形的面积，高等于这个正方形边长的直圆柱体的体积.

3. （4分）求函数 $y=\frac{\lg(2-x)}{\sqrt{x-1}}$ 的定义域.

4. （4分）不查表求cos80°cos? +cos10°cos55°的值.

5. （4分）化 $(\frac{1}{4})^{-\frac{1}{2}}\cdot\frac{(\sqrt{4ab^{-1}})^3}{(0.1)^{-2}(a^3b^{-4})}$

6. （14分）已知方程k 为实数对于不同范围的 程所代表图形的内形 量特征的草图.

7. （14分）如图，AB是半圆的直径 是半圆上一点，直线MN切半圆于(AM⊥MN于M点，BN⊥MN于N CD⊥AB于D点.

求证：（1）CD=CM=CN；

（2）CD2=AM•BN.

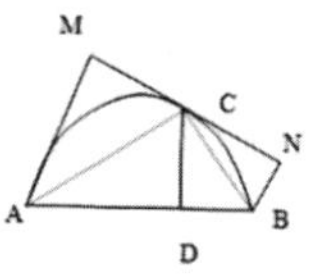

8 . （12 知：18b=5，log1 求log3645.

9. （20分）已知△ABC的三内角的大小成等差数列，tgAtgC= $2+\sqrt{3}$ 求角A，B，C的大小，又已知顶点C的对边c上的高等于 $4\sqrt{3}$，求三角形各边a，b，c的长.（提示：必要时可验证 $(1+\sqrt{3})^2=4+2\sqrt{3}$

10. （20分）已知：α，β为锐角，且3sin2α+2sin2β=1，3sin2α－2sin2β=0.

求证：$\alpha+2\beta=\frac{\pi}{2}$.

11. （20分）已知函数 y=x2+（2m+1）x+m2－1（m为实数）

（1）m是什么数值时，y的极值是0?

（2）求证：不论m是什么数值

1978 年全国统一高考数学试卷

许伯伯带的学生很多，其中不乏数学尖子，有的更是当年全国数学竞赛中的精英。学生被分成快、慢两个班。我是哪个班都跟不上，因为人家是复习，我是学习，压根儿不在一个水平上。我的旁听引起了周围人的注意，那些应届的孩子经常用一种特殊的眼神打量我，是好奇，是敬佩，还是同情？我也说不准，不过其中几个人后来成了我的忠实“粉丝”。

许伯伯对我特别关照，细心加耐心。一般情况下，我随到，他随教，哪怕正在给他的孙子讲课，只要我踏进他家的门，他马上就让我进入学习状态。我就这样被许伯伯引进数学的海洋，从探索到遨游……

那期间，上班时间只要有空隙，我就见缝插针地做题，周围有讨论就参与，不漏掉任何一个学数学的机会。我所供职的北京市水利勘测设计处，有很多工程师和技术人员，他们非常支持我们学习，经常给我们讲题。

不过我是一个带病退伍的复员军人，经常病休，因此他们并不看好我，而是重点辅导其他年轻人。我也不在乎别人怎么看我，只要跟数学有关，就厚着脸皮凑上去听，并随手记下重要的问题，回家自己复习消化，搞不懂的问题就去请教许伯伯。

1978 年许多政府部门的礼堂开始放内部电影，这对被封闭了十年之久的中国社会来说是极大的冲击，对渴望了解文化、历史和艺术的年轻人来说，有着极强的吸引力。当时，为了争一张电影票，周围的兄弟姐妹会吵得面红耳赤，甚至有人画假票混进电影院。而我自从和数学结了缘，就被迫退出了电影票竞争的行列。这对我的哥哥姐姐来说无疑是一大幸事，而我却忍受着割爱的痛苦。

就这样，我平均每天睡 4—5 个小时，缺少休息，没有娱乐，拒绝恋爱，全部心思都在数学上。工作、吃饭时心里想的是数学，谈话聊天时说的是数学，连夜里做梦都是数学。记得有一道题我白天没有做出来，夜里却在梦里把它解出来了！我发现自己对数学越学越带劲儿，也越来越喜欢它了，明显地感觉到了它给我的生活带来的动力和热情，看到自己离考大学的目标越来越近了！

许伯伯紧赶慢赶地在高考前夕把初、高中的数学和解析几何全部给我讲完。记得考前最后一次数学课，许伯伯重点讲了几何题，让我牢牢记住了他的几种解题方法。记得他对我说：“你行！你一定能考好的！”记得考数学的前一天夜里，我复习到深夜，凌晨 2 点入睡，凌晨 5 点起床，把所有的重要笔记和试题铺了一床，又复习了一遍……

在 1978 年的数学考场上，我经历了人生中最神奇的一幕：当我这辈子第二次拿起高考的数学考卷时，我的大脑突然一片空白，一道题也看不懂！好像 1977 年考数学时的悲情又要重演了，我把考卷的上下左右来来回回地看了几遍，可就是看不懂，我的脑子里甚至闪过这样一个念头：走错考场了？

我实在忍不住，就叫来一个监考老师，问他这些题是什么意思。我至今还记得那个年轻的男老师的表情，他先是感到诧异，后来慢慢露出抱歉和同情的微笑，说："你自己慢慢看，别急！"

我能不着急吗？为了这门数学考试我耗费了 130 多天时间和精力，放弃了年轻人该有的生活和乐趣，还放弃了一次很好的工作调动的机会。为了数学，多少个白天和夜晚，体弱多病的许伯伯在简陋的屋里，在昏暗的灯光下给我辅导，陪我做题。为了数学，我的父母亲为我操了多少心啊！

当时我又气又恼又惭愧，无奈地落下了眼泪。我边抹眼泪边暗暗地想：许伯伯啊，我对不起您！爸爸妈妈啊，我对不起你们！今年考不上，我明年还考！历史上经三次科举才成功的例子还少吗？我一定不辜负你们的期望……

想着想着半小时过去了，我的心情也平静下来了。这时奇迹发生了，卷子上的题目向我"招手"了，我能看明白了！我赶紧提笔答卷，一道接着一道。可惜之前浪费的时间太多了，当考试结束时，我还有两道大题没来得及碰呢。不过，这次我没有交白卷，我尽力了！

后来有人分析，我在数学考场上一度"失忆"，是精神过于紧张，数学压力太大，加上前一天夜间睡眠严重不足等原因造成的。

出了考场后听到许多人议论，都说砸在一道几何题上了。我有点纳闷，因为我用许伯伯在前一天晚上教我的方法很轻松地解了那道题。但是大家的议论让我很担心，经历了那半个多小时的"迷糊"，我对自己的表现实在没有把握。

离开考场后我没有回家，而是直奔许伯伯家。1978 年高考数学卷子的难度大大超出了许多人包括许老师的预料。他认真听了我的汇报后，当即给了我一颗"定心丸”，确定那道几何题我做对了，且能拿满分！他估计我的数学成绩不会低于50分！

数十天后，从领导手中接过高考的成绩单时，我的第一反应是查看数学的分数：当“60分”的字样映入我的眼帘里时，我为之感动了，我的父母为之感动了，我的许伯伯更为之感动了。许伯伯准确无误地（可谓一分也不差）兑现了他的承诺！而我呢？经过一波三折，我为自己的“天方夜谭”编织出了完美的结局！我就是凭着数学60分的实力（其他几门投入复习的时间很少，都在80分左右）达到了1978年北京市高考一类分数线。

我从自己这段经历中深刻、真实地感悟到，幸运之神一定会惠顾那些对生活有信心、有勇气、有目标、有行动的人！

我的幸运之神就是许伯伯。许伯伯是安徽人，从小喜欢数学，一辈子从事数学教育，曾在天津大学和内蒙古工学院任数学教授。他为国家培养了许多数学人才，仅仅从他家就涌现出两代有用之才。

我始终认为，如果没有许伯伯的帮助，1978年的高考榜上未必有我的名字，最起码我与重点大学不会有缘。许伯伯后来说，在给我上了第一节课后，之所以敢在我父亲面前立下“军令状”，是他从我的眼睛里看到了强烈的求知欲望，从我的笔尖上看到了聪慧的火花。20世纪80年代初，许伯伯在一本有关数学的专著中，以我为例子，大胆提出了“数学可以速成”的理论，这在当时是一个全新的观点。

“亲们”，我的救星！

分数线达到了不等于我就能上大学了，我心里还有两块石头没有落地呢。

七八级对考生的政审并没有放宽。当时我父母都还没有得到政策的落实，这个问题是压在我心头最大的石头。为了帮我排除障碍，我亲爱的妈妈挺身而出了！

无论过去还是今天，在我整个成长过程中，我最应该感谢的、永生不忘的恩人是我亲爱的妈妈。我的妈妈是地主家大小姐，参加抗日战争前就在县城的女子中学读书，后受到进步思想的影响，私下卖掉自己的衣物首饰，带着一个穷人家的女同学离家出走，加入了共产党。正是因为读过书，有文化，妈妈非常重视对我们的文化教育。记得读小学时，每天晚上妈妈无论下班多晚，都要仔细检查我的作业，有错的话就会毫不留情地把我从被窝里拎出来改写。

由于她的严加管教，我小学的成绩一直不错，四年中只得过一个3分，且还是图画课，因为把一条金鱼画得不伦不类的。“文革”中，妈妈照常要求我每天练字，练好后才允许出去玩耍。

妈妈把家里的世界文学名著藏到了一个熟人家里。1972年我回京治病期间，她找回部分书籍给我看，我在三个月里饱览了俄、英、法古典名著，对社会对生活的看法发生了质的变化，对文学和历史的兴趣更上了很多层楼。在那个年代，像我妈妈这样身受迫害却依然重视子女文化教育和陶冶情操的卓有远见的家长，不能说绝无仅有，但也是凤毛麟角。

话再说回来，妈妈得知我的高考成绩已经过了一本线了，也明了我的担心，她鼓起勇气做了一件不像一贯知书达礼、处事稳重、听党的话、服从组织决定的她会做的事情。她很清楚形势有多么的严峻，她的女儿费多大功夫、付出了多少心血才换来的高考成绩，岂能被那政审毁了！

她冲到单位对军管会的头大声嚷嚷：“我15岁参加革命打鬼子，一辈子忠于人民忠于党……你们可以揪斗我，停我的职，让我劳动改造，但是不许阻挠我女儿上大学！如果有人捣乱，我就跟他拼了！”

妈妈后来回忆说，当时也不知道哪来的勇气，一口气喊出来了，把军代表镇住了。最终，我的政审通过了，不知道是妈妈勇敢所为，还是当时的形势已有缓和，但我就认定是妈妈帮我搬掉了这块心里最大的石头，妈妈是我的大救星！

心里的第二块石头就是我患有慢性肾炎，有好转但没有好利索，不知道高考会不会体检出来。那天到了北京积水潭医院，我一眼就发现体检项目中有尿常规化验，立马感觉当头挨了一狠棒！我不知所措了，是继续体检还是放弃离开？如果继续，我的尿检百分之百是不正常的，可能会被淘汰的；如果放弃，我能甘心吗？我当时很绝望啊，连开窗跳楼的心都有了！人道是，吉人天相，绝处逢生！正当我感觉自己呼天天不应，呼地地不灵时，一个熟人出现了，她就是我的战友张小北。

小北与我同年出生、同天入伍、同火车来到西北，经常有人误以为我们俩是亲

1972 年，张家姐妹——我和张小北（左）在大雁塔合影

姐妹呢，实际上我们俩不是亲姐妹却胜似亲姐妹。她性格文静，举止稳重，吃苦耐劳，好学上进。她入伍时已经是共青团员了，是我学习的标准榜样。后来她还是我的入团介绍人。我在西安的野战医院住院治疗期间，她时常到病房来看望我，给我送来了温暖的乡情。周末她曾经带我溜出病房，去了大雁塔。我们俩在大雁塔前留下了那张具有划时代意义的合影——“张家姐妹在大雁塔”。

我们俩再相聚就是 1978 年 7 月在北京丰盛中学的高考考场上。当时两人都很激动，碍于场合特殊，我们没有多说话，互相鼓励匆匆而别。接下来我们俩又见面的场景前面提到了，我手拿化验尿的小杯子正欲哭无泪时，我的小救星出现了！原来她的成绩也过了线，且也在这家医院体检。

我顾不得更多了，上前把小北拽到一边，低声请求她帮姐姐一把。冰雪聪明的她马上明白怎么帮我了，于是我用小北的尿样蒙混过了体检这道鬼门关，第二块石头也安全落地了！

我始终认为，如果没有小北帮我，我的高考成绩再好，进入高等学府也未必一帆风顺。

故事还没有结束。1978 年 10 月 20 日，我身着一袭绿色的旧军装，雄赳赳气昂昂地踏进了中国人民大学的校门。在校园里我居然看见了张小北!

我和小北的缘分绝非战友这么简单，事实上我们俩是“战友+校友+队友+朋友”。虽然我们俩在部队共同“战斗”的时间不长，可后来我们两个在人大的校艺术体操队一起操练、一起比赛的时间可不短。这些年来，我俩的关系和感情远远超出了“战友+校友+朋友”，在我两次大病中，小北都及时赶到我的身边，送温暖、给帮助，早已胜似亲姐妹了，这也许是我上辈子修来的福分吧。

话题再回到在人大的校园里见到小北，我们俩别提多么高兴了！可惜当时我羞于言表，把对她的感激之情深深地藏在了心里。我们俩不在一个专业，分头到各自的系里报到去了。报到后拿到一张表格，我定睛一看：体检表！所有新生还需到校医院做例行检查，且还有尿常规化验!

我的第一反应是寻找小北，但是上千名新生散落在校园里，想找到小北难度太大了。体检轮到我了，我便硬着头皮自己做了尿样化验。一整天我都很郁闷，满脑子装的都是尿化验的结果，认为一旦我的慢性肾炎患者身份暴露了，后果不堪设想，我眼看就要圆的梦又一次面临危机了，一夜未眠!

第二天班主任宣布体检需要复查的人员名单，当念到“张小……”的时候我几乎晕厥了，以至于没有听清楚是“张小”什么。我挤到老师跟前仔细询问，才搞明白，我们班需要复查的人中有一个叫“张小劲”的！我还是不放心，快步冲到校医院去，看到门口张贴着复查名单和项目，我看着看着就傻眼了——张小北复查尿!

当时吓了我一身冷汗！小北？复查尿？不会吧？我一头雾水地回家，一路上既为小北担心，也为自己庆幸，前一天如果找到了小北，用了小北的尿样，今天复检名单上也会有我的大名！不过后来小北复查也通过了。总之，我经历的这两次体检都够惊心动魄的了，并且已经永远地载入了我大脑的记忆库。

我的高考，天时地利人和，即有改革开放、恢复高考制度的大环境，又有自己的不懈努力，还有父母、老师、战友、朋友的帮助，美梦终于圆了。然而，解题的梦、考试的梦、发榜的梦……还在无休无止地缠绕着我，不过这些真的是梦，每次醒来都感到欣慰……

向往复旦的求学之路

| 魏达志 |

1977年的高考转眼已经过去了40年，但人生并非如梦，往事亦并非如烟，过去的时光仍恍如昨天、历历在目。我在拙作《深港国际大都会形成机理研究》的后记中有这么一段话：

值得回顾的是，我自1977年考入复旦大学后，肾脏疾病已经伴随我走过了30年的求学历程。1989年初，我双肾功能衰竭，此后肾透析5年，至1994年6月28日我在北京解放军总医院成功地施行了肾脏移植手术。闻名全军、德高望重的李炎唐主任、王晓雄主任、肖序仁主任、张磊主任、董隽主任亲自安排并为我施行了手术，我始终铭记着解放军的救命之恩，始终铭记着中共深圳市委、市政府及社会各界给予我的关怀与支持，最好的知恩图报莫过于将有限的生命投放到对社会经济发展有价值的学术研究上来，这成为我数十年来孜孜不倦从事学术研究的强大动力。

正当这部《深港国际大都会形成机理研究》初稿完成之时，我的移植肾脏再一次衰竭，我又一次来到北京，又一次来到解放军总医院。2007年5月5日，总医院泌尿外科、脏器移植中心的主任及医护人员，又一次为我植入新的肾脏。特别是在肾脏移植、组织配型和抗排斥治疗方面达到全国一流水平、名扬遐迩、深受广大病友爱戴的敖建华主任又一次为我安排了移植手术和全程护理；泌尿外科主任、全军著名的洪宝发主任亲自主刀至凌晨2点；泌尿外科护士长周玉虹、丛冰，泌外师干护士长冯巍和全体医护人员，他们崇高的思想品格、科学追求、高超医术、敬业精神、医德医风和人格魅力，将永远激励我、鼓舞我，我将对他们的深深敬意和感激，铭记于心，铭记于此，并引以为永远的纪念！

两次肾脏移植，又一次新的生命，不仅意味着新的生命动力，更意味着新的时代责任。记得梁启超曾经说过：人最苦的事莫过于身上背着一种未来的责任，大抵天下从苦中得来的乐才是真乐，这种苦乐循环，便是还有活力的人间的一种趣味了。

我想，我们七七、七八级考上大学的人，命运大多如此。

（一）

我的父亲魏大愚是江西著名书法家，曾经为南昌“八一”大桥题写桥名与碑文。直到 2006 年，我才将经过“文革”浩劫之后仅存的父亲遗墨编辑成《魏大愚书法篆刻集》，一经出版，立即在北京与深圳等地获得一片赞扬。

按理说，我出生于这样一个书香门第，理应受到良好的教育并过着十分优裕的生活，可是无辜的生命总是要受到来自命运的嘲弄，1959 年我刚满五岁，父亲便于 1 月 18 日不幸辞世，从此一家的生计就像沉重的担子压在了母亲的肩上。我们不仅失去了慈父的教诲，紧接着三年困难时期的冲击，也使我们全家的生计几乎濒临绝境。

1972 年我在由父亲题写桥名的南昌“八一”大桥前留影

1960年，我刚上小学就遇上三年困难时期，日子过得尤其艰难。贤良刻苦、勤俭持家与具有强烈自尊自强的母亲陈顺英，咬紧牙关挑起了全家的生活重担，每天起早摸黑，靠帮人带小孩、洗衣服、织棉纱的微薄收入维持全家生计，她不仅包揽了全部儿女的衣食住行，还为我们上学读书操碎了心，母亲常常因为力不从心而背着我们悄悄流泪。她省吃俭用，承受了最大的牺牲和辛劳，我们也过着饥寒交迫、缺衣少食的生活，我们兄弟姊妹几乎都是饿着肚子上学，我就曾经因为饥饿引起的贫血而晕倒在地。

1963年6月1日，我加入了少先队，由于买不起新的白衬衣，当我穿着姐姐的圆领衬衫参加入队宣誓时，引起了不少人的嘲笑……总算靠着母亲的辛劳、刻苦、勤俭和街道的助学会度过了六年的小学生活，童年留给我的确是许多难以回首的艰辛，但这些艰辛和委屈同时也在磨炼着我的意志。

1966年7月小学刚刚毕业，就遭遇了十年“文革”，短暂的复课闹革命并没有让我们学习到任何知识，而“破四旧”的一把烈火却烧毁了父亲留下的几乎所有文化遗存。到1968年4月4日，虽然按照街道分布，我们得以进入了重点的南昌二中，但是很快地就让我们响应号召去了农村。

1968年11月13日，南昌二中整体迁往江西共产主义劳动大学，我们列队步行前往，不满15周岁的我，心情与天空的颜色一样，都是阴沉沉的。家里能够为我准备的就是一床小棉被、一件旧棉袄，牙膏与牙刷是邻居同年娘送的。仅仅两个月后，我们的班级也就以四连三排的连队建制全部去了鄱阳湖畔的南湖农场，我穿上旧棉袄再在腰上补扎了一根草绳，我们这些无知的青年也以知识青年的身份开始了四年的农村劳动和生活。

割茅草、做土砖、建草房、打井、开荒、种菜、插秧、抢收、抢种，几乎所有的农活、大大超越自己体能的农活我们都干过。艰难的农村生活，艰苦的伙食状况，使得我经常呕吐酸水；凛冽的寒风、薄薄的棉被、四面透风的草棚，又迫使我与同学搭被合睡……不久，我在1969年患上了急性肝炎，1970年又患上了胃溃疡，常常胃病一发作我就痛得蜷成一团。繁重的劳动和身体的疾苦一直陪伴着我，深深的皱纹早早地布满了我的少年头，就这样熬过了在农村的四年生活。

1972年的8月，我们一批下放知青调回了省城南昌，我被调往江西药科学校（江西中医学院前身），年底分配至该校的红旗制药厂，即现在著名的江中制药厂。我在中药炮制车间工作了两年多。由于家学的原因，我的书法在单位小有名气，至1974年11月30日我21岁生日那天，我被江西中医学院党委书记马堤点名调往学院教务处教材科从事教学绘图工作，直至我考上复旦大学。

（二）

除了因家学渊源喜欢书法之外，我还酷爱小提琴。在江西共产主义劳动大学期间，由于同样的原因，我被借调到校史馆从事文字书法工作，这个阶段我学到了不少东西。

江西共产主义劳动大学宣传队集中了一批当时最优秀的青年，我几乎对乐队的

我（右）和哥哥在深圳市博物馆举办“父子三人书画展

所有乐手都十分熟悉，特别是几位小提琴手几乎都是我的好朋友，他们刻苦的练习和优美的琴声，总是能够打动我的心弦，令我寝食不安。我决定学习小提琴。

我和哥哥从小就熟悉父亲“立志须高，入门须正”的谆谆教诲。哥哥立志要接好父亲的班，做个书法家［哥哥魏来五道(原名魏逴志)与我同时考上大学，并担任江西大学书法学会会长。后来留学日本，现为东京中国书画院院长］，我则立志学习小提琴。兄弟各自抒发了自己的理想，默守着我们的誓言并一步一个脚印地奋发图强。

哥哥学习书法，家中尽管还有父亲留下的藏书和碑帖，但没有钱买纸墨怎么办?哥哥以木炭代墨磨，捡废报纸临习各代名家碑帖；为节省纸张，他一张报纸作两回用，先写一遍浅色字，等纸干后再用深墨色写，先临小字后习大字，并学父亲手吊秤砣负重练功，在右手臂上缚一块铜尺悬腕习字。这种精诚也感染了我。

我要学习小提琴，可是没有家学渊源。我们懂得“取法乎上”的道理，哥哥与我商量，决定兄弟鼓劲互励，亲自闯去找江西最有名的小提琴演奏家——江西省歌舞团首席小提琴手王树槐。王老师是东北人，德艺双馨，在江西乃至全国都有很大的影响力和知名度，在我们的心目中更是崇高神圣！我们既不认识，又没有人介绍，能行吗？当时 23 岁的哥哥和 18 岁的我硬是闯进了江西省歌舞团，万万没有想到的是，王老师居然欣然允诺答应做我的老师。1971 年 10 月 25 日，我正式跟随王老师学习小提琴，从此他成为我永远尊敬的老师！

在王老师的安排下，我几乎是按照学院派的方式学习小提琴。我踩着小提琴教材的节奏每周一课，按部就班，循序渐进地学习《佛而法特》《开瑟》《马扎斯（一二册)》《小顿特》《克莱最尔》《罗德》等教材。那个年代没有印刷的乐谱，旧版的教材无比珍贵，我借来一笔一画地抄，用的全部都是自己的手抄本，如痴如醉，起早贪黑，几乎到了废寝忘食的地步。

有了名师的亲自教导和指点，加上自己的刻苦和投入，我与几位师兄弟很快地达到了江西省业余小提琴界的最高水平，我与他们不仅考取了江西省评剧团（原中国人民志愿军评剧团，后撤销），而且还经常被借到其他专业文艺团体演出，如庐山文工团等。由于当时学习音乐成风，我还教了十几位学生，其中也包括王老师由于太繁忙而推荐给我的学生，我往往从歌舞团学习回来，家里就有学生在等着我。

王老师对我的七年教育，他的道德修养、严谨的学风、科学的方法、敏捷的思维和人格的魅力，不仅深刻地影响了我，也填补了我初中与高中的学业空白，师恩永泽，终生不忘！

（三）

1977年的夏天，我被借到江西永修文工团在江西九江地区巡回演出。当我回到南昌，才知道招生制度改革的重大消息，这个时候我面临两大难题：一是这个时候距离考试只有三个多月的时间；二是我这个实际只有小学文化水平的人能够考上大学吗？

其实，在此之前我是有机会被推荐上大学的，但是由于当时可供选择的学校太少，亦不甚理想，因此，有自己的想法的我一直在等待更好的机会。这下好了，所有的推荐机会就此结束了……我到底应该怎么办？

怎么办？没有任何办法，唯一的办法就是赶快抓紧时间学习知识，准备考试。由于受到工作环境的影响，江西中医学院的不少著名教授是我的良师益友和忘年交，他们或是找我画教学挂图，或是送他们的子女来找我学小提琴，比如当时的著名中医教授张海峰、万有生，药理教授陈芷芳，药学研究所蔡教授夫妇，我受到他们很多潜移默化的影响，他们对子女的教育方式和方法，其实也在深刻地影响着我。加上我有不少机会参加当时的开门办学，如我曾经陪同七五级药学系的老师同学前往井冈山开门办学，老师们的现场教学和渊博知识往往让我佩服得五体投地。因此，我决定报考医学院。

报考医学院校属于理工医农类，需要考试的科目包括数理化等。天哪，我从来没有学习过数理化，怎么办？学！我从哥哥、姐姐、邻居及图书馆那里凡是能够借到书的地方借来了数理化的教材，从头学！

我硬着头皮硬是在两个月之内通读了从初中到高中的数理化课本，应该说，我基本明白了这些基本的原理，也记住了大部分的公式……但问题的本质并不取决于我是否能记住或理解这些公式，而是在于我能否灵活运用这些知识原理来解决实际问题，即是否能够灵活运用这些知识与公式来应付高等教育的入学考试……坦率地讲，我没有这种能力。

当哥哥向我讲解或是推理若干数理题目时，还有我的领导、忘年交李可政科长向我讲解化学原理时，我是能够听懂的，但当独自面对这些题目时，我确实感到晕头转向而束手无策。

怎么办？按照这样的方式再去努力一个月，要考上大学基本上是白日做梦，因此非得另辟蹊径不可。于是，在高考前的一个月，我决定临阵磨枪并报考文科。当时的社会一反“文革”时期的文化氛围，已经大兴学习与高考之风，这时的图书馆甚至已经借不到教材之类的图书，好在我的工作单位是高等院校，我还能借阅图书馆的保留本，并按照考试的科目分门别类地做笔记，如政治、历史、地理等。与此同时，我在一个月内连续写了八篇作文，并请复旦大学的高才生、当时中医学院的储东涛老师为我评点。我还听过中医学院医古文教研室老师关于“如何打标点符号”的一次内部课程，此外，就再也没有机会上任何的补习班了。

我的自尊心决定了我只有在坚持上班的前提下，以起早贪黑、勤奋刻苦的方式来弥补以往的知识空白和面对即将到来的高考，直至高考的前一天，我仍然在坚持上班，因为唯恐别人笑话我请假不上班还是考不上大学！

我几乎每晚都拒绝外出活动，都要学习到凌晨一点以后才休息。记得有一次，我当时几乎天天见面的最好的朋友、现江西歌舞剧院小提琴演奏家胡小青，由于有一个月没有看见我，甚是想念，一定要到家里来坐 10 分钟，并声明仅仅是耽误抽一支烟的时间。这是我在高考冲刺期间唯一的一次特例。

（四）

1977 年 12 月 4 日、5 日，是我参加高考的日子。3 日下午，有关单位安排我们提前参观了考场。考试的科目分别是政治、语文、数学、历史与地理。

4 日，我凌晨 5 点起床，披着棉衣在床头温习功课。母亲也早早地起床为我做了可口的蛋炒饭，可是我却感到一阵恶心，事后我才明白，这正是肾脏疾病最先向我发出的信号……

我特别记得考试的作文题目是“难忘的时刻”，由于我考前的充分准备，这个题目似乎得心应手，我没有打草稿，而是逐字逐句、有条不紊地完成了这篇文章，记下了“文化大革命”结束而迎来了全新时代的心灵感受。

两天的高考终于结束，对于总体的考试情况，我的感觉并不很好，而我自己也感到筋疲力尽甚至已经虚脱了。我并没有停下学习的脚步，还在准备资料，并准备迎接新一年的高考，似乎有一种不上大学誓不罢休的劲头。

事后我知道了我的考试成绩，四个考试科目总平均为 70.3 分，这个成绩对于我来说几乎就是惭愧和羞辱。与此同时，我更加深刻地领会到知识就是力量，没有知识的武装，我是显得多么的无能、渺小和脆弱。

不知道是苍天不负有心人，还是上帝安排不合理，江西的高考情况居然惊动了中央，原因就是江西的文科考生普遍没有考好，关键是数学题目出得太难。因此，上级决定对江西文科考生的分数重新计算，即除掉数学，只算文科科目的分数。这对于我而言，无疑是天赐良机，因为我的政治考分是 89 分、语文 93 分、史地 90 分，平均为 90.7 分。

1978 年 1 月 4 日，江西省招生办公室公布了文科的录取线——86 分，看来，我还是有机会上大学的。次日，我接到了体检通知。当时南昌市东湖区考生共千余人，但是参加体检的却只有 14 人，而且大部分是“老三届”的高才生，可见当时竞争之激烈，真可谓百里挑一。我一方面庆幸自己能够入围，一方面仍然十分不自信，我在深刻地反思：学问是最真实的存在，而绝不能靠临时抱佛脚。

之后，我被借到南昌陆军学院（时称福州军区军政干校）搞展览、写书法。1978 年 2 月 3 日，意外地得到学院教务处马世良老师通过叶伟元参谋转来的通知，说我被录取在复旦大学历史系。这样的好消息，简直让我难以置信，马世良老师平时就亲切和蔼，这个时候我对她更是崇敬有加。2 月 7 日，我终于得到了梦寐以求的来自复旦大学的录取通知书，一份沉甸甸充满血与汗的录取书！

（五）

中医学院教务处处长唐玉芳、教材科科长徐诚余为此亲自批准赠送我一整套大学的医学教材，我带着老领导的期望和嘱咐，前往复旦大学报到。

1978 年 2 月 26 日，我离开南昌前往上海。上海，就是我心目中的天堂，而复旦，则是这天堂中的圣殿。28 日是我来到学校的第一天，一早我就起来跑步，撩开清晨的薄雾，雾里看花，复旦的校园更是美丽：真大，真漂亮，高楼深院，绿树成荫，我觉得我简直是这世界上最幸福的人！

在历史系的迎新会上，我表演了小提琴独奏《打虎上山》和我老师的领奏曲《公社春光好》。不久之后，我被推荐参加复旦文工团的考试，一曲帕格尼尼《无穷动》的快弓还没有拉完就被打断了，听到主考老师的自言自语："怎么江西也有这样的考生？"我想我正在开始全新的生活。

但是，走进了大学的殿堂，对于我这样一个仅仅受过小学教育的人，无疑是走进了云山雾海之中，排山倒海的知识冲击波，琳琅满目的图书资料库，令我目不暇接，我真的感觉很吃力，我需要扫盲。从此，我的书包里总是放着《新华字典》，去一一扫除《中国古代史》与《古代汉语》中那些艰涩深奥的字眼。

进校不到三个月，5 月 21 日晚饭后，我突然腹痛难忍，被同学送到校医院后即被吉普车转送长海医院，从此，我被迫停止了军训和体育课，除了每天两瓶中药就是频繁地跑医院，误了课就借同学的笔记，上课则用椅背顶着腰，我开始了一边学习一边与疾病作斗争的日子，肾细胞不断死亡的同时我的学业不断进步……直至大学毕业，直至今天……

1982 年 1 月，我毕业后有幸留校任教，担任著名历史学家朱维铮先生的助教，同时也参加研究生的课程学习，后又担任复旦大学校长顾问、著名中国思想文化史学家蔡尚思教授的学术助手。复旦的恩师不仅哺育了我的成长，老师们的境界、学养、渊博、方法与精神，更使我一辈子受益无穷，我的心灵深处永远铭记着我的复旦老师们！在复旦的七年，是我永志不忘的七年！

七七级啊，永久的七七级！

一个矿工的高考

蒋国辉

因为生长在高等院校的环境里，上大学对于我，似乎就是一个从小学到中学再到大学的自然而然或者说是顺理成章的必然阶段，并不是什么特别的甚至能达到理想级别的愿望。

可是，当我进入中学的时候，各种轰轰烈烈贯彻阶级路线的举措让我看到，能不能继续深造，不在于个人接受知识的能力强弱，也不在于个人为获取知识做了多大的努力，而在于有没有一个红色的家庭背景。

这个严酷的现实，使我不得不改变以往的认知——上大学对于我这样的人，恐怕不再是理所当然、天经地义，而是我这辈子走不近的一个梦幻了。后来的坎坷经历也充分证明了这一点。

1977 年，我在重庆打通煤矿当矿工已经 6 年。那一年国家恢复了高等院校的入学考试制度。一开始，对于这个消息的可靠性，我抱着极大的怀疑，并在心里认定，除了考试以外肯定还有什么别的选择标准。

这以前，大学已经恢复招生好几年了，但学生全都由单位推荐，谓之“工农兵学员”。这样的招生和工矿企业到农村招工差不多，像我这种家庭出身的人，根本不可能被推荐上大学。

记得 1973 年，国家曾经有过一次恢复入学的文化考试的尝试。最初也说人人都有机会报名，可是到后来，报名依然是单位推荐，现实又对我们这类人亮出了“此路不通”的告示。当时，我所在的采煤一队推荐了一个从巴县招来的农民矿工。

如果那次真的按照最初定下的方针——必须通过文化考试并根据成绩确定录取

与否，这个被推荐的人大约只能老老实实打道回府继续他的矿工生涯。可是他有运气，遇到了“白卷英雄”张铁生。张铁生试题不会做，在试卷背后写了一封痛斥考试制度的控诉信，凭着这封信他如愿以偿进入了大学，却把许多长期受压制、怀着公平竞争奢望的下乡知青考生打发回了乡村的广阔天地。

听说，那次被推荐参加考试的人，一律是按政审标准而不是按考试成绩录取，我妹妹就因政审不合格被毫不留情地刷了出去。我们采煤一队的那个农民矿工，托张铁生的福，成了堂堂正正的大学生。到 1977 年我们参加高考时，他已经毕业，回到打通煤矿当了技术员，完成了让无数人仰慕的从农民矿工到国家干部的“逆天”转变。

1977 年恢复高考的消息传开后，尽管我不敢肯定考试成绩将是录取的唯一条件，但也有某种预感——改变我命运的机会终于到来了，也许还是唯一的机会。所以，从准备高考的那一刻起，我就告诫自己这是背水一战，只有胜才是出路。

恢复高考的政策正式公布以后，我知道了对考生的要求：没有家庭出身限制，

我在重庆打通煤矿当矿工时，背景是工人居住的工棚

年龄不超过三十岁，高中毕业或具有同等学力（同等学力这个概念是第一次听到）。分析了一下自己的情况后，我觉得心里比较有底。

我当时不到28周岁，尽管年纪大了一些，但还没有超过规定的年龄界限。实际上，后来年龄放宽到了35周岁，主要是照顾“老三届”那些高三毕业的学生，他们的年龄都已经超过了30周岁。至于“同等学力”，我虽然只有初中三年的学历，不过在煤矿的几年，我从来不像其他矿工那样下班后打牌、喝酒、吹牛皮，把时间白白浪费掉。

矿工的工作不但非常危险，而且极其艰辛，每天从井下出来，就只想把自己沉重而疲惫的身躯放到床上。但我从小学开始就是一个喜欢阅读的人，在煤矿工作的那些年找不到什么有价值的读物，我就把中学时代学过的俄语捡起来，先复习，再一步一步学习高中乃至大学的相关知识，给自己的精神生活增加一点养料，也给贫乏的矿工生活增添一点色彩。日积月累，我的俄语就自学到了一定的水平。

当时，为了支持我学习，母亲时不时去学校图书馆帮我借书，有《高尔基短篇小说选》《契科夫小说选》《罪与罚》《战争与和平》等俄文原著和俄文版的《悲惨世界》。图书馆的熟人告诉我母亲，这样的书是供大学二年级学生阅读的。我把除《战争与和平》这个大部头以外的其他著作全都翻译成了汉语，我妹妹还拿去她的单位或是给她的一些朋友传阅。

后来我自己上了大学才知道，就算大学四年级的学生，估计有一大半也读不了这样的原著。除俄语外，我还自学了英语和高中的数学，主要是立体几何和解析几何，可惜没有足够的条件进一步学习高中的物理和化学课程。

1977年高考规定，报文科的考生，考试科目是语文、数学、政治。此外，历史、地理并为一门，共四门。如果报考外语专业，则在这四门之外加上外语的笔试和口试。外语我不用花费时间和精力准备；语文、历史和地理，我原来基础比较好，稍加复习即可；政治这门课，基本没有人认真当作一门课程来学习或复习，一般都是临考试的前几天死记硬背一通；唯一不太有把握的就是数学。因此，我必须花大部分的时间和精力来准备数学考试。

刚刚恢复高考的时候，不像后来各种类型的考试指南、复习资料铺天盖地，要

恢复高考时我在复习功课

多少有多少，只怕考生没有时间选择，也没有时间看那么多。当年，但凡有人找到稍微新一点的复习资料，都会被周围正在准备考试的人视为至宝。那时又没有复印机，一篇资料大家轮流看，想拥有资料的人便只能不辞劳苦地用手抄，熬到凌晨的也不是个别现象。我通过各种渠道，搞来了一些复习资料，其中主要还是“文革”前旧的高中教材。

说来惭愧，这一改变我命运的重大事件具体是从什么时候开始的，以及复习的过程我都忘记了，只是模模糊糊地记得，留给我们准备的时间并不是很长，最多不过一两个月吧。那段时间，我一直处于既兴奋又紧张的状态中，毕竟远离学校整整十一年了，这十一年里没有经历过任何的文化考试，猛然面临的就是高考——这个我从进入中学起就知道而且被公认的最大难关。

进了大学才知道，我对自己实力的估计过低了。我的考试成绩是310多分，在当届重庆市的考生中属于“尖子”。这个成绩本可以报北大，但我当时要离开煤矿的愿望十分迫切，加上认为自己年龄偏大，为保险起见，填报志愿的时候，基本上只考虑如何顺利地跨进大学的门槛，别的都忽略了，所以没报北大。

我的第一志愿是从小熟悉、父母都在那里工作的西南师范学院（后来改为西南师范大学，现在已与西南农业大学合并，称作西南大学）。入校后得知七七级西师外语系所有考生中，我的入学成绩最高。一同进来的有不少“老三届”学生，也是各地高考中被称为“尖子”的考生，成绩在290分左右。高考以后，我还经历了硕士研究生、博士研究生的入学考试、毕业考试和论文答辩，等等。大概是高考开了一个好头，以后的考试我从未失败过。

回想起来，1977年的高考也没什么特别的记忆，我记得的只有两个细节：一个是有一道解析几何的试题，我计算下来是一个点圆，但心里一直不踏实。从考场出来后，问了几个“老三届”的学生，他们证实结果确实是点圆，心里的一块石头这才落了地。另一个是语文考试，早上我临出门去考场前，匆匆把语文复习资料浏览了一遍，特别记住了某一个问题，老天真是眷顾我，那天的考试题目里正好就有这个问题。

统一科目考试后不久，我又接到通知去綦江参加外语考试。以我当时的俄语水平，应付这样的考试（笔试）已经非常简单，我用了不到20分钟就做完了全部的试题。完成答卷之后我突发奇想，将整张考卷连试题带答案一起翻译成了英语，想以此证实自己的实际“学力”，但最后效果不得而知。

进校后，我也没听老师说起入学考试有人用两种语言答题的奇闻趣事。进入正常的学习生活后，我把这事忘了。一天，一位参加了招生工作的老师来我家小坐，与父母闲谈中偶然说起我的高考。她说，“他们那次招生，凭蒋国辉的考分本来是一点问题也没有的，但录取他还费了一番周折。他报考外语专业，却没有外语笔试的试卷，我们怎么找也没有找到”。

后来才知道，我用两种语言答卷，评卷的老师弄不清我的试卷到底是俄语还是英语，导致答卷被搁置了。我画蛇添足试图证明“同等学力”的举措因此差点误了大事。外语笔试之后，接着是口试。四年多以后，我在四川外语学院（现四川外国语大学）攻读硕士学位时遇到了当时主持口试的女教师，才知道她是川外俄语系的教师。

考试结束后，就是心急如焚的等待。等待的时间有多长已经记不清了，好像不是一个太久的过程。但对于我，每一天都是那么漫长难熬，度日如年的感觉格外强烈。我觉得我跟别人不一样，我是一个煤矿工人，可我内心一直没认同过这个产业工人的身份。

打通煤矿到农村招工的时候，因为家庭背景的原因，我不得不努力争取有红色家庭背景的知青们不屑一顾的这种招工名额，来到煤矿当了一名被蔑称为“煤黑子”的矿工。我没有别的门路可以离开煤矿，但我又不想永远做一个煤矿工人。

整整六年的矿工生活，我所感受到的不只是工作的危险和艰辛，还有更多的是被歧视的屈辱。两千多个日日夜夜，我所遭遇的一系列凌辱和迫害，更让我像一个被绳子拉着飞速旋转的物体，随时随地都焦急地要挣脱绳子远远地腾飞出去，永不回头。因此，高考于我就具有了更加不同寻常的意义。

忐忑不安的我，脑子里每天都塞满了胡思乱想——要是这次考试失败了，今后还会不会有机会再考？以后怎么能安下心来再在煤矿干下去？如果再有一次考试的机会，能保证不失败吗？等等。

1978 年 2 月底的一天，在矿机关工作并和我一起参加高考的朋友，突然接到他家里发来的电报，告知他被西师外语系录取了，录取通知书已经寄到家里。听了这个消息，我只觉自己一下子掉进了无底洞，没着没落地往下沉。当时我几乎整个儿傻了。道理很简单啊，如果我也被录取了，就应该和他一起得到通知。

我仔细回忆了考试后的情形，包括我对自己考试的感觉和大家出考场后核对答案的结果，他的各科成绩显然不及我，怎么他被录取了我反而没有？各种各样的疑问和猜测“跑龙套”一般在脑子里穿梭：看来问题可能又出在政审上，不知是不是煤矿的领导在我的个人鉴定上做了什么手脚。我还无法控制地反复想象着别人要离开煤矿的兴高采烈，和相形之下我不得不留下来的万般沮丧……

那夜，就这样头昏脑涨、辗转反侧，一夜无眠。

第二天我上中班。中午买好饭走出食堂，仿佛还有十五只吊桶在胸中七上八下地翻腾撞击。路过邮电所时，我想进去又害怕进去，斗争了一会，才硬着头皮一步跨了进去。虽然也害怕这一脚踏空了，再次承受陷入无底深渊的绝望，但我还是鼓足了类似慷慨赴死的悲壮勇气去询问：有没有我的信啊？

邮电所的人那天态度格外好，他拿出当天到的所有邮件翻找，很快就找出了一封我的信，是一个牛皮纸信封的挂号信，我眼角一扫就看见是西南师范学院的公函信封，当下一阵狂喜，所有的担忧、焦虑和郁闷一扫而空，我的人生戏剧性地大拐弯，从想象中的悲剧一步跨入了现实中的喜剧。

走出邮电所，我深深地吸了一口气，放眼望去，地阔、天空、山黛、水绿，周围的一切在那一瞬间全都跟我的心情一样华丽转身：往日那些低矮破旧、悲伤压抑的油毛毡棚，魔鬼的嘴巴一样张着的阴森森的大大的井口，被飞扬的煤尘染得灰蒙蒙的天空，在我眼里全都明亮、亲切、可爱起来。我在心里放声大喊：我要走了。再见吧，艰难困苦的矿工生活。

自打进入中学以来，就因为家庭背景而开始的精神上备受凌辱的苦难历程，终于被一纸大学录取通知书画上了句号。“你要是错过了太阳，还有皎洁的月亮；你要是错过了月亮，还有满天的晶亮的星星。”事实再一次证明，上帝让你来到这个世界上，就不会让你一无所有。我得到了满天的繁星。

端在手里已经冰凉的午饭被囫囵吞枣倒进肚子里，我径直往井口派班的地方冲去，欢愉和得意似乎从脸上往下溢流，淌了一路。到了井口，见到已经守在那里的带班队长，我只说了一句话：从今天起我再也不来上班了。说完便转身离去。

在当时的大环境下，这一纸大学的录取通知书就像“一道圣旨”，我底气十足。如果是一般的工作调动离开煤矿，拿到调令后还不敢过于张扬，因为办理各种手续的过程中，还有不少的关节点，只要有人在某个关节点上稍稍拨弄出一丝不和谐，就可能让你煮熟的鸭子也飞得无影无踪。

大学的入学通知不同，有了它，任何一个需要办理手续的部门都只能履行形式上的权力——把自己该做的事做完。太阳的光辉终于照到了我的身上。

跟带班的队长打过招呼后，我怀里揣着“圣旨”直奔打通煤矿机关而去。接下来的几天，跟当年调出农村一样四处奔忙，我在矿机关各个部门办理相关手续，到派出所办理户口迁移，到粮食公司迁移粮食关系，等等。

从那天开始直到登上金鸡岩至赶水的小火车离开打通煤矿，整个人似乎都处在一个飞速旋转着的轮子里，来不及看、来不及想、来不及记，因而许多具体的事都没在头脑里留下痕迹，只有一个不太相干的细节至今还历历在目。

我办完了所有手续站在矿直机关大楼门口，那里堆放着建筑垃圾，我当时并没有心潮汹涌或放眼眺望，而是看着脚边的一堆碎石，波澜不惊地想：上大学是我近

28 年的人生旅途中发生的重大转折，四年后我从大学毕业，再往后的人生会是个什么样子？我是否还记得今天站在打通煤矿机关大楼门口这堆碎石边心中的这些想法呢？

如今，几十年的光阴只在弹指一挥间逝去了，而那一堆碎石连同我当时的感想，在我的头脑中还如同千万像素的数码照片一样清晰。

西南师范学院外语系七七级俄语班毕业合影，我在第三排右二

填志愿时我没报任何学校，表示坚决服从分配

| 罗国萍 |

女兵梦破灭当了知青

我出生在20世纪50年代的湘南小镇，从小喜欢做梦，但最美的梦是当女兵：一颗红星头上戴，革命的红旗挂两边，一身绿军装系上一条皮腰带，斜背一个军挎包，军帽下露出两条小辫子，多么娇艳，别有一番风采。其实，当时在我生活的小镇上很少见到女兵，这些印象都是来自电影《英雄儿女》。

1968年，我刚上初中，学校就因"文化大革命"停课了，只要天一黑，我和小伙伴们就去电影院爬墙钻洞看露天电影，当时可看的就是《地道战》《地雷战》《铁道卫士》和《英雄儿女》。但我只看《英雄儿女》，曾创造一晚看三场的记录，特别喜欢剧中人王芳，她的好多台词以及片中插曲我都烂熟于心……

1969年学校复课了，我参加了校宣传队，穿着自制的军装戴着红袖章在街头、工厂、农村、学校演出，在野营拉练的路上打快板，喊口号，心中幻想着自己就是王芳。

转眼到了1972年冬季临近高中毕业，也不知父母如何打听到军分区内部在招收女兵，但必须年满18岁，当时我刚满17岁，为了实现这个梦想，我生平第一次也是最后一次造假——把户口本上的出生年份改大了一岁，报名，体检，政审，一切都在悄然进行中……

正在我等待着、陶醉着、憧憬着，突然接到通知说我不够年龄没有录取，这仿佛晴天霹雳，我哭得撕心裂肺，惊天动地，引来不少院内家属围观。后来才得知是我们班上军分区和地委行署的女同学联名告了我的状，以至于毕业前我入团时她们

还给我安上了非常时髦的“罪名”——“要光明磊落，不要搞阴谋诡计。”（毛主席语录）

1973年春季，高中毕业了，我的女兵梦也破灭了，在上山下乡大潮的裹挟下，我和单位子弟坐着救护车来到离家50公里外，位于东方红公社由零陵地区五七干校改名的知青农场，开始了我的知青生活。当时场内有一些下放干部，还有72届的初高中毕业生以及“老三届”的长沙知青。场内分为两个工区，工区按部队建制分为排班，待遇也参照部队，每月生活费4.5元，粮食按工种定量，吃“国家粮”。

我还清楚地记得1973年4月2日，各单位自行组织运送下乡子弟，形形色色的车停在农场大操场上，我们拿着行李全部聚集在大礼堂，满满一礼堂来自城区机关事业单位以及驻军部队的子弟，随即按系统分为两部分，文教体卫系统的子弟分在二工区，我分到了二工区粉厂。

二工区粉厂坐落在工区坡下一排干打垒房和一排砖瓦房围成的小院落里，干打垒房是我们的宿舍，有五间，砖瓦房是车间，有两间，分为生粉车间和熟粉车间：生粉车间有一台电磨和几口水缸，主要是磨蚕豆和绿豆，然后沉淀成湿粉；熟粉车间就是一口大锅和几口缸，主要把湿粉加工成粉丝。

其实，这个粉厂就是一个加工制作粉丝自给自足的小作坊，只有八男六女共十四名知青和两男一女三个下放干部。我分在熟粉车间。生粉车间凌晨至上午工作，熟粉车间下午至凌晨工作。

粉厂劳动虽然不会被日晒雨淋，但是冰火两重天，夏天高温熏蒸，冬天皮开肉绽，加上每天趴在水缸上缠粉，腰都直不起来，也算是高强度劳动了。在农场劳动的三年半时间里，我几乎在工区所有的排班干过，在畜牧排养过猪放过牛，在生活排种过疏菜，在水稻排当过“铁姑娘”，在果木排栽过柑橘树，在食堂当过管理员，从一个只会吃、只会做梦的少女，锻炼成为身强体壮、不怕脏、不怕累、能吃会干的知识青年了。

1975年我下放满两年了，开始有了招工招生的机会，招工一年多次，招生一年一次，招工的机会远远多于招生。看到身边的战友一个个远去我也动心了，军工厂的招工又唤醒了我的美梦，但好说歹说妈妈都不让我进工厂当工人，她希望我上大学，我知道这是妈妈的梦想。

从 1974 年下半年开始，农场有推荐上大学的名额，当时有一个非常响亮的名字——工农兵大学生，不限文化水平，不用考试，只要农场推荐就可以上。

妈妈在医院工作了一辈子，她很希望我能有机会被推荐去读医学院，将来当一名医生，最好是外科医生，但是因为名额少竞争激烈，一直没能如愿。

直到 1976 年，农场最后一批也是唯一的一批“社来社去”大中专学校招生推荐工作开始了，我被推荐去了零陵地区农校。当时有一位男知青不愿意去零陵地区师范学校，提出跟我换，我答应了，心想反正都是回农场，当小学老师总比当农工强。尽管妈妈一百个不愿意、一万个不心甘，但也只能眼睁睁地看着本应当外科医生的我迈进了零陵师范学校的大门。妈妈的医生梦也破灭了。

两次高考一波三折

1977 年 10 月，当时在零陵师范学校读书时当广播员的我，从广播里听到恢复高考的消息，心头一振，心想改变命运的时候到了。尽管从得知消息到参加考试只有一个月时间，我也必须试一试。

每每回想这段历史，我的脑海里就会浮现出我的恩师汪进德老师的身影。他是我们体艺科的党支部书记，20 世纪 50 年代的大学生，为了负担上大学的费用，家里给他找了一个地主家的女儿，一个大他三岁的小脚女人。因为这个原因，“文革”中他没少挨批，更因此失去了教书的资格。

尽管如此，他仍旧与他的小脚女人不离不弃，直到她病逝。汪老师很爱才，对学习好的学生特别偏爱。在我备考的那段日子里，他帮我找来了一大摞复习资料，只要他认为有用的都给我弄来了。每天晚上晚自习的时候，他还会走到我的座位旁，偷偷塞给我一个煮鸡蛋。

1977 年的高考不分科，不限年龄，只考语数政三门，招生的学校也很多，先填志愿后考试。望着大城市的名校尤其是首都北京，我没有忘记自己的使命，首先想到报考中央广播学院的播音专业。因为从中学开始我就担任校广播员，在高音喇

1976 年，我在零陵师范学校读书时，在广播室写稿

叭里读报、朗诵很是享受。

可惜，经过面试第一轮，我就被刷下来了，考官说我南方口音重且鼻音浓。广播学院是去不了了，文化考试还得好好考，因为我还要考医学院去完成妈妈的心愿。记得那天是一个难得的阳光明媚的隆冬早晨，参加考试的人们从四面八方涌来汇集在大街上奔向各自的考场，当时还没有公共汽车，那个万人空巷的场面至今难忘。

在东方红中学的考场上，我见到了儿时伙伴、中小学同学、知青战友和远亲近邻，大家说笑着就像是来参加一次大聚会，这也是我生平第一次和我大姨（妈妈的大妹）、我弟在同一个考场参加同一场考试。一天半的考试结束后，我的心情很好，感觉考题不难，上大学应该不成问题，好像大学已在向我招手了。

我回到了师范的学习和生活中，享受着老师和同学们对我的祝福。不料天有不测风云，1977 年湖南高考实行两套录取标准，把考生分成在校生、应届生与历届考生，规定在校生每门考试科目必须在 80 分以上，不幸的是我被当成了在校生，虽然总分已达到，但政治分不够 80，我还是落选了。

1978 年 7 月，在面临师范毕业考试的关头，我又迎来了第二次高考，对我来说，这是唯一的机会，我必须全力以赴，背水一战，拼死一搏。学校特批我毕业考试可补考，我回到家中备考。

与 1977 年高考相比，书店里能买到复习大纲，各科目的成套学习资料以及 1977 年全国各地高考试题和标准答案，复习起来更系统、更全面。

1978 年的高考分文理科，理科考语数英政和物理化学，文科考语数英政和历史地理，共六门，英语不计入总分。妈妈还是希望我考理科读医学院，我第一次违背妈妈的意愿报考了文科。

记得当时妈妈在乡下蹲点，没在家，我给她写信说：读什么不重要，只要能上大学，否则我只能回农场当农民；医学院属理科须考物理、化学，而这是我的弱项；为了保证上得了大学，我只能考文科。

妈妈的工作做通了，没想到报名又出了问题，我以什么身份报考？招生办说我已是中专生不能报考，而学校又说我是“社来社去”（从公社来、回公社去）的学生，国家不包分配、不承认干部身份，毕业后必须回农场。马上要截止报名了，我急得像热锅上的蚂蚁……

正在为此事发愁犯难时，招生办又通知我可以报名了，但必须由农场开证明。后来我才知道，这是一个全国性的问题，涉及几十万考生，各地都向中央打报告反映，中央召开了专题会议，向各地下达同意我们报考的决定。

1978 年的高考比 1977 年少了一些热情和盲目，多了一些冷静和理性。加之 1977 年的复习和经验，三天的考试我越考越放松，越考感觉越好，以至于我都有时间和精力观察和体会监考老师站在我身边观看我的试卷时，脸上露出的微笑和赞许的目光。

不报志愿，坚决服从分配

半个月后，在韶山参加招生工作的汪进德老师给我来信了：一是祝贺我考了 386 分，我省重点学校文科录取线为 340 分，我成了零陵地区东风镇考场的文科状元；二是叮嘱我填志愿时一定要填服从分配，而且必须加上“坚决”二字。

当时我不解，几年后问他为何，汪老师说：第一，表明你的政治觉悟高；第二，你是高分，很多学校会抢，不怕没好学校要；第三，你的身份比较特殊，别节外生枝。

得知这一消息后我很兴奋，很自豪。回想近一个月的备考，那情那景终生难忘……我每天都把脚放在凉水桶里降温，夜深人静时怕影响家人，我躲在狭小昏暗的厨房里背书，为了保证我的营养，爸爸每天天没亮就去排队给我买凭票供应的豆腐脑。

最让我难以忘怀的是，开考的第一天，爸爸居然给我弄来了一碗羊奶，这在当时可是我们家的奢侈品，这是我记事以来第一次喝羊奶，也是我生平喝到的最香甜的羊奶。

开始体检和填志愿了。记得是在镇六小进行，教室成了检查室，学校的告示栏和教室的外墙上贴满了招生学校的名录。说实话，当时除了北京的和以“中”字开头的大学以外，我对上什么大学没什么偏好。

当年在我省招生的文科学校和专业不多，加之我不喜欢经济和历史，唯有一所学校让我动了心——北京师范大学学前教育专业，后经了解是学幼儿教育的，也就放弃了，我完全按照汪老师的意见没填任何学校，而在是否服从分配一栏里写上：坚决服从分配。

志愿填好了，没想到体检又出了状况，在内科体检时医生说我肝脾肿大，需请地区人民医院的权威医生会诊。当时的医疗条件很差，没有 B 超，只能靠医生用手摸，凭感觉和经验来判断。

听医生这么一说，我当时懵了，不知怎么到的医院，怎么躺在病床上任凭两个穿着白大褂、被人称作院长和主任的医生在我的上腹部、背部、腰部按来按去。原本没感觉的，经过这一折腾，我感到莫名的疼痛，心想我可能完了，大学上不了不要紧，命保不保得住可是大问题。

正在我胡思乱想的时候，听到两位医生的对话：不是肝脾肿大，是双肾下垂，可能是体质变化引起的。原来因为高强度的复习，我整整瘦了 20 斤，所以引起双肾下垂。我又一次逢凶化吉，有惊无险。后来我从妈妈口里得知，这两位是 20 世纪 50 年代中山医学院毕业的大学生，一个是我们地区的外科权威，一个是内科权威。

体检、政审都通过了，很快汪老师告诉我，我被四川大学哲学系录取了，新田县有一位男生被经济系录取了。汪老师还开玩笑说：“是不是学校还考虑到了你们的将来？”虽然一路走来很曲折，但是当我得知消息时却高兴不起来，因为我知道离家的时候到了，我要去一个很远很远的地方。

直到最后一刻，命运还不忘跟我开了一个小小的玩笑。一晃半个月过去了，有的同学都打点好行装准备上路了，我却迟迟收不到通知书。我在农场、学校、家里来回折腾仍然无果。

正当我们一家人急成一团时，姐姐回家说：她同事的爱人（在教委工作）在市招生办看到了我的录取通知书。爸爸一听马上骑车去了招生办。原来通知书寄到农场被退寄招生办，在那儿静静地躺了半个月，偶然被姐姐同事的爱人看到才告知我们。

几经折腾终于尘埃落定，我真的要去四川上大学了。我长这么大还是头一回出远门，虽然能在地图上找到成都，但还不知道怎么去。正巧爸爸的同事要回重庆探亲，我便与她随行。记得我们坐上绿皮燃气闷罐火车，经过一天一夜的颠簸在贵阳下车中转，在火车站等上大半天，傍晚又上车又经过一天一夜，于第三天的晚上 11 点到达成都火车站，见到了四川大学的接待站，等接站的同学把我送进学校、带到寝室已是凌晨 2 点了…….

转眼 40 年过去了，当回忆完这段往事，我忽然想起在路遥《人生》开篇读到的一句话：“人生的道路虽然漫长，但紧要处常常只有几步，特别是当人年轻的时候。”当下时常有人说我们是最不幸的一代，而我常常庆幸自己赶上了好时代，并为自己能跟上国家发展和改革的步伐而感到无比欣慰。

1978 年入学第一天我（右）与同学在望江公园合影留念

求学的梦碎梦圆

林 侃

人生总会有几个转折点，这应该就是命运在敲门的时候。如果你睡着了，生活可能就会按照原有的轨迹运行：如果你闻声而起，生活可能就此掀开新的一页。看到许多同学都在回忆40年前的高考，深有感触。共同的命运转折点，有着不同的故事。我的求学路也是跌宕起伏，梦碎梦圆啊！

梦 碎

上大学是我小学时的梦想。1964年舅舅考上大学，很少笑的外婆脸上绽放了快乐、欣慰的笑容。收到录取通知书之前，外婆就到庙里求神问卜，回来后高兴地对我奶奶说一定会中，是福建中医学院，事实证明真说准了。那笑声是我印象中外婆唯一的一次大笑。收到录取通知书的那几天，我家和外婆家都充满着大人们欢乐的笑声。那时我就想，将来我一定要上大学。

1972年底，我高中毕业了。只有一条路，上山下乡。当只有一条路走时，就高高兴兴地走下去。白天下田干活，晚上对着油灯看书（当时所在的村子有小水电，但电力时常不足，还不如煤油灯亮）。能找到的小说、手抄本，当年被推荐的32本马列原著我都看过了，虽然没看懂。打小奶奶时常在我耳边念叨，多读书总会有用，渐渐地，读书已经成为我的生活习惯。

1975年7月，大队和公社推荐我上大学，多年的梦想就要实现了。我兴冲冲地回家（我家在闽江上游的一个江心岛，南方最大的木材储运企业——大洲贮木场，离我插队的村子 20 里）向奶奶和父母报告喜讯，第二天去南平市体检、报志愿。

高兴之余，妈妈不无忧虑地说："还是我和你一块去吧，我去找找人。"我断然拒绝："我靠自己奋斗走到今天，你现在去走后门，万一被人举报，我不就前功尽弃了？"妈妈沉默了，但看得出她满脸写着担心。

体检的过程就发现有些不对劲了。先是发现了自己是红绿色盲，理科就别想了。接着在检查心肺时，医生让我去做心电图，结果如何没人告诉我。报志愿是哪些学校已经没印象了，只记得一条：服从分配。回家等待了一段时间后，消息来了，身体不合格，不予录取。犹如晴天霹雳，我一下懵了，怎么会？怎么会？！

妈妈急了，立即赶到南平了解情况。地区招生办主任是她的老领导，还有些工作人员也是曾经的同事，都抱怨她为什么之前不先来一趟。更悲剧的是，给我体检的医生是舅舅实习时同科室的同事。她透露一个情况，那台心电图仪器是坏的，我做完后就拿去修了。这一条让我感到也许还能绝处逢生。

父母带我重返南平。从不求人、刚强的父亲也低声下气地请求医生开具心电图仪是坏的情况说明，但她不同意，说我可以私下告诉你情况，但证明不能出，那样我无法向上级和社会交代。

那两天该找的部门都找了，该申述的话也都说了，但为时已晚，大专招生已经结束。招生办告诉我妈，如果愿意的话，中专还有名额。我拒绝了。省招生办的一个领导正好在南平，也接见了我们。他对我父母说，这次有些情况比较复杂，孩子可能受些委屈，但也只能这样了，并嘱咐我父母，要注意我的身体，有期前收缩现象。

几天的压抑在此刻爆发了，我对他说，我在农村干着最重的体力活，没人说我身体不合格，今天这样的结果对我太不公平了。你们挡住我这次，但挡不了我一辈子，我一定会上大学。话虽这么说，但出门那一刻，泪水已经在眼眶中打转，大学的门已经对我关上，也许是永远关上了。来年，公社也不可能再推荐我了，表现得好的知青很多，还有两个党员在那排队等候。我们是好朋友，自己也不好意思再去和她们竞争了。那个断送我求学路的病名永远烙在我心里——不完全性右束枝传导阻滞。尽管后来我做过无数次心电图，但它再也没有出现过。

转 机

上帝在对你关上一扇门的同时，可能已经为你打开另一扇窗。1976 年 2 月，福建水利水电招工和春季征兵同时开始了。此时父母已经调回家乡建瓯县(今建瓯市)。离家 200 多里，一切自己做主。我不顾祖母和父母的反对，应征入伍去兰州军区当空军了。

当工人，在当时对我毫无吸引力。在我看来，工人农民都一样，还不如当农民自由。同时离家几千公里，有机会走出去到处看看。到了部队才发现那里和预想的完全不同，哪有空军的模样，只是兰空后勤部的直属仓库（正团级单位），地处全国最贫困的定西地区的一个小山沟，举目荒凉，一片灰黄，说寸草不生也不过分，连水都是又咸又苦的。

这里虽说是部队，但生活水平比我在农村还差。既来之则安之，自己的选择，认了。新兵训练结束后，我被分配到最复杂的机电仓库。上班第一天，我师傅（部队职工，1966 年前的高中毕业生）就给了我一个“下马威”。他告诉我，这个仓库有史以来，没有一个兵在四年服役期内搞清楚自己管的东西。

虽然我没有说什么，但心想不至于吧。实际上我还是下了功夫掌握自己业务的。转眼两年过去了，我不但对自己管理的 5000 多平方米库房 2176 种物资了如指掌，而且是“活账本”，所有库存物资数量张嘴就来；“活卡尺”，蒙着眼睛识别九大类 600 多种轴承，四大类 50 多种电线，所有内径 10 厘米以内的圆形（徒手量，相差不会超过 1 毫米）；“活分布图”，闭着眼睛能在仓库取出指定的物资。

这些可都不是作秀，而是训练战时灯火管制条件下物资发放的需要。学会这些我可吃了不少苦头，遭了不少的罪。

在这期间发生了一件大事。1977 年 10 月，大概是下旬吧，从广播中听到了恢复高考的消息，我当时已经破碎的梦，似乎又重新被点燃。我到处打听消息，了解像我这样情况的能不能参加考试，答复都是不知道，上面没通知。

1978 年 1 月下旬，姐姐寄来全国各省份高考试卷，我觉得自己稍加复习，都能答上。那一刻，第一次也是唯一一次感到自己选择当兵是个错误，心情郁闷、压抑！独自爬上那一片黄色凄凉的山顶，像狼一样嚎叫了好一阵后，才渐渐平静下来，觉得看来此生与大学无缘了，那就面对现实，做好当下的事吧。

为了忘记大学，我几乎疯狂地投入训练，成绩也飞快长进。本来能达到活分布图水平就已经是这个仓库史上第一人了，又主动加码，练会“活账本”和“活卡尺”。仓库把我树立为“为革命刻苦钻研业务技术又红又专的标兵”，同时受到军区空军表彰。

1978 年 6 月，仓库主任田生金找我谈话，说我表现突出，准备提干，仓库想把我留下，但军区空军后勤部基建处想要我，问我个人意见。我还能有什么意见，一句话：听从组织安排。自己心里也做好了在部队提干的准备。

7 月 3 日下午，主任再次找我谈话，主旨就一句话：从部队长远建设和你个人更好的发展考虑，组织决定让你参加今年全国统一招生的高考。真是喜从天降啊！

我问：“什么时候考？”主任说：“不知道。估计快了。具体事项你找金干事，他明天去军区空军机关为你办理高考手续。”金干事告诉我，单位共有两人参加这次高考。另外一位是离我们几百公里外分库的兵赵刚，已经通知他过来了。拟让我考理科，赵刚考文科。我考虑了一下说，我高中毕业 6 年多了，从来没摸过课本，考理科恐怕来不及复习了，另外我对文科更有兴趣。

金干事说：“那正好，赵刚不愿意考文科，你们俩对调一下。”想一想这是全国统考，和七七级各省考不一样，心里还是发虚，又对金干事请求，如果有一个月的复习时间，就让他帮我报名，如果连一个月都没有，就别报了，考砸了太丢人。

第二天上午，我也请假和金干事一起去军区空军机关，他为我办手续，我是想到机关找新兵连分配在机关打字室的战友，看能不能借到教材。到他们办公室，说起要参加高考借书时，黄姓战友“哼”的一声冷笑，另外一位倒是热情，但没有书。

送我出门时，我问他冷笑是什么意思。答曰，他也参加高考，从去年开始就在复习了，估计是笑我现在才想起找书。大约 10 点钟和金干事碰面时，他告诉我，“已经报名了，7 月 20 日考试”。我惊道：“天哪！只有 16 天怎么来得及！”金干事说：“来不及也得上，名都报了，这是准考证。”没有退路了，冷静想一想，过去高中基础还是比较扎实的，我们学校虽然是场办子弟校，但师资力量超强。

1970 年福建省林学院解散，一批教师被分配到我们场，即使是那个年代，我们那里无论是工人还是干部，对知识分子还是很看重也很尊重的。他们多数都被安排在学校。那些老师很牛，根本不用讲义，夹个课本就开讲，而且深入浅出，肯学习的都爱听。要是发现谁不注意听，“咻”一个粉笔头就准准地飞过来了。

还记得语文老师原来是中专学校的语文教研室主任，他自编讲义，把过去高中的教学内容都搬来了，而且非常重视写作，基本两周一篇作文，甚至一周一篇，各种文体都训练。这些老师都很喜欢我，估计我是“开小灶”最多的学生。这里边也有两个因素，一个是我爱问，另外一个是在支农时，我得了疟疾，经常发病，有时一病就是半个月，需要补课。

不谦虚地自夸一下，我高中时在学校也属于“学霸”级学生，作文也经常被老师拿到课堂讲评，觉得数理化考满分那都不是事，得第一个交卷才行。毕业这些年虽然没有看课本，但书没有少读。即使在十分闭塞的穷乡僻壤当兵，也利用到兰州出差的机会，找一起当兵、在空军医院当图书管理员的朋友借书，一次就是 10 多本。

我文史哲的书没少看，天天都看报，时事政治也不陌生。这样政治、语文、历史这三门就不用复习了。16 天专攻数学和没有接触过的地理应该也够。目标一明确，信心也上来了。下午跑到 10 多里外的甘草店中学和部队附近的知青点，总算借到了高中数学课本、世界地图集、中国地图集和知识青年文库（地理），我的大学梦就靠这几本书了。

梦 圆

半个月的攻关开始了。领导和战友们对我都很关照，仓库的工作停了，原先每天早晨起床号前要为大家烧开水的工作（因为开水房就在我住的财务室旁边）也找人代替了，只剩下出纳工作，量不大，还由我承担着，基本可以全身心投入复习。

不过，难度也不小啊，没有教材和参考书，没有可求教的老师，一起复习的战友更指望不上，还得时不时地为他讲解，甚至要给他讲解怎么证明三角形内角之和等于 180 度。讲解之余，我实在忍不住了，说："兄弟，如果这些你还搞不明白，考理科恐怕是凶多吉少。"他说："我就没打算考上，就是想试试深浅。"

这半个月真拼了，但很有规律，每天早上听着起床号起床出操，整理内务，中午小睡一小时，傍晚打一场篮球，其他时间都在复习，尤其是晚上，效率高，学到凌晨两点。

一些干部打篮球时都拿我打趣："你这么玩命，如果还考不上，干脆拿根背包带在篮球架上吊好了。"但因心里有梦，我并不觉得累，只不过茶叶和香烟的消耗量直线上升了。

终于到了去叩开大学之门的时刻。7 月 19 日下午，部队专门派车送我去榆中县，需要熟悉考场位置。考场设在榆中县第一中学，教室和课桌椅都很破旧，而且是两人共一张桌。

从小学开始，我就属于竞赛型选手，不仅不惧怕考试，相反，盼望考试，因此临场一点都不紧张。第一场下来，心里有点底了，感觉没有想象中的难。考试过程中还发现同桌的小姑娘基本什么都不懂，就坐在那发呆，直到我答完第一页，放在桌中间，她才开始动笔，估计也就只能抄抄我填空题之类的。

我不免动了恻隐之心，后面几场每答完一张卷，都有意正面朝上，尽量靠近她一点。每场考试，主监考都会站在我身后较长时间。第三场结束出教室时，他突然

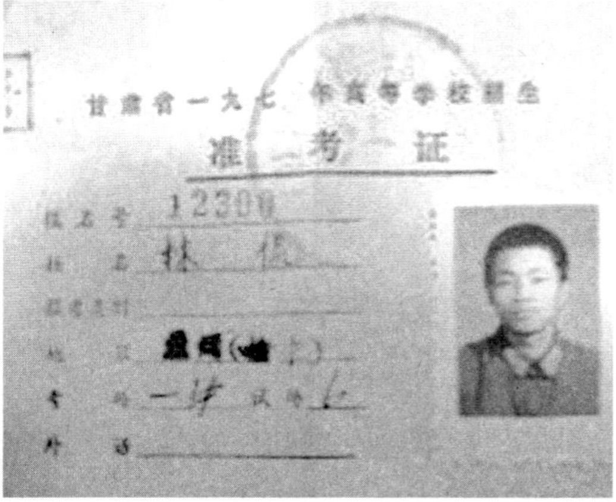

我的准考证

对我说，“这个考场就数你考得好”。信心不由得增强了许多。

天助自助者。地理是下午考，考试前一个多小时，我又拿出地理，随意翻看。考试时喜出望外，那短短的一个多小时竟然有两个小题和一个12分的大题在其中。

五场考试的时间都很充裕，基本提前半个多小时把会做的都完成。语文考试还有时间数缩写的字数，发现多出几个字，进行了修改。因为没有复习政、文、史，有一些地方还是卡壳了，实在想不起来的只能放弃。

数学考试犯了不可饶恕的错误。那道对数题，我知道解题步骤，但头脑短路，无论如何想不起公式。这倒也罢，更悲剧的是那道二元二次函数题，我在草稿纸上完整地答出了，四个图象都画出，但因为印象中二次方的只有两个图形，自认为错得离谱了，就放弃了答题，连草稿纸都没有交。

出了考场，看到一位老师蹲在操场，周围一圈考生，他正在讲解这道题。我赶忙把草稿纸给他看，他说，“对对地”（甘肃话，意思是对的），接着就醒过神来问：“你草稿纸为什么没交？”“我以为错了，应该只有两个图象，连答卷上都没有写。二次方不是才两个图象吗？”我答道。“你没看等式两边都是平方吗？你把草稿纸交上也能得一半分啊”，他接着说。

那一刻，我不知道自己脸色变成什么模样，懊恼、沮丧、恨自己，所有负面情绪都出现了，这可是25分的大题啊，虽然文科还有加分，但如果因此上不了大学，我这辈子都不会原谅自己。

英语没有学过，免考。22日下午就返回部队。等待是最难熬的。一天闲聊时，师傅问我，估计能考几分，我说平均60分应该会有吧。“吹牛，我听阅卷老师说，平均成绩40分都不到，很多只有20多分。”我的心一下凉了半截，高考评分标准可能非常严吧。

我就在这样患得患失的心态中煎熬着。直到有一天，军医从榆中县回来，一见面就对我竖起大拇指，告诉我：我考了全县第三名，上了重点线。身边都是祝贺和称赞的声音。兰空后勤系统这次推荐了30多人参加西北五省的高考，只我一个上了本科线，还有一个上了大专线。连主任都高兴地说，从一开始我就相信你小子能考上。而那一会儿我自己则是头脑一片空白。

填写志愿倒是很快，没人指点，全凭自己的兴趣，再看看在甘肃省招几个。当时报的第一志愿就是四川大学哲学系。因为那时理论与实际的巨大差距，让我充满了疑惑。同时川大有四个指标。如果知道哲学系只在甘肃省招一个，我根本就不敢报，当时是以确保能上为宗旨。最后一个志愿至今印象深刻，武威师专，就是为了确保能上大学。

体检出了个插曲。各个项目都快速过去了，凭经验知道没有问题。当我走进听诊室，又是一位女医生，当听诊器伸向我时，三年前的那一幕突然涌上心头，瞬间心跳加速。

医生和气地问："你很紧张吗？"我说对。她笑了："当兵的体检还会紧张啊，你先出去休息一下，喝点水，一会再查好吗？"我在门口坐了足足有 20 多分钟，行军壶里的水都喝了一半，一直对自己说：没问题的，你是国防身体，篮球赛都可以连打两场，肯定没有问题的。心情才总算平静下来。

接下来又是漫长的等待。虽然老是会往坏处想，但也祈祷着哪怕是最后一个志愿能录取也好，读个大专也行啊。

10 月 6 日下午，终于收到了通知书，要求 10 月 4 日到校报到（全校就我的通知书没有改，其他的报到时间都改成 11 日）。我的大学梦终于成为现实了。8 日傍晚，领导和战友们都来送我。登车的瞬间，我百感交集，不禁泪流满面：感谢了，王家湾仓库！感谢了，这两年像慈父般关心教育和帮助我的田生金主任！感谢了，像兄长一样关心我的师傅丁进义！感谢了，朝夕相处的战友们！

回首高考 40 年，我想说，当命运敲门的时刻，我醒着，起而迎接她，在她的引领下，我由梦碎到梦圆。

那一年我差点没有通过政审关

张晓岚

我是一个没有念完初中一年级，历经“文革”和上山下乡共11年之后才进入1977年高考而成为大学毕业生的知识分子，这可能是我们这一代人独特的遭遇。

我于1965年入初中，1966年6月4日停课闹革命时，还没有念完初中一年级。“文革”中，因为出生在高级知识分子家庭，没有资格加入红卫兵，一直当逍遥派，实际上处于“被革命”的地位，“文革”中没有穿过一天绿军装。

从1966年6月到1968年6月初中“毕业”，直至1969年4月上山下乡的“文革”三年中，串联、军训、下乡劳动、复课闹革命中的许多事情都记忆犹新，但是这些记忆与一名学生的学习都没有任何关系，只有和同班同学应明一起从广州徒步1500里到韶山，以及复课闹革命时在物理老师指导下做照相机这两件事，确有些意义。

从1969年4月24日（这个日子我记得非常清楚，因为是在火车上听到中共九大闭幕的消息）离开北京上山下乡，到1977年12月恢复高考的八年多时间里，生活之艰苦，都算不了什么，只是精神空虚、前途渺茫的感受，让人度日如年。1975年11月24日傍晚徘徊于长江大桥上，曾赋诗一首：

滔滔江水，滚滚东去。
疑是天上来，流进天边去。
千秋万载，一泻千里。
奔腾向东不回首，冲去污浊，
更显中华江山丽。

人生百年，生死何惧。

可畏似蛆虫，蜷缩无意义。

生老病死，唯物主义。

精神却应如波涌，蓬勃向东，

平生永葆青春气。

也算是自己给自己的一点鼓励吧，否则，前途渺茫的痛苦，真会让人窒息而死。

那时要想上大学，只有推荐工农兵学员一条路可走，但全厂每年限定两个名额，还不够厂里干部们的孩子哩！我是高知家庭出身，不可能享有此种待遇。但因为自己在信念上一直认为文化知识是做人所不可缺失的，同时也为了充实自己的精神生活，我一直利用业余时间学习写作，和厂里一些爱好文学的青年朋友进行研讨，互相学习，编辑车间、厂里的板报。

1973 年三四月间，我写了一篇 3000 多字的短篇小说，讲的是一位老工人加班加点修理拖拉机支援春耕的故事。投给《长江日报》后，没想到《长江日报》同意发表，通过工厂宣传科和车间领导找到我，因为那时候，发表文章也要政审，需要我的车间主任同意。

车间主任找我谈话，却是一顿批评："写文章应该真实，不应该写虚构的东西。"好在宣传科的人还知道文学作品可以虚构。过了几天，领导终于同意我去《长江日报》和编辑见面。那位老编辑和蔼可亲，对我说："这篇小说是你写的吗？"我说："是呀。"他又说："我们通知你已经很久了，你今天才来，你厂里有人说是你父母代写的，他已经重新写了一篇关于春耕方面的短篇。"

从语气上我能感到，那位老编辑并不满意厂里的做法，但是我的文章毕竟没有发表，我感到委屈，只是申辩了一下，文章是我自己写的，其他也就无可奈何了。如果文章发表了，我可能就走上学习文科的道路。无论如何，这段时间的业余写作对我 1977 年高考语文成绩的提高大有帮助。在真正进入高考复习后，我没有复习语文，语文方面的知识完全依靠这一阶段的积累。

1970年5月我所在的武汉东西湖农场准备建设棉纺织厂，我幸运地进了机修车间，先是学钳工，后来又学刨工。不论是钳工还是刨工，都需要一些对数和三角函数知识，我结合工作，把高中数学中的对数和三角函数学习了，这对于后来的高考大有裨益。

真正意义上的高考准备是1976年10月粉碎“四人帮”以后，那时我意识到高考制度将会改革，就从1977年春节后制定了学习计划：每天早上7：00起床，8：00上班，下午4：00下班吃几块饼干后立刻开始学习，学习到晚上8：30，吃过夜班饭后接着学习到深夜12：00睡觉。这样就把晚饭时间省了出来，而晚上8：30吃饭正是学习累了需要休息的时间。

按照这样的作息时间，我学习了九个月，把初中二年级到高中三年级的数学、物理、无机化学自学了一遍。学习的方法是先看概念，再做习题，最后总结每一章的内容，总结包括概念和习题的难点两部分。在这九个月的时间里，父母不断来信，把招生制度改革的消息告诉我，鼓励我参加高考。

我深知，自己已经25周岁，以后可能再没有参加高考的机会，再没有回北京的机会了。作为一个初中一年级没有念完的学生参加高考，知识储备又差得很远，所以必须努力、努力、再努力。

1977年10月21日中央招生工作会议结束，当天《人民日报》发表了招生制度改革的消息，母亲非常高兴，作了七绝两首送给我：

一夜东风送暖来，
红颜白发共开怀。
高峰有志能攀上，
四害清除广育才。

廿五年华莫恨迟，
读书正在少年时。
苏洵廿七犹发奋，

科技奇葩定满枝。

母亲彭兰是西南联大中文系毕业生，喜欢古诗词，她用诗的语言鼓励我参加高考。母亲还请北京大学东语系的陈玉龙教授手书了这两首诗，我至今仍把它挂在书房，鼓舞我克服一切困难，继续前行。

表哥傅再起当时在武汉市第26中学教书，高考前一个月，经他联系，我在该校高考班复习，收获很大。在那20天中，我第一次学习了有机化学，帮助我的化学成绩至少提高了10分。

高考前两天，因为边工作边学习，生活节奏过于紧张，休息不够，营养也跟不上，我感觉身体有些支撑不下去，就决定停止复习，放松一下。那天，武汉友好商场边的电影院放映影片《农奴》，我买票去看，电影没有放映完，我就突然晕了过去，10多分钟后醒来时，影院已经没人了，内衣也被虚汗湿透。我有些茫然，隐隐担心上天是不是要辜负我的努力呀。

考场是在武昌司门口的41中学，考试前一天我去看了考场。看考场后，按照母亲信中的嘱咐，准备了两支钢笔、一瓶墨水和巧克力。考试是成功的，数学几乎没有错题。我是我们厂十几名考生包括六六、六七届高中生中的第一名。

考完试当天开始，我晕晕沉沉地连续睡了两个晚上、一个白天，第三天醒来，精神终于恢复了。从那以后，我认定，当一个人的目标没有实现的时候，精神的力量会支撑他决不松懈，直到目标实现。“人是需要一点精神的”，说的可能就是这个道理吧。

1977年的高考仍然需要政审和推荐。1978年春节是在北京过的，春节后回到工厂，听说我的政审和推荐没有过关，有些人开始取笑：“某某已经收到录取通知了，你不是第一吗，怎么没有录取呀！”我立刻给湖北省招生办公室写信说明情况，并打长途电话告诉父母，母亲立刻找他们所在单位北京大学，政审通过的信很快寄到了湖北省招办。

父母的老领导黎智伯伯和魏克阿姨又找我厂的厂长，了解推荐的情况，魏阿姨问厂长：“为什么不推荐呀？”厂长说：“车间书记说这孩子只知道读书，影响群众关系了。”魏阿姨说：“我们现在就是需要爱读书的年轻人嘛！不能再因为是高知出身就不推荐了呀！”通过厂长的工作，推荐关总算通过了。

经历了11年的千难万险，1978年3月，我终于收到了武汉建材学院（现武汉理工大学）的录取通知书，这时距离报到的日子只差两三天了。虽然错过了自己理想大学的录取时间，我还是满意的，毕竟省招办考虑到我的成绩，最终把我分配到了从北京迁到武汉的重点院校武汉建材学院电气自动化专业。

对我更有意义的是，1977年恢复高考，让我不再因高知出身而遭到歧视，我可以和其他所有考生一样并肩进入考场。一个歧视知识分子的社会，显然是一个非理性的、被颠倒的社会，现在，这个被颠倒的社会又回归到理性的道路上来了，这使我感到无限欣慰。

我当时还不知道西方的卢梭所讲的天赋人权、人生而平等的思想，是前几年从父亲的书柜里翻阅了卢梭的书之后才了解到的。现在回想起来，我当年的那种欣慰之情，也许正是出自人生而具有的一种向往平等的本能要求吧！

1981年我（右三）同寝室六人合影

报到那天，我用自行车驮着行李到了学校。从那天开始，我怀着要追回被“文革”耽误的十年的愿望，进入了一个为期四年的埋头学习的新时期。

1949年以后中国的教育史上，可能只有七七、七八级大学生中的“老三届”，是历尽沧桑才进入高校的。那时上大学的意义和现在是不能比拟的，因为在那个时代，上了大学就意味着从前途渺茫的窒息和阴影中走了出来，由此而发生了命运的大转折。

在这个过程中，我应该感谢的人太多了，感谢父母是自然的，且不必说；我首先应该感谢的是邓小平以最快的速度改革招生制度的魄力，感谢他让社会发展重新回到了尊重知识的轨道，回到了公平正义上；我还应当感谢黎智伯伯和魏克阿姨，是他们用平等待人的道理说服人，才让我获得推荐的。最后当然还是要感谢命运，命运最终还是眷顾那些向着远大目标而努力奋斗的人。

1981年底全班毕业照，我在后排右七

高考带给我的，是把谷壳去掉变成吃米的身份

| 卜新民 |

恢复高考30年后的2007年，凤凰电视台《鲁豫有约》请了三位访客参加“高考：七七、七八级”节目。三人中，两位是当年上山下乡知青，一位是工人，清一色的城里人。我当时的感受是，凤凰台有失偏颇，1977、1978年参加高考的1180多万考生中，说少了也有500万是农村孩子，他们的心路历程有别于城市青年，怎么就不找个农村知青呢？比如搭上我，这档谈访节目的代表性就全了。我自己可是生于农村长于农村，两次高考，三次“入围”，一次录取的考生啊！

怎样得知恢复高考的消息，如何决定报考，在哪里报的名等，许多事特别是细节已无从记起。翻看一些报道后知道，从1977年10月底政府发出恢复高考通知到正式开考，只有一个多月的时间。各省份自主出题，开卷考试，语文、数学、政治为公共科，理科加考物理、化学，文科加考历史、地理。加考科目每科50分，五科满分400分。

可以带书本进考场，头一遭听说有这么便宜的好事，也成了我敢于报考的重要原因。我花了5天时间复习功课，把大哥从学校借回来的历史、地理、政治课本翻了一遍，主要了解有哪些章节、各章节有哪些具体内容，以备考试时能翻看抄写答题。晚上复习数学，只把学过的定理定义重温了一下，一条练习题也没做，没时间做。语文则只字未看，当时也不知要看什么，抱着书本就上了考场。

“文革”前高考，全县考生集中在县城一所中学参加考试。十年后恢复高考，人多到只好在每个公社都设考场，我就在家门口的溪南小学参加考试。小学十几间教室，坐得满满当当的，都是身份各异、年龄参差不齐的考生。没有人送考，更没

有人陪考。考生两人一桌，如同平日上课时，记得我的同桌是位矮胖姑娘，每科都没怎么动笔。两个成年人坐在一张小学生课桌上，如要誊抄作弊确实不难，但大家安分纯朴，整个考场秩序井然。

考题不难，自己或多或少都能作答，但翻书是抄不上来的，带去的课本一个指头也没动。记得作文题为“大治之年气象新”，自己写的是水利工地热火朝天的场景。作文写得虽语句顺畅，但内容寡淡无味，几乎十几年不动笔，连书信都没写过，以农村人的识见，真描不出什么好东西来，没把日常的汉字给忘了，已经算是平日偶尔还翻看书报的回馈了。

最终成绩 290 分，每科 72.5 分，参加了入围体检。录取放榜没有自己的份，正当以为读书梦就此完结时，县教育局又发通知，高分考生可再次入围，重新填报志愿接受挑选，曙光重现，咸鱼或许翻身。折腾一阵后，最终还是名落孙山。

当时不足 200 分的考生都有可能入读，自己 290 分却未能录取，想起来应该是客观条件有“硬伤”，输在起跑线上了。

当年公开的招生条件有三：一是政治历史清楚；二是具有高中毕业文化水平；三是身体健康。条件看似宽泛且虚，但附加的年龄要求却相对较硬，要求不超过 25 周岁，未婚；实践经验比较丰富并钻研有成绩或确有专长的，年龄放宽到 30 岁，婚否不限。

考试时自己 28 岁，一个老婆三个孩子，专长只能是农活干得不错，还有木工技艺，都是不入流、不值一提的苦力活。加上非贫下中农子弟，又有不安心农业生产、出门搞副业的走资本主义的“案底”，大队公社的评语肯定也不怎么样。这种背景，让参加录取的学校几次拿起我的档案又放下，因为有招录的条条框框的顾虑，最终还是舍弃了。

高中一年级后期，因“文革”开始荒废学业，差不多 12 年没接触课堂上的书本知识，相应的也就在农村田畴劳作了十多年。其间日出而作，日落而息，结婚生育，为人夫为人父，心里整日耽着柴米油盐过日子的大事。从回乡的那天起，就认定农民是自己一辈子的营生。对于突如其来的高考“解禁”，自己并没有像参加《鲁豫访谈》的几位城里人那样激动雀跃，也没有像他们那样，把高考当作脱离苦难、走向辉煌的背水一战，更没有把高考看作人生路上唯一的独木桥，不会因为挤不过去而宁愿摔死在桥下。对自己而言，更多的是抱着试一试的侥幸心态走进考场，既没下什么功夫，更没有必胜的决心和把握。真能跳出农门，那当然最好，考不上也没什么，更不是什么世界末日。现实生活的严酷重压，使木然的心早已失了幻想。更何况，根原本就在农村这片泥土中，从小早已习惯了乡下人卑微的生活，就当什么也未发生就是了。这应是相当一部分农村“老三届”学生，特别是上有老下有小的这一类考生的一般心态。

紧随而来的 1978 年高考，全国统一出题，闭卷考试，文理科均考五科，每科 100 分，外语分只作参考。将成绩作为入读大学的主要依据的考试，让广大学子看到了凭本事自己解放自己的希望，掀起了全国的读书热潮。上次落榜还想翻身的考生，那些刚刚醒悟也想一试身手的学子，加上应届的学生，都在新的一年或努力或慵懒地复习功课，以图鱼跃龙门，乘高考祥云扶摇直上。

因了 1977 年两次入围不成功的尝试，我认定学校不可能招收像自己这等条件的学生，对招考事宜也就没放在心上，每天照常吃饭睡觉，出工劳动。

生产队四位高中毕业两三年的姑娘，整日“叽叽喳喳”地聚在一块温书，有时向我讨教问题，她们的问题简单幼稚到让我觉得当她们的老师绰绰有余。村里人说，卜某人都不考，她们温习参加考试无非借机逃避生产队劳动罢了。

在镇上中学任民办教师的大哥总劝我，求官不着秀才在，真考不上也不损失什么，应该再试试。几个高中同学有时赶集碰面也不时谈到，是不是要去考场碰碰运气的问题。

作为农民，自己过于务实，不掺和没有把握的事。平日随遇而安，没有人生规划，无所谓理想，也不懂知识改变命运的道理，看不透高考这惊险的一跃，如若成功，可能带来的难以估量的人生收益，更不敢想象若抽走自己这根顶梁柱，家庭大厦该如何才不会崩塌。但恢复高考后燃起的心中渴求读书、求出路的余烬，尚未完全熄灭。抱着再多瞎折腾一次或许会出现奇迹的闪念和梦想，在犹豫纠结中，我决定报考。

在上学时，我数、理、化成绩都不错，如若不是“文革”，相信报考的应是理工类。而现在，离开课堂12年，高二高三的知识没掌握，备考时间又太少，只能报文科去拼功底了。但公开报名的时间已过，幸亏大哥利用学校渠道给我补报了名，这才搭上了报考的“末班车”。

当时农村正是夏收夏种俗称“双夏”的大忙季节。报名后白天劳动，晚上复习功课，真正放下驶牛的活计坐下来复习时，离七月的高考还只剩23天。其中又因叔公从印尼首次回国探亲，陪同祭祖、扫墓、探亲访友花去了3天，真正用功的时间为20个白天和30多个夜晚。

这是一辈子中学习最为紧张的20天。数学、政治、历史、地理，每科平均5天时间温习，语文照样只字未看。晚上主要用于自学高中阶段未读过的对数、三角、解析几何知识。每日，天亮后起床，老婆已出早工走了。为三个小孩侍弄好早饭，送两个小的上托儿所，大女儿自己上幼儿园，喂饱猪鸡鸭和自己后，八点多钟开始温习，一直到晚上十一二点，中午照常小睡，一天埋头苦读十一二个小时。

和其他考生不同，那时我没有订阅任何复习资料和提纲范围之类的东西，也没人点拨，只是把每章先浏览，然后合上书再想想这章的主要内容，重点把握哪几个问题，以理解的方式串读，没专门去背答案，也没有时间。数学花功夫最多，主要用在自学新课程上，把定理定义理解弄懂，没功夫做练习题。

这也是一辈子中学习效率最高的20天。考试组织答案时，脑子里总像放电影似的，出现读过的对应篇章，并勾连起记忆深处不知何时储存的相关知识。到现在仍引以为豪的是，一辈子只解过一道数学对数题，就是在这次高考考场上做的，而且做对了。

又一次高考入围，填报志愿时，自己仅填写了当地的梅州师范专科学校一所院校，原意就是只要能跳出农村，把谷壳去掉变成吃米的身份就行了。县招生办专门派人到公社指导，退回了我的志愿，说这是最后录取的学校，你的分数很高，这样就浪费了前面重点大学、普通大学和其他好学校的录取机会，要我重新填报。

当年招收文科学生的学校和专业不多，想想重点大学更不会招录自己这般年长的学生，于是心思都放在填普通大学的身上，重点大学的五个志愿只是按地域远近填列。中大过后是武大，当时忽然记起早年邻村有人考入过中国人民大学，于是人

1978 年入学后第一个星期天，我（前排左一）和几位外地同学游览天安门

大排在了第三位，接着是西南政法，把北大放在了最后一位。专业更是胡乱选择，交完表后也就记不得报的是什么玩意儿了。

录取放榜前，我和四弟正在县城给大姐打家具，偶遇公社中学抽调到县招生办的古老师，得知自己的中国人民大学录取通知书已发下来了。我满脸愁绪，第一反应是以后家里的日子如何过，一直不敢深究的现实难题摆在了眼前，连说几次考这么远怎么办，竟一点也高兴不起来。

在招生办，古老师让我看了考生成绩表，才发现所谓自己考了高分也不过才 364 分，是当年梅县考分上了 360 分的两位考生之一，排在现为梅江区的一位考生之后，每科平均分仅比上年多 0.3 分，水平够稳定的。

若按新的行政区划，这点分数竟然是现行梅县区的文科状元，可见当年广东成绩之差，这也促使中国人民大学把部分招生指标从广东调到了北京，这是进校后到广东招生的赵老师亲口对我说的。

古老师知道我家境况，理解我的心情，说北京的几所重点大学，优先挑选招录学生，中大等学校还未开始招录，你考少一点分就好了。第二天，路过县政府，看见自己的名字出现在县政府大门旁的红榜上。政府以喜讯形式，公布县里有 3 名考生分别考入了清华、北大、人大，名字后面是录取学校及考生所在乡镇。心中又有了些许金榜题名的喜悦。

非常规时期考上大学，我常自嘲是邓小平从垃圾桶里捡起的废物再造。当时 13 届的考生同场竞争，残酷程度可想而知，自己能脱颖而出，成功里面也包含了不少偶然。

由于备考时间短，考生原有的基础更显得格外重要，和在“文革”中度过小学中学的年轻人同台竞争，我们相对扎实的功底就突显优势了。考分高低除智力因素外，非智力的因素也在起作用。

这次录取主要按成绩取舍，而一些熟悉的当年读书不错的同学，由于各种原因没有参加考试，角逐的高手也就相对少了，便宜了我们这些幸运儿。

那些没有参加考试的同学，一些已在体制内有了一份稳定工作，或为老师、干部，或是工人、职员，少了参加考试的冲动。更多的人在农村，离开书本太久，怕生疏的知识难以捡拾，其中许多人早已婚嫁生育，是家里的顶梁柱，不敢再提踏进学堂的事。而一些原本欲望萌动的同学，少了点断然，犹豫彷徨中机会就溜走了。

偶然里面也包含了必然，我在学校时的成绩一直排在前几名，如若高考没有中断，并按成绩录取，上大学就是十年前的事了。

恢复高考，成为国家得以重新复兴走向繁盛的拐点，同时改变了七七、七八级考生的人生轨迹，我最终没有错失时代和命运的转机，成为幸运儿。

1980 年春，我（后排左三）和农经系七八级四小组的成员在校门口。后排左二为著名经济学家蔡昉

1977 年兄妹三人同赴考场

张效雄

听到恢复高考的消息，已是 1977 年的初冬。

那年我刚过 21 岁，在当时的洞庭湖畔一个大型国有农场做专职团委书记。

这消息实在太令人激动了。从做知青的第一天起，我压根儿就没有长期“扎根农村”的思想准备，农民兄弟也没有指望咱能在那儿待上一辈子。

前两年只能默默无闻，因为当时的政策明确规定，这段时间内是不能招工、招干、入伍、升学的。

第三年，我离开生产队，成了蹲点的工作队员，做“以工代干”的农场干部。但我这干部的主要活儿，就是到生产队“蹲点”，大部分时间在田间地头干活，与农民别无二致。

这段时期内，虽然有被推荐为“工农兵学员”上大学的机会，但被人家占去了名额。18 岁那年准备去当兵时，外婆听说是去新疆，硬是拽着不让我走。在父母和外婆看来，我们兄妹几个的人生坐标必须是上大学。

当时心想：农场的知青岁月漫长，啥时才能圆大学梦呵。

掰着手指头数了五年，机会终于来了。

弟弟跃雄在农场水泥厂做了两三年临时工，常年值夜班。妹妹雄飞高中毕业不久，在大堤边担芦苇混了半年。听说要高考了，他们索性都辞了工。

我们三人兴冲冲地赶到农场招生办，领了视如珍宝的准考证。仔细算了算日子，离考试的时间只有不到两个星期了。

父母决心搞突击应考，把我们关在家里进行“填鸭式”复习。我是干部，按规定应回分场继续“蹲点”，但父母豁出去了，把我的自行车锁上，不让我到十多公里外的“点”去。

这下可闯了祸，高考结束发榜之前，我回单位时，被作为“不安心农村”“不守纪律”的典型抖了出来。

恰逢年底农场开三级干部大会，党委副书记在工作报告中点名批评我，小组还专门开了个“帮助会”，让我作“深刻检查”。好在同事们心照不宣，走走过场也就完了。后来我才知道，党委副书记的孩子关在家里复习了几个月。

株洲是全省高考试点地区，刚刚结束考试就传来不少讯息，优秀作文《当我走进考场的时候》《考场静悄悄》等手抄本也飞到了我们的案头。

做教育工作的父母不知通过什么渠道弄了些莫名其妙的习题、模拟题。他们恨不得浓缩以往十年学习的全过程，逼着我们漫无边际地读书演算。他们还临时抱佛脚，请了农场里几个优秀的中学老师给我们答题解难。

这一段时间里，黑白颠倒，迷迷糊糊地猜题背题，模拟作文，大脑其实还是一团糨糊。好在母亲每日给我们做好吃的，晚上还有夜宵。

那时候年轻，只要有好吃的，就有使不完的劲头，一点也不觉得累。只是母亲不准我们出房间半步，觉得闷气得很。好在农场场部电影院放映刚解禁的电影——赵丹主演的《鸦片战争》。父母觉得这与我们的考试有点关系，放我们去看了一场，我们总算呼吸了一回室外的空气。

那一年洞庭湖畔特别冷。12 月 17 日是个寒气逼人的日子，可在我们的心里，那天却是个阳光灿烂的日子。我们兄妹三人走进了考场，分别在不同的教室参加考试。我考文科，弟弟考理科，妹妹是应届生，也考理科。

风刮得呼呼地响，我们戴着帽子、围着围巾进了考场。考场设在我读高中的地方，那是我五年前再熟悉不过的地方，考试那天倒是觉得陌生得很。场外有民警把守，场内监考员无声地缓缓踱着方步，一片肃静庄严的气氛。

考场静悄悄，湿冷湿冷的，北风从缺了几块玻璃的窗户吹进来，室内似乎比户外还要冷。

先是考语文。

20 世纪 70 年代我家的全家福。后排左起依次为大妹张雄飞，湖南农学院七七级；我，湘潭大学七七级；弟弟张跃雄，湖南大学七八级；小妹张雄文，湖南财经学院八五级

第一道题是将汉语拼音表述的一段毛泽东语录“我们的目的一定要达到，我们的目的一定能够达到”变成汉字。这是复习押题时怎么也不会想到的题目。好在我的汉语拼音学得好，这对我来说是小菜一碟。十分全到手了，我心里便有了底气。

作文题“心中有话向党说”，与“当我走进考场的时候”异曲同工，因有心理准备，不感为难，几百字信手写来。政治考试，由于不是强项，估计最多是及格的水准。轮到考历史地理，我的信心又足了。历史考了林则徐与鸦片战争，地理考了京广线、湘黔线等，都是以前复习过的。如此下来，两天四场考试，张弛有序，倒也顺利。

因为我们兄妹三人在不同的考场，考试卷子不一样，回家吃饭时无法对答案。这样也好，免得互相影响情绪。但看弟妹二人，只顾埋头吃饭，表面上显得比较轻松，其实心里也没有多少底。父母也不多问，只等发榜看结果了。

考试结束当天，我便回“点”上去了。那时我还在一个生产队做工作组的副组长，照样每日与农民兄弟同吃同住，不知不觉到了瑞雪纷飞的年关时节。很不幸的是，亲爱的外婆突发心脏病去世了，我们一家忙着办丧事，没有心情去理会高考的事儿。

好事多磨。就在农场党委副书记点名批评并安排小组会帮助教育我以后的第二周，我们兄妹三人都接到了体检的通知。

按照当时的规定，平均分过了 40 分的，就有参加体检的资格。这 40 分，相当于后来的最低分数线。

个人的录取志愿是领取准考证时就填写好了的，体检后合格者，录取本科还是大专或是中专，只能听天由命了。不过，那个年代，能够被中专学校录取，也不是一件容易的事情。

当时我的第一感觉是，从此以后不必担心被指责为“不安心农村”了！

父母不知从哪儿得知了分数：我的成绩四科 290 分，平均每科 72.5 分，是很高的分数。后来的情况自然明了，我以第一志愿被重点大学——湘潭大学录取。

妹妹当年被湖南农学院录取。弟弟以几分之差落选，他继续复习，奋起直追，半年后以高分被第一志愿——全国重点大学湖南大学录取。

从此以后，我们三兄妹拥有了一个共同的称谓：“新三届”。

后来我在媒体上得知，1977 年底全国参加高考的考生，共计 570 万名。这几百万人里，许多是夫妻同考、父子同考、兄弟姐妹同考。与我的家庭相似，兄妹三人同考且都被录取的，不在少数。

七七级这一届录取的学生，全国共约 27 万人，其中包括少量的“走读生”。有一部分进入了中专学校“戴帽”的大专班。这些中专学校，后来大部分改成了四年制本科院校或专科学校。如果按照 570 万人计算，录取人数 272970 人，录取率约为 4.8%。

我很幸运，赶上了好时代。多亏父母的决心与信心，点燃了我们永不放弃、奋斗与追求的希望之火。我感谢给我爱与恨、苦与乐的那个农场，我更感谢那些诚实可爱的农民兄弟。我按政策带每月 36 元薪金度过大学四年，是他们的血汗养育了我。我对我的父母，对遥远年代里那些不知名的农民兄弟，始终充满着感恩之情。

在那个录取率极低的年代里，我们四兄妹全部走进了大学的校门，感谢我们的父亲、母亲，他们都是教师。在全社会都丢荒了知识的岁月里，知识却一直在悄悄滋养着我们这些困苦的孩子。

一张小饭桌送走四个大学生

李 杜

又是一年高考季。一转眼，我的高考时光已远去40年，回顾我的高考往事，却觉得一切都历历在目。

1978年初，我接到大学录取通知书，被录取到湖南大学化工系分析化学专业。虽是1978年入的学，但考试是在1977年进行的，所以还是被称为七七级。能成为中国七七级大学生的一员，是我这辈子引以为荣的一件幸事。

1977年的高考，真是千军万马同挤独木桥——11年没有高考了，570万人同时报考，录取了27万人，录取率不到5%。若再把大专和中专去掉，本科学校的录取率只有2%了，我能考上湖南大学真是有些“走狗屎运”的感觉。后来再和同学们忆起当年高考的情形，发现自己比他们又要幸运很多，因为我有个强有力的父亲做后盾，我的高考可以说是我和父亲的高考。

1977年，我已在乡下当了两年多的知青。对知青来说，最折磨人的还不是劳动的艰辛和生活的困苦，而是你不知道等着你的命运将是什么。好比在茫茫大海里奋力游着却看不到彼岸，或有船只从你身边驶过，却不是来救你的。这时知青点已陆续有人参军或是招工走掉了，每离开一个人都会引起知青点焦虑情绪的蔓延。

我在羡慕之余，更是感到前途渺茫、心灰意冷。部队或是工厂都不是我想去的地方，我的理想是当一名新闻记者。即便实现不了，我也想读书深造，不管是什么专业，至少还可以当个技术员什么的吧，我不甘心一辈子从事简单劳动。

当时读大学的名额极少，并且需要公社推荐，而我一个普通知青，大学的大门就是开错了也不会朝着我啊。就这样，时不时地被一个遥不可及的梦想煎熬着，无

我（左）在农村知青点为大家做饭

法自拔。

1977 年 5 月，正值我情绪极为低落之际，中共中央转发了还未复出的邓小平写给中央的一封信，政治上极为敏锐的父亲立即意识到中国将会有翻天覆地的变化，便给我写了一封信，嘱咐我有空时复习下功课，可能会恢复高考了。寥寥半页纸，有如一声春雷，让我顿觉自己的人生总算是有了盼头，心想只要是通过考试来录取大学生，自己还是有些希望的。

“文化大革命”那些年，大家都没读什么书，相比之下我还算侥幸学了点东西：

一是虽然家里对我的功课从来不过问，但父亲对我的写作阅读兴趣还是做过一些因势利导的培养，不知不觉中我的语文打下了较厚的功底。

二是我高一那年正好遇上邓小平复出，大概有一年半的光景吧，这段时间学校对教学抓得特别紧，加之长郡中学是一所老牌名校，老师的教学水平可都是一级棒的，我也就心无旁骛地扎扎实实读了一年半的书。

三是我中学期间在班上有两个聪慧绝顶的“闺蜜”，她们俩学习成绩都特别拔尖。三个女孩整天腻在一起，本来懒惰的我，也不好意思被她们比下去，所以也一直不敢过于松懈，大家私下里暗暗较劲，你追我赶，以至于到了高中后我们一不小心成了年级的三位女“学霸”。

四是下农村后只搞了一年劳动，大队上的小学要办个初中部，见我文笔还不错，便挑了我去当初中教师，这样我便摆脱了繁重的体力劳动，在学习时间和精力方面都要略占些优势。

此时我当老师快有一年了，同时兼任着初中的数学、英语及政治课程，还有小学六年级的语文、音乐课，下学期还要增开物理、化学。

现在回想起来真是很荒唐，区区一个高中生，本就没读什么书，同时还兼这么多门课，不误人子弟才怪呢！所以我一直暗暗佩服从农村学校毕业考上来的同学，心知靠像我这样的“山寨”老师那是学不到什么东西的，得全凭着他们自己的天赋和努力。

繁重的教学任务让我忙得不可开交，尽管有了奋斗的目标，可惜自己是个很不能吃苦的人，那些头悬梁锥刺股的励志故事对我是没什么效果的，工作之余已没什么精力复习功课了，只在偶尔有空时翻下当时的高中数学教材，那也是做做样子，每天等备完课、改完作业，眼皮早打架了，那教材简直就成了我的床头催眠书。

此刻心想，父亲也不过是猜测罢了，哪一天恢复高考还难说呢！所以也就不怎么着急，复习的进度很慢，质量如何更是不得而知。

没想到形势发展如此之快，这年秋天国家就宣布了 12 月份恢复高考的决定，此时离考试已时日不多了。我们这些知青就在乡下报名，分文科和理科报考。我打算报考文科，想圆了当新闻记者的梦。

可父亲此时却一反鼓励我爱好文学的常态，又是电话又是口信的，坚决地阻止我报考文科去当什么新闻记者，见我不置可否，硬是把我叫了回去，苦口婆心地做我的工作。他说学文的政治风险太大了，说不定哪天就会惹祸上身。

大哥说得更是决绝：“报什么文科，你想当‘右派’啊！你报文科我就和你脱离关系！”委屈得我眼泪汪汪。不过，最后善于攻心的爸爸用一个理由说服了我：“你不是不喜欢当老师吗？学文科当老师的可能性很大的，除非你考得上北大，要不就到师范学院了。”

才 20 岁就担任了很多门课程教学的我，不检讨自己的课教得不好，却埋怨学生太笨，总觉得自己一天到晚都在对牛弹琴，真是厌烦透了教师这个职业，一听说读了大学还得去当老师，便立马投降，同意报考理科了。

这一决定，可伤了我的语文老师萧老师的心了。萧老师是湖南大学中文系毕业的高才生，虽已到了退休的边上，事业心却还是很强。她一直很器重我，也很关心我的报考。当得知我报考理科的决定时，她顿足道："你怎么就考不上北大？考得上的！"可我哪有考上北大的雄心壮志和信心，我的第一目标是跳出农门，这可是个生死赌注，随意不得！

她见我不松口，便只好无奈地叹道："我年轻时就想当个作家没当成，这辈子就一直想培养个作家出来，教了这么多年书只遇见两个有文学天赋的学生，你是其中的一个。结果另一位学了美术，你又报了理科，我的理想算是完了！"我听了也很难过，觉得自己简直就是毁灭萧老师理想的罪魁祸首，只好默默无语，喏喏地离去。

其实当时我也真是无知，根本不知道除了北大和湖南师范学院，还有很多其他的学校设有文科专业，就这么轻易地被老爸唬住了，从此断了当新闻记者的梦想。人得认命，我费尽心机不想当老师，几经辗转后却还是当了老师，最后虽仍然不喜欢这个职业，但也没那么厌恶了。

终于开始正式的复习了。爸爸检查了一下我的复习状况，不禁大惊失色，说这样下去不行，只有一两个月了，你得想办法请假，回来我带你复习。于是三哥托他一位朋友带我到医院去找熟人开病假条。因从未说过谎，到了医生跟前我竟一句话都不敢讲，全是那位哥哥在帮我说，好在很顺利地拿到了一个月的病假条。

一个月以后假满了，我不好意思再找熟人了，便莽莽撞撞地直接跑到大队书记那儿请假，说我病还没好。老书记竟一点都没有怀疑，还顺着我的话说："那是没好，看你脸色那么苍白，回去再休息一下吧！"学校的校长也没有为难我半句，继续放我回了家。

比起很多不敢耽误出工、只能在工余时间复习的知青来说，我是幸运多了，多了好多温习的时间。后来想想，医生、书记、校长，他们哪会看不出我这拙劣的谎言，其实都是在暗暗地帮我。他们都是我生命中的贵人，在我最需要帮助的时候不惜为难自己帮助了我。

一直到快考试了，我才回到农村，也不知道我的那些课是谁给接下来的，直到多年后我自己担任了主管教学工作的院领导，才意识到当时我给学校带来了多大的困扰，可我却从来没有当面感谢过他们一句！

在当时，家里有个当知青的孩子，那就是每一对父母最大的心病，能考上大学自然是最好的出路，关键是还能把命运掌握在自己手里，只是竞争如此激烈，不得不背水一战，就和现在所有的考生家庭一样，全家人把我的高考当成了头等大事，成败在此一举。

大概是知道我们家有一位高考生吧，往日里络绎不绝来找父亲的客人也一时绝了迹。父亲直接担任了我各门功课的辅导老师，母亲则承担了全部的家务。那时家里房子很挤，总共才两间很小的房间，哥哥们全搬到单位上去住了，把一间房腾给了我。

房间里没有书桌，只有一张破旧不堪的折叠小饭桌，因房间小，平日里吃完饭是要把桌子收起来的，在我复习的那一个多月里，就再也没有收起来过。吃过饭后，妈妈把碗筷收了，擦一擦桌面，铺上一层报纸，我和爸爸一人坐一边便复习起来。

这一个月，是我人生中和父亲相处得最密切的一段时光，父女共同作战攻克我的高考堡垒，非常温馨。

父亲否定了我曾看过的“文革”教材，他不知从哪里借来了一套“文革”前的高中教材。因为时间太短，父亲说数学分数高，先保证把数学考好。每章他都会抽出些题目让我做，做得好的就让我过，做得不好的就给我讲课。我记得他说我立体几何和解析几何学得不好，重新让我学了一遍，这恰巧是我高二第二学期的学习内容。

等到教材看完后，父亲每每下班后又不知从哪里找回来些题目让我做，这些题目比书上的要难一些。到考试时，我的数学基础打得很好了，拿起试卷一气呵成，应该只是粗心丢了两分。父亲只是一位中学校长并非数学老师，我也不明白为什么他的数学基础那么好，比教数学的妈妈还要好得多。

因时间实在有限，我在物理和化学方面花的时间不多，父亲只是把最重要的内容勾选出来让我看，做做例题，有问题问他。到底是题做少了，投入和产出是成正比的，所以考得也一般。因妈妈是长郡中学的老师，我还有幸听过几次长郡中学组织的复习课。

我对一次化学复习课印象颇深，主讲是长沙市有名的刘佑文老师，人称“刘化学”，他的课不仅条理性很强，而且风趣有味，那些难点从他嘴里出来都异常轻松。记得当时对氧化还原反应中的几个概念我总有些迷糊，刘老师说你们记住五个字就行了：“升失被氧还”，即化合价升—失电子—被氧化—还原剂。这个口诀我一下便记住了，而且记了一辈子，后来还传授给了参加高考的儿子，哈哈！

在当时，除了还没离校的应届生外，我的这种学习条件应是得天独厚的了，有什么问题随时都有爸爸给解答，所以学得很轻松，一点压力都没有。大多数知青都只能闷头看书或相互讨论，有问题上哪儿问去？所以，有个如此睿智如此爱我的爸爸，是我人生中最大的幸福。

语文仗着自己基础还行，根本没理过，其实感觉考得并不见得好。萧老师阅卷时到作文突出的试卷中去翻找，以为里面会有我的试卷，结果没有。政治更是不知从何复习起，听了一次复习课便没再管过了，结果政治考得最糟糕。

那时不知为什么考试结果是保密的，只知道湖南省本科的录取分数是平均55

上大学时我（二排右二）与班里女同学在岳麓山脚下的爱晚亭合影

分，公社主管文教的主任事后告诉我，我的平均分数是 78 分，还说我政治考得太差了，差成什么样子至今也不得而知。现在想想，父亲太有先见之明了，要真让我考文科，别说考北大了，只怕是师范学院都考不上呢！

虽说我考上了重点大学，但说实话，有如此优越的学习条件只考了这个分数，我实在是有点对不住人。好在当时家里对我要求也不高，只要能跳出农门就心满意足了。

最后，回过头来忆一忆我们家那张神奇的小饭桌。一张油漆斑驳的方桌，和它底下的活动支架是不配套的，那四只脚也十分不稳，轻轻一碰就会挪地方。我们家人喜欢用它来温习功课，因为师生可以同桌，有时学生还不止我一人，邻居家孩子也跑过来蹭蹭课什么的，全围在这一张桌上。从这张小饭桌上，父亲先后培养了四位大学生。我是第一个，接着是我三哥考上了湖南师大，堂弟考上了清华，表妹考上了湘雅。

最神奇的是三哥，他是六八届的初中毕业生，15 岁就被迫下了农村。文化水平说是初中，实际上小学都没读完就遇上“文化大革命”，初中的大部分时间在挖防空洞。后来凭着自学的小提琴特长考到剧团拉琴。见我考上了大学，他也决心要报考改变一下自己的命运，父亲测试了一下他的数学水平：1/2+1/3=2/5。

父亲说只有半年了，凭你这基础理科是肯定考不上的，考文科吧！于是给他制定了一套专门的考试复习方案，三哥也是拼了，那劲头真叫头悬梁锥刺骨呢！ 1978 年居然考上了湖南师大历史系，后来还读了研究生。在父亲的辅导下，数学虽说考得不好，但也没拖太多后腿。

送走了四个大学生后，父亲整天得意地夸他那张宝贝小饭桌，来了贵客都在那张桌上吃饭。后来大概小饭桌也意识到了自己的使命已经完成了吧，便不大尽职了。

有一天，父亲特意蒸了碗泥鳅招待远方回来的叔叔，蒸好的泥鳅刚刚端上桌，“哗”的一声桌子突然垮了，泥鳅泼了一地。我们面面相觑，一时鸦雀无声，不知是可惜那碗泥鳅，还是心疼这张小饭桌。

于是，爸爸口口声声要当作传家宝带走的那张破桌子，终究没有随着我们搬入新家。

啼笑皆俱的高考往事

| 蒋 蓉 |

1972年大学开始恢复招生，方式是基层推荐逐级政治审查，这种方式一直延续到1976年。大中专招生，让知识青年又多了一个跳出农门的机会，不过，那些家庭背景不好的知青，依然和招工一样是没有多少希望的。到1973年，我们突然听说招生恢复了文化考查。当然，国家层面发生了什么变化我们不可能知道，但文化考查，成了能被录取入学的一个重要条件，这个事实让许多没有“优质”家庭背景的知青很兴奋。那一年，名额也放宽了，我们公社一下子推荐了近20名知青参加考试，好像是自开始招工招生以来推荐知青最多的一次，我也在被推荐的知青当中。

当时，距离考试大约还有一个星期，生产队并不能给知青特别的照顾，白天我照样出工，只能在晚上突击复习一下。夏日里，成百上千的蚊子如轰炸机一般在身体周围“嗡嗡”盘旋，已经不是鲁迅所描述的那种“文质彬彬”的“发表一通议论”了，那简直就是彻头彻尾的威胁恐吓。饥饿的蚊子轮番攻击，密密麻麻地叮在裸露的手臂和小腿上，一直吸到它们自身体型膨胀也不离开。就是在这么恶劣的条件下，点一盏鬼火般的煤油灯，我复习了一个星期，主要是突击学习以前从未学过的几何，准备应付考试。

考试题目简单到出乎意料，我轻轻松松就完成了答卷，提前交了试卷。据招生的老师告知，我的成绩很好，已经被确定在录取名单里。

回到生产队等待录取通知书的时日，某一个晚上，公社有线广播里传出了播音员高亢激昂的声音，播出“白卷英雄”张铁生的事迹。我知道自己完了。果然，政

考大学前工作过的工厂，背景是聚乙烯醇工段，我在前排左一

治风向急转，考试成绩不再算数，我再次因政审落榜。1974 年初，刚刚创办的四川维尼纶厂技工学校到苍溪招生，他们打算在经过了文化考试的知青中挑选。我们公社再次推荐了我，而且倾力相助，其间经历了难以言说的诸多周折，我最终回到了城市。回城后先在技校学习，而后进入四川维尼纶厂仪表维修车间当了一名工人。

1977 年恢复高考的消息传开后，我并没心动。倒不是因为 1973 年的挫败造成了心理阴影，而是因为：第一，我技校毕业入厂不到两年，按国家的规定不能报考；第二，在当时，仪表维修确实是一份不错的工作，不存在通过考大学谋求更好前程的问题。

不过，我们车间有两名青工报考了，而且都考上了，他们一下子被罩上了斑斓的光环，成为我们所有青工仰慕的“明星”。开欢送会的时候，我只说了两句话就哽咽了，泪水在眼眶里疯狂打转，我埋下头竭尽全力控制，眼泪却不争气地奔涌而出。

他们考上大学对我是一个巨大冲击，瞬间激活了我早年的愿望，我无法再对考大学冷眼旁观，也激活了我对自己的信心，我暗暗发愤，决心在第二年招生时参加高考。

和 1977 年相比，1978 年高考改为国家统一出题，考试的科目也增加了，文科有语文、数学、政治、历史、地理，此外，无论文理科都增加了外语考试作为参考。这一届对外语尚未做硬性规定，没有学过外语的可以不参加考试。这个规定让我感到十分庆幸，我把自己列入没学过外语的考生，免去了十分头痛的外语复习，还省出了时间复习别的科目。

我就职的四川维尼纶厂，是当时国家引进国外先进设备的三家大型化工厂之一，因其设备的先进性，聚集了许多“文革”前的大学生。我所在的仪表维修车间更是人才济济，每一工区都有数名大学生做我们的师傅，教给我们应该掌握的技术知识。那时，设备陆陆续续运来并等待安装，厂里没有足够的仓库，有不少设备堆放在临时搭建的工棚里，由各分厂各车间派人员轮流值班看守。

记得有一次值夜班，师傅们在一起闲聊。印象中，我的师傅们即使闲聊也极有档次，几乎没听过他们聊八卦。他们在一起，要么讨论工作中的技术问题，要么交流一些当时科技进步发展的最新信息。那个时候，即便是作为工程技术人员，他们各自的信息来源也十分有限，这样的交流就显得很有必要。

有一次，他们讨论基因，我从他们的讨论中第一次听到了“基因”这个概念，神秘的基因使我对知识渊博的师傅们由敬重升级为高山仰止，我在自惭形秽的同时，也获取了奋发向上的强大动力。

虽然工厂尚未投产，但工作多而繁杂，外出学习的任务也很重，并没有什么闲暇。我们车间因为有了 1977 年两位工友考入大学的榜样，青工们都跃跃欲试，有 10 余名青工报名参加 1978 年高考。受过高等教育的师傅们对我们这些当过知识青年却实在算不上有知识的年轻人特别理解，给予了我们很大的支持和帮助。

那段时间，我们上班可以把复习资料带到车间办公室去看，师傅们主动承担起平时由我们承担的工作，尽可能地留出时间让我们在办公室里复习，还在工作之余为我们答疑、帮我们解题。师傅们无私的支持和不求回报的帮助，让我至今感铭于心。

与师傅们形成强烈反差的，是宿舍里的技校同学。时至今日，我依然不明白其当时的动机，也不愿意把别人想得太龌龊。在一段不短的时间里，居于同一寝室的技校同学，每每看到我吃过晚饭拿出书坐在床边准备复习时，就邀约一帮人在宿舍里引吭高歌，或者故意嘻嘻哈哈地“摆龙门阵”（四川话，闲聊的意思），闹腾到晚上10点多甚至11点钟。据说，还有人在背后无比蔑视地挖苦我：蒋蓉还想考大学，哼，不自量力！我当然不想与这些人作任何计较，寝室里待不下去，我就到宿舍外面光线昏暗的路灯下复习。好在我考文科，除了数学以外，其他都不需要伏案做习题，而且，我有师傅们的支持，白天可以在车间办公室复习数学。

据说，1978年报考大学的考生是史上最多的一年。有了七七级的榜样，很多1977年因各种原因没敢或没能参加高考的人，都报名了。川维厂远离市区，厂里没有条件为考生设立考场，考生们都被安排在长寿县（今长寿区）的晏家镇中学参加考试。学校里每一间教室都挤得满满的，还是两个人一张桌子，做点小动作十分容易。不过那时的人把考试看得很神圣，考生们也都非常自律，那么拥挤的考场也没听说有什么人作弊被抓住了。

考场条件差，考试结束后还没地方休息，只能在学校的操场边枯坐，等候下午的第二场考试。因为考试紧张，中午即便有地方休息，估计绝大多数人都没法入睡，所以不休息也算不得什么问题。

印象特别深刻的一件事，是中午没地方吃饭。别人怎么解决的我不知道，第一天我是毫无准备，只好饿着肚子挨到下午考完，回单位宿舍才能吃饭。

那天回到宿舍，刚推开门的那一刹那，我眼前一黑，差点倒在地上。还好脑袋没糊涂，赶紧抓紧了门的把手，双目紧闭，坚持了一会，然后迅速扑向距离门口不算远的床。那时年轻，扛过来了，没发生意外。第二天我自带了干粮。

我的考试还算顺利吧，除了考数学一直做到铃响，别的几门都提前交卷出去了。答题时，我眼角余光瞄到旁边那个女孩，写的时候少，擦汗的时候多，内心还对她充满了同情。考完试回到车间上班，师傅们问考得怎样，我回答说还马马虎虎吧。师傅们就笑了，说，一般答“马马虎虎”的都比较有胜算了。

等待公布成绩的日子是焦虑的，虽然和知青需要“跃农门”不同，但既然参加了考试，就是给自己设置一个较高的期望值，要说不焦虑那肯定不真实。

极具戏剧色彩的事情，发生在公布成绩那一天。

与我一起从苍溪农村调出来，又一起进入技校仪表班学习的朋友周午丁，进厂后在宣传部门工作。她接触人多，各种消息来源广。她也参加了1978年高考，和我们一样热切关注着有关高考的各种消息，而且总是考生中最先知晓的那一个。那天中午我们刚下班准备去饭堂吃饭，她来电话了。

周午丁是个女高音歌者，我是听她的嗓音才对文学作品里描述的“银铃儿一般”有了具体真切的感受，可此次，电话那端没有银铃儿，她低了嗓门，语气沉重得让我心惊肉跳，她说，“蒋蓉，告诉你一个消息，你千万不要着急啊”。我心里“砰”的一声，像一块巨大的玻璃被打碎了。她在电话那端继续，成绩公布了，你是一百八十多分（当年的录取线，理科是二百八十分，文科大约高十分或是二十分）。末了她还特别强调消息来源十分可靠，是原来技校的罗书记从县招生办带回来的。

我愣住了，一句话也说不出来，放下电话往桌子上一趴，虽然竭力想控制自己的情绪，但还是管不住漫涌的泪水，因为压抑着，就变成了全身的颤抖，很痛苦的样子。

车间的几个青工分外同情，和我一样也在等待公布成绩的王亚希、杨渝菱帮忙打来了午饭，但我吃不下，只是哭。哭归哭，我的脑袋却一刻也没闲着：考场里瞄到旁边人艰难答题的情景，我自己比较轻松地完成了各科考试的情景，考试结束后对答案的情景……有关高考的所有情景都迅速地在脑子里划过一遍，再划过一遍。慢慢地我就冷静了，也坚定了自己的信心：不可能！绝对不可能只有一百八十分！我向值班的师傅请假，准备下午去县城查分数。我说一定是他们搞错了！

刚刚请好假，周午丁的电话又来了，她一连声地说：“对不起、对不起，蒋蓉，搞错了，你的成绩上了重点线了。”不到两个小时，我被从山巅抛下深谷，又被从深谷直接提溜上山巅，晕死了！上了重点大学的分数线，原本只打算考西南师范学院的我，一下子有了进入四川大学的资格。拿着电话一时间啼笑皆俱，我再一次说不出话来，半晌，只回复了她两个字：谢谢。

我成了当年厂里成绩最好的一个考生，在全厂的考生中第一个接到了录取通知书。通知书下来的时候，我的名字像插上了翅膀一样，飞遍了厂机关的每一个部门。每到一个地方办手续，首先听到的都是这句话：你就是蒋蓉啊！这是一种赞扬，这样的赞扬让人喝汤都醉！

不过，川大哲学系并不是我的志愿，估计是因为我没有哪一科特别突出，加上那时哲学系少人填报，录取时就把填写了服从分配的考生调剂到了哲学系。我在厂办拿到通知书时，双手因激动而颤抖，打开一看，却呆了！通知书上赫然写着——四川大学哲学系。我觉得自己的双腿好像被取掉了骨头，绵软得根本无法站立，只好急忙伸手扶着楼梯的栏杆，勉强把自己的身体支撑住，脑袋里却聚集着饥饿的蚊子“集团军”，一片“嗡嗡嗡”地轰响。经历了那么艰苦的奋斗，承受了那么大起大落的情感折磨，换来的却是一个“学政治的”哲学系，我突然不想上大学了。

那时，我对哲学的认识非常浮浅，哲学究竟是个什么玩意儿，根本不知道，也从来没听说过“哲学是关于智慧的学问”这样一种关于这门学科的至少能让人产生美好憧憬的概括。和几乎所有我熟悉的人一样，在我心目中哲学就等同于政治，而“政治”因几十年的“政治运动”变得避之唯恐不及。

盯着那份来之不易的录取通知书，沮丧像涌泉一样四处流溢，彻底覆盖了我内心本来若狂的欣喜——学政治，太没意思了！又想，我已然考上了大学，考的是全厂第一，能力已经得到证明，也有力地回击了那些对我的蔑视，就是不去上大学，也可以扬眉吐气了。放弃吧，放弃吧，我努力在心里说服自己。

可是，我还是非常纠结，想征求一下家里的意见，无奈那时家里没有电话，写信吧，时间上来不及，就是拍电报也来不及，我必须克服选择困惑，尽快做出决定。还是要感谢我的师傅们，他们都说，好不容易考取了，机会难得，应该去，上大学总是好的。师傅们说的也是他们自己切身的体会。我决定了，听师傅们的！

无论如何，我做最后的决定还是有几分勉强，只是，去厂里各相关部门办手续的时候，人们羡慕的眼光和不加掩饰的赞扬，又一次满足了我的虚荣心，让我在离开川维厂的时候，情绪还比较高涨。不知道还有没有其他人在考取大学之后也如我一样，差点把“去还是不去”纠结成了类似于哈姆雷特王子“活着还是死去”那样的追问？

大学毕业后，由于工作调动和举家几次大搬迁，我把值得珍藏的准考证、录取通知书等都弄丢了，能够找到的只有一枚校徽。还好我的同学们在记录他们这段经历时，都亮出了他们珍藏的这些文物。属于一个时代的纪念，都是一样的。

校徽

班上全体女生合影，我在后排左一

连续拼搏三年走进心中圣殿

| 周振华 |

我自幼爱好文学，特别是对诗词感兴趣。但在当时的那个年代，唐诗宋词包括小说散文等都属于“四旧”范畴，既买不到，也借不到，看见的都是“手抄本”。

我中学时就抄了一本《唐诗别裁集》和《宋词别裁集》，也背了其中的一部分诗词。在后来的日子里，脑子里会偶尔跳出几句诗词来。比如“感时花溅泪，恨别鸟惊心”，比如“会当凌绝顶，一览众山小”，比如“但愿人长久，千里共婵娟”，比如“接天莲叶无穷碧，映日荷花别样红”。

在下乡当知青建设青年点时，有一天，我脑子里突然蹦出唐代诗人王翰《凉州词》中的诗句“葡萄美酒夜光杯，欲饮琵琶马上催”，就顺口说了出来。

一位瓦工师傅问我：“你对古诗词感兴趣？”

我回道：“喜欢而已。”

“你知道这句诗是谁写的，表达什么意思吗？”他又问道。

我说：“这首诗是一首边塞诗，是唐代诗人王翰《凉州词》中的两句。意思是出征的将士们正要开怀畅饮夜光杯中葡萄酒的时候，马上的乐队已经弹起了琵琶，催促将士们出发远征了。”

他看了我半天，说道：“现在的年轻人都不知道唐诗宋词是什么了。你有这个爱好就应该好好学，将来一定会有用的。”

我默默点头。

说到背诵诗词还有一段故事。忘记了是在哪儿看见了一首诗：“一去二三里，烟村四五家，亭台六七座，八九十枝花。”当时只觉得这首诗挺有意思，全诗总共

20 个字中，其中就有 10 个是数字，而且是从一到十，我看了几遍就背下来了。当时不知作者是谁，也不知道表达的是什么意思。

后来有一次我顺口把这首诗背出来，邻居李大娘听我背这首诗后对我说："振华，你知道这首诗描写的是什么吗？这是一首描写青楼妓女生活的诗，不能随便念。要学就学点好诗。"

我吓了一跳，因为李大娘是日伪统治时期"国高"毕业的，在我们大院里学问最高，她说的肯定错不了。

回家后，我仔细揣摩，更觉得李大娘说得对，"烟村"不就是烟花柳巷吗？妓女的活动场所元外乎亭台楼阁；妓女的艺名不都是"牡丹""玫瑰""樱桃""石榴""杏花"吗？从此以后，我再也不敢背诵这首诗了。

上大学后，系统地学习古典文学后才知道，这首诗是宋代理学家邵康节的《山村咏怀》，大意是：我到外面游玩，不知不觉离家已有两三里地，看到不远处的小村庄里有四五户人家已经冒起了炊烟；我信步走来，又看到路边有六七处精美的亭

我们寝室八兄弟合影，我在前排左二

台楼阁，独自静静观赏，才发现身边的树枝上挂着八朵、九朵，哦，不，十朵花。好一幅静美如画、赏心悦目的山村风景图，根本不是李大娘说的那样。

有一段时间，我接触了鲁迅的作品。我总在想：鲁迅真是个喜怒无常的人，一会儿“横眉冷对”，一会儿又“俯首甘为”，反差也太大了。真正接触鲁迅的作品是在下乡插队时。

读书，使我走出了插队生活的困顿和颓废，驱散了孤独与沮丧，使艰辛的日子变得有意义，使灰暗的生活有乐趣，并在内心深处保持着对未来的期望、对理想的憧憬。

我曾连续三年在战友们回城“猫冬”时，留下值班看知青点。秋收时小腿被镰刀割破流血不止，我抓起一把黄土按在伤口上止血，继续参加秋收而毫无怨言……那时候，我是多么想把自己的青春年华贡献给农村，在农村有所作为啊。

我插队的地方很闭塞，恢复高考的消息是我在 1977 年 11 月回家探亲时才知道的，此时距 12 月 11 日的高考时间不足一个月，时间紧、底子差，落榜是意料之中的事情。

春节回家，得知好友赵刚考入了黑龙江中医学院中医系，隽雪艳考入了北京大学汉语言文学系。这一消息对我影响非常之大，遂决定复习功课，再次参加 1978 年的高考。

插队期间，每年秋收后我留下值班。利用这些时间，我阅读了许多当时被称之为“毒草”的文学作品，如《红岩》《家》《春》《秋》《雾》《雨》《电》《围城》《暴风骤雨》《林海雪原》和被批为“四旧”的《三国演义》《西游记》《水浒传》《红楼梦》《金瓶梅》等文学名著，还阅读了当时仅有的《艳阳天》《金光大道》《高玉宝》《海燕》等风靡一时的文学作品。

复习是艰辛的，我在诗中感慨：

清早捧读迎朝霞，
独伴烛光度子时。

春耕前回知青点，我边出工，边复习。晚间经常停电，我到大队向开拖拉机的老乡要了一罐头瓶柴油，从棉被里掏出一缕棉絮捻成棉绳放在柴油里，晚上点燃了看书复习，每天熏得满脸特别是两个鼻孔黢黑，真是辛苦至极。

有一天早晨，我从宿舍出来洗漱，几名早起的战友看见我就哈哈大笑。我莫名其妙，回到宿舍对着镜子一看，我满脸黢黑，只有牙齿是白色的，那模样如同黑脸包公，不由得苦笑。

乘火车到阿城县城参加高考的前一天，父亲把我叫到身边对我说："老二，不要报考大学，咱们家出不了大学生，还是报技校好，把握性大，上学时间还短，出来就能挣钱了。"

我不同意，父亲把我大骂一通。

第二天早晨，我离家时，母亲背着父亲偷偷递给我一个布包和 5 元钱，布包里面是两斤槽子糕，这是我高考两天的"口粮"，5 元钱是我高考往返的"盘缠"和住宿费。

乘火车到了阿城县（今阿城区），住在 5 角钱一晚的大车店，由于臭虫、跳蚤的捣乱，我几乎一夜未眠，天放亮时才入睡。猛然惊醒时，距考试时间已经不足半小时了。我住在城西，考场又在城东，急急忙忙赶往考场，不小心被马车撞倒，爬起来继续奔跑。待我在迟到 10 分钟后坐在考场准备答卷时，才觉得右腿很痛，低头一看，右腿膝盖处被刮破，裤子和小腿上沾满了鲜血。

考试结束后，在从考场到阿城火车站的路上，我被瓢泼大雨淋成"落汤鸡"。在火车上，淋湿的衣服还没有干，下车后从香坊火车站到家的路上又一次成为"落汤鸡"。

当晚，我感冒了，高烧 40 度，被母亲送进香坊区人民医院。别人家的孩子参加高考，父母好吃好喝地供着哄着，我参加高考，父亲极力阻止，还骂得我狗血淋头。我暗暗发誓，明年再考一次，考不上就离开这个世界——"不成功，便成仁"。

高考失利后，我回到青年点。此时，姚永芬考上了黑龙江省轻工技校，金连滨、曹国岐、曹永福先后入伍，何如宇到公社文艺宣传队当了二胡演奏员。20 个战友，剩下 15 人，还有李荣芝等人滞留哈市不回。一时间，青年点显得十分冷清、萧条。

秋收后，我第一次没有留下看青年点，而是选择了回家复习备考。我先后到大妹妹就读的116中学旁听，还参加了高考补习班。在补习班认识了以后成为大学同学的刘恒等人。此时，我每天早晨5时收听日本NHK广播电台的学日语节目，通过书信往来，我还收到NHK广播电台寄来的一本教材。

母亲为了支持我高考，还给我订阅了《黑龙江青年报》和《作品》杂志，我从《作品》中读到一些在文学史上被称之为“伤痕文学”的作品，这些对我后来的影响很大。

复习期间，我想准备几篇作文，以备考试之需，但这个过程非常痛苦，我曾发出这样的感叹：

蹉跎辗转已数天，
两千蝇头跃纸面。
短篇一则何谓苦，
亲手实践方知难。
创作如同征程日，
字字句句皆爬山。
今朝应读万卷书，
写作尝试待来年。

1979年7月6日，我抱着事不过三、“不成功便成仁”的决心，再一次到阿城县城参加高考。考试比较顺利，感觉按照1977年、1978年的录取分数线，我应该能够被录取。回家后，别人问起，我都信心满满地说，“还可以”“差不多”。嘴上虽然这样说，心里还是没有底。

等待录取消息的那段日子，我如坐针毡，度日如年。

一天傍晚，青年点的战友给我来电话说发榜了，就贴在永源中学校舍外面的墙壁上。第二天，母亲替我借了一辆自行车，我急忙骑车赶往永源中学。在贴满一面墙的榜单上我发现了“周振华”三个字，我一遍又一遍地核对考号，泪流满面。

在期盼中，录取通知书终于发下来了，我以高出本科录取分数线54分的成绩，被黑龙江大学中文系汉语言文学专业录取。

考上大学，中学同学和青年点的战友都替我感到高兴，中学同学还凑钱给我买了一件绒衣，这是我有生以来拥有的第一件绒衣。好友赵刚赠给我一首七律诗，其中的“十千战士昂扬去，百万军中挂印来”两句，激励我努力学习、成长成才。

离开曾经生活了四年多的青年点，离开熟悉的乡亲和战友，离开奉献了四年青春热血的黑土地，真有点依依不舍，一时间思绪翻涌、泪眼婆娑。

1979年，席卷全国的知青运动走到了历史的转折点，大批知青开始返城。这是一个时代的结束，也是广大知青苦难命运的结束。

大学同学，曾任萝北县县长的刘德诚君在离开萝北县到鹤岗市任市委常委、市委秘书长之前，组织编写了“黑龙江省萝北县历史文化丛书”，其中“广阔天地”卷中，对萝北这个中国最早接收知识青年上山下乡的县中多达22596名知青长达17年的“冰雪纷飞时的激情、冰雪覆盖下的暖情、冰雪融化后的真情”进行了总结。他认为，知青精神对萝北地区的影响是广阔而深远的。

书中写道：

40年前的萝北，边远、荒凉、欠发达。知青来了，带来了大城市的思想观念，它改变了萝北！

40年前的萝北，蛮荒、落后、少文明。知青来了，带来了大城市的多元文化和生活习惯，它打造了萝北！

40年前的萝北，富饶、美丽、待开发。知青来了，带来了先进的科学知识和生产技术，它发展了萝北！

知青走了，他们留下了一种精神，这是一种无论背负怎样的不幸也绝不向命运低头的顽强精神，一种一千年不死、死后一千年不倒、倒后一千年不烂的胡杨精神！世代胡杨！

知青走了，他们洒下了一种情怀，这是一种与祖国同呼吸共命运，一种与第二故乡人民共同承受苦难的高尚情怀！时代情怀！

知青走了，他们播下了一簇种子，这是一簇文明的种子、富裕的种子、幸福的种子！时代传承！

这是我看到的对知识青年上山下乡运动最为暖心的描述，也是对知青精神最为振奋的概括。

黑龙江大学中文系七九级 3 班毕业合影，我在第二排右三

走进心目中的大学我跋涉了八年

| 夏玉和 |

2017 年是“文革”后恢复高等院校入学考试的 40 周年。我参加了 40 年前的这次高考，成了“文革”后首批凭考试分数上大学的学生之一，有幸成为这一重大历史事件的见证人和亲历者。

我于 1975 年 1 月高中毕业，同年 3 月 26 日被下放到了离市区 50 多里的湖南省益阳县槐奇岭公社新河大队综合场。

我在农村有写日记的习惯，但是从 1977 年 10 月 28 日至 1978 年元旦，我的日记中断了，因为在这两个多月的时间里，我既要在综合场出工，参加公社组织的修水利会战，同时还要见缝插针地复习备考，实在太过忙碌和辛苦，因而无暇再写日记。但从 1978 年元旦起，我恢复了写日记的习惯。在我写这个高考实录时，这些日记帮我回忆起了考试后的许多细节和插曲。

我的知青岁月留影

我当年所在的农村虽然离市区只有 50 多里，但交通不便，信息不通。我们每次到公社开会、办事，去汽车站乘车往返市区，都靠双脚走十几里路才能抵达。全大队只有一架电话机，装在大队的代销店。这个代销店是大队的物资流通中心，所有社员都会去那里购买或交换维持生活的基本物品，比如说用鸡蛋换食盐。唯一广播设备安放在大队党支书陈如香家，各生产队都有广播线与这台设备相连。

知青所在综合场的喇叭也与党支书连着，但时响时不响，有时能听到陈支书发出各种通知，或做春插双抢的动员，或传达上级指示精神，偶尔还能断断续续地听到广播电台的节目，这将取决于陈支书想让全大队社员听什么。所有重大新闻（如粉碎“四人帮”）或政府大政方针（如高考）基本上都是从城里传来的或家人在往来信函中告知的。

湖南省益阳县槐奇岭公社新河大队综合场是益阳地区文化教育系统的知青点，教育文化类的信息相对灵通一些，1977 年 9 月份我们从父母那里得到了准确无误的恢复高考消息。知青们都为此蠢蠢欲动，早已把刚下农村时“扎根农村干革命”的誓言抛到了九霄云外，开始琢磨着如何将三年前丢掉的课本知识捡起来以应对考试。但是，谁也没有料到，我们的复习过程会如此曲折，复习时间如此之少，我也没有想到我的录取过程如此曲折，而最终进入我高考第一志愿所填学校竟然是在八年之后。

1977 年我所在知青点唯一的“全家福”。知青点共 18 位知青，一位知青没参加，另一位当时还没下放，有一个是我弟弟，非知青，摄于 1977 年 9 月 14 日，在毛泽东故居——韶山，我在后排左四

回城补习

1977 年 9 月底，综合场的知青都回到城里过国庆节。这个国庆节期间，回到城里的知青格外多，我见到了不少老同学，他们中间有不少人已经回到城里参加高考补习班。我们知青点没有一个人这样做，作为知青组长，我也不能带头这样做。于是国庆假期一结束，在万般纠结中，我带着从家翻出来的几本高中用过的课本回到了知青点。

我们是知青，更是农民，每天的生活不因高考即将举行而改变。我们依然是早上大约六点起来出早工，八点左右吃早饭。早饭之后就继续在地里干一整天的农活。白天我们不可能有任何闲暇看书，唯有晚上可以利用。但是，辛苦了一天之后的复习效果可想而知。

到 10 月中旬，有的知青开始称病或家中有事请假回城，实际上是回去复习功课或参加补习班，负责给全场人做饭的知青也回去了，综合场领导便要我临时担当此任。

1977 年 9 月，知青姐妹们团聚，左起依次为李建新、我、王向红、谭兰香

场里得知我们这些知青都在准备 12 月举行的高考后决定，知青每天不用出早工，把早上的时间用于复习。可我这个临时“火头军”就惨了：除了享受不到这个福利，我还必须比往常起得更早来为大家做饭。所以，在那些日子里，我真是盼星星盼月亮般地盼望那两位做饭的知青早点回场。

10 月底的时候，两位做饭的知青依然未归，倒是盼来了我们知青点的带队干部曾老师从城里回场。我非常急切地向她打听更多更新的高考消息，但是没有。不过，她带来我妈妈的口信，让我回城看病。

国庆回农村之后，也许是高考之事让我心焦，也许是季节交替，我感冒得很厉害，咳嗽总是不好，我在给家里的信中说了这个事情。所以，妈妈趁曾老师回场之际，让她转告我，若咳嗽仍未痊愈，就回城看一次病。现在回想起来，三年农村生活，我家从未主动叫我回城，这次妈妈这样做实际上是叫我回城复习。

我以前就读的益阳市一中开办了各种补习班，专门面向以往的毕业生，而这些毕业生大多是已下放农村的知青。妈妈还知道我们知青点也有知青在城里参加补习，她担心我考虑问题不周全，为了所谓的政治影响，而因小失大，耽误前途。于是，她以要我回城看病为由，把我叫回了家。

我马上向综合场请假，第二天便回到了城里，然后马上开始自己看书。我首先找出高一的物理课本，开篇就是讲电磁场的原理。我看着书上的白纸黑字，脑子一片空白。

四年前学过的东西已经完全从脑子里删除干净，我怎么也看不懂书上说的是什么，磁场方向到底是左手定律还是右手定律，总也搞不清楚。一天下来，我头痛欲裂，情绪十分低落，极度怀疑自己是否还有可能考上大学。

就在这么沮丧地看了一天物理课本之后，带队干部曾老师就通过大队唯一的电话，直接致电我父亲，催我回场，她同时还让我动员其他知青都回去。

我理解带队干部的难处，但我仍然十分难受、无助，也很愤怒。我觉得，曾老师是教育局派出的带队干部，她应该更加清楚考大学对年轻人的重要性，她应该为我们知青的前途着想，支持我们复习考大学，在大队干部面前为我们说话，而不是催我们回场。

第二天，综合场领导晏和生专程来到城里，到了我家，态度很明确，场里支持你们参加高考，为了你们看书都不要求你们出早工了，你们应该边出工边复习，不能抛开场里的农活不管不顾，专门在城里上学。他说的也有道理，经过近三年的锻炼，我们已经是综合场的主要劳动力，维持着综合场的日常生产活动。

时值秋天，稻谷要收，茶叶要割、要晒，然后要送往城里的黑茶厂；还有茶园挖不完的土，养猪，种菜，再晚一点还要种冬小麦……但是，得知高考的恢复，我们这些知青面前突然出现了一条人生的金光大道，我们的心早已飞走，提前踏上了回城之途。

即使没有高考，1975 年 3 月一同下乡的九位知青也已是身在曹营心在汉。根据当时的政策，下乡两年后知青就有资格招工、参军或保送成为工农兵大学生，有些家长也已经开始想办法将在农村的子女弄回城里。

高考的恢复让我们更加坚信，我们绝不会在农村干一辈子，我们要走了，而且走得比预期的要早、要快！因此，综合场生产的好坏根本不是我们考虑的首要问题，下乡“接受再教育”成了将来回城就业而必走的“镀金”之旅。

被迫返回农村

我在城里补习了十来天的课程，这期间曾老师、场长晏和生、大队党支书陈如香轮番来人来电催促我们回综合场。最后，为了前途，为了万一考上大学或将来招工大队干部不从中作梗而给一个好看一点的政审材料，我无奈地决定回综合场。除了自己中断复习，我还动员其他知青退出补习班或中止在城里的复习，回到了乡下。

我们白天收割秋毛茶、晚稻，挖红薯，在茶园挖土施肥，晚上点着煤油灯熬夜看书复习。有一个知青给自己立了一条规矩：每天晚上以一盏灯的煤油为限，燃尽这些油方可睡觉。我们点灯的煤油由综合场出钱购买，这段时间由于熬夜看书，煤油消耗很快，综合场的个别社员颇有微词，在综合场德高望重的老党员满爹面前抱怨知青烧油太多，说应该由我们自己出钱买油。

不过，满爹对知青考大学非常支持，不同意这种做法。所以这个建议就被他老人家强压下来，没有实施。

就在大家逐渐适应了这种白天出工、晚上复习的辛苦生活节奏之时，大队党支部下达通知：公社党委决定冬天大修水利，在浮云铺大队修建从鱼形山水库引水的渠道，各大队到浮云铺大队参加大会战。我们大队的各生产队都派社员参加，所有知青全部上水渠工地。

这一消息将我们正在备考的知青打入了绝望的深渊：其一，一个月之后的12月17至18日是湖南省的高考日，上水利工地意味着我们的劳动强度会远大于在综合场，我们会没有精力复习；其二，水利工地上也不可能有时间复习，我们将集体借住在浮云铺大队的社员家，根本就不会有安静地看书的地方。事实证明我们的担心就是现实。

考前上了冬修水利工地

水渠工地在公社所在地的长（沙）益（阳）公路（今天的319国道）边，离我们知青点约12里路。和两年前的烂泥湖工地一样，我们知青回到了各自的生产队，知青和其他社员一起都住在当地社员家。不同于烂泥湖工地的是，我们不用打地铺睡地上，当地社员腾出床来给修水渠的民工睡觉。

此外，我住的这个社员家通了电，有电灯。我和队上女青年睡的房间与堂屋相连，中间有一扇门，门框上挂了一个大约十五瓦的灯泡为相邻的两个房间提供照明。在近一个月的时间里，我们天不亮就起床，天黑才收工，整天都在工地上挖沟、挑土。

晚饭之后，男社员就会跑到我住的这个有电灯的房子里来，在堂屋里开始扑克大战，还有不少围观者；女社员们就在我住的房间里聊天、打闹。而我每天晚上就坐在门边，夹在两个喧闹的人群中间，就着昏黄的灯光看英语书。

湖南省招生办当时出台了一个政策：无论报考文科还是理科的考生都可以加试外语。我报考理科，但为了提高录取的概率，加上心中残留着高中时对英语的兴趣，我报名加试英语。在当时的环境里我根本看不进去数理化的书，所以主要看英语，唤醒对英语的模糊记忆。当时我父亲找到他老同事罗祥生的二女儿罗菲，她当时已经是学英语的工农兵大学生，让她借给我几本英语书作为复习资料。于是我手上有了一本《灵格风》（*Linguaphone*）和一本英语语音的书。到晚上，队里的社员们都在玩，就我一个人捧着一本书看。我也不知哪来的勇气，不怕别人说我不和贫下中农打成一片，不怕他们对我印象不好，一门心思只想尽量多看书复习，考上大学。我当时最想念的就是综合场只有三个知青合住的宿舍，那一盏我可以独自享用、点到半夜的煤油灯和那张可以把书本放平来看的桌子。

我们在水利工地上干了将近一个月，离正式开考只剩下一个星期。引水渠的建设已近尾声，各生产队的主劳力均已回家，工地上没有什么重要的活可干了。但是，大队仍不发话让知青撤离。我们十分焦急，便请带队干部曾老师向大队党支书请求让知青回综合场。不知是曾老师说话的口吻不妥，还是一直与她关系不太顺畅的陈支书故意和她过不去，陈支书坚决不同意放知青回场。

陈支书说，尽管生产队的主劳力已经撤离回家，知青们也应该站好最后一班岗。陈支书还对曾老师说："就是你自己想回去，知青要回去他们自己为什么不来跟我说？想考大学，我看一个都考不上！"

听到这些话，大家再一次绝望，但还是聚在一起讨论对策，做最后的努力。大家一致推举我这个知青组长再去与陈支书谈一次，我们无论如何也不能让这种在这工地上无所事事，却又无法复习的状况继续下去了。

于是，我硬着头皮，肩负众知青的委托，冒着也被训斥的危险去找了陈支书。我与陈支书谈了知青们积极参加了修水渠的会战，表现也不错，现在工地上已不需要太多劳力，我们知青也都报了名参加高考，而考试就在一个星期之后进行，大队能否让知青回到综合场，备战最后一个星期。我们这也是响应党的号召去参加高考，接受祖国的挑选。陈支书听完后竟十分爽快地说，好，你们知青今天就回场，回去后抓紧时间好好复习，考出好成绩。知青们听到这一消息，高兴得都快高呼"陈支书万岁"了。

回到场里，一向支持知青考大学的满爹与晏和生场长决定，除非特别紧急的情况，在高考之前的这一个星期，知青可以不出工，全力以赴复习功课。满爹这种善解人意、充满爱心的做法令我们感动万分，到如今我们知青谈起满爹都依然充满深深的敬意。一个星期之后的 1977 年 12 月 17 日和 18 日，我和我的知青伙伴们仓促应战，参加了“文化大革命”之后的第一次高考。

考 试

我们知青点离考试地点槐奇岭中学（位于公社所在地）有十几里路。如果考试当天我们从知青点走十几里路去考试，很难保证有足够的精力和体力应对考试。于是，在头天下午，我们步行到了公社，找了公社领导和平时交往不错的公社干部，在他们那里借住两晚以参加高考。

我们公社至少有三个知青点，我们这个点的知青表现是最好的：我们知青点没有打架斗殴、偷鸡摸狗的现象，和当地社员的关系也很融洽；我们干活能吃苦，已经成了大队综合场的主要劳动力，所在知青点还被评为益阳县和益阳地区的知青先进集体。所以，我们去求助，总会得到公社的大力支持。我记得我当时就借住在了公社广播员孙老师的宿舍。

槐奇岭中学坐落在公社对面的小山坡上，1977 年 12 月 17 至 18 日的两天高考就在这里进行。我对之前怎样报考并拿到准考证都记不清楚了，只记得考试当日，以回乡青年为主体的考生人流从公社四面八方汇入通往槐奇岭中学的黄土路上。大家有些紧张，但表现出来的是有说有笑，就如去参加一个公社常常举行的社员大会。理工科考生考了政治、语文、数学和理化（一张卷子，各占百分之五十），我多考了一门英语。

记得考理化时，监考老师在我身边走来走去，他可能是物理老师，在我解答那个倒霉的电磁场左右手定律时，他叹了一声气走开了，他这声长叹让我心神不宁。考试之后我查了书，我觉得我的答案是对的，但他为何叹气呢？也许我这辈子也解不开这个谜了。

我不太担心语文考试，作文题是“心中有话向党说”。一看到这个题目，我便放下心来，这类歌功颂德的文章对我来说太熟悉不过了：粉碎“王、张、江、姚四人帮”、全国科技大会、实现“四个现代化”等等，抒情、表忠心的各种“套话”

1977 年高考后的那个春节，喜降大雪，知青们都回城休假，我（左）和李建新留下了这张珍贵的合影（王力民摄）

信手拈来。数学没有复习好，没考好也在预料之中。我没把加试的英语放在心上，本来只在水渠工地上看了一点书，加试是为了提高录取概率，也不计入总分，考不好无所谓。

公社周围没有吃饭的地方，为了让考生安心考试，公社中学提供午餐。考生太多，学校食堂容不下，两排考场教室中间的空地就成了我们考生的“餐厅”：彼此互不相识的考生八人一组，蹲在地上，就着中间放的两碗一荤一素的菜吃大米饭。

两天考试很快就过去了，我们又回到了综合场继续干活。总的感觉是考砸了，对自己非常失望，但又对前因后果无能为力。也就在这个时候，四个知青的家长成功地将他们的子女“运作”到了城里当工人。这四个知青的离开在我们这些留下来的人心中掀起了不小的波澜。在失望、不安和迷茫中，我做了一件这辈子就做过一次的事情：和另外几个知青打了一通宵的扑克。第二天我们出工没精打采，还引起了满爹责怪排工的社员不关心知青，让我们到北风口去挖土，结果被吹感冒了。

很快，我得到了一个让我精神为之一振的好消息。元月六日，知青李跃雄从城里回场，带来消息说，我的英语笔试成绩过线，可以参加即将举行的口试。我第二天就请假回到城里的家中，参加口试的消息得到进一步证实，而且在三天之后进行。兴奋的同时，我似乎又掉进了冰窖：上学时我虽然对英语感兴趣，但学到的东西实在有限，让我读几个简单的句子还能勉强应付，但要去考口试、说英语却是我从未做过的事情！

父亲看到了我手足无措、六神无主的样子，特别请了教育局教研室的李润钦和南县的陈春安两位英语老师给我辅导。听完我磕磕巴巴的课文朗读，两位老师说我的发音还行。然后，他俩让我简单地用英语介绍自己，我根本开不了口。老师们见状，教我说了几个“我的名字是……”“我从……（什么地方）来”“我是……（哪个中学）毕业的”之类的简单句子。

然后，陈老师用英文写了几句话让我背下来，内容大概是“我喜欢英语，我希望学英语，为我们伟大祖国的四个现代化、为解放全人类做贡献”云云。临时抱佛脚的英语课进行了一天，到下午辅导结束时，我已能把李老师教的句子和陈老师写的那几句话倒背如流。

原计划第二天进行的全地区英语口试被推迟了一天，原因是扩大了考生范围，这样我又多了一天来背诵李老师和陈老师教的那些句子。1 月 11 日，英语口试在益阳县马良大队学校举行。尽管主考老师的有些问题我都没听懂，但我仍然按原来的准备把能说的都说了，能背的都背给主考老师听了。

考试结束后，我心中还是没有把握，感觉非常不好。三年的农村劳动已经把我的学习自信心化为乌有，无论自己做出何种努力，我都会首先否定自己。我心中对上大学的渴望非常强烈，而现实似乎随时随地都会把我这种渴望从天空拽到地上摔个粉碎。

至此，我的 1977 年高考考试科目全部结束，接下来我在心情更为复杂、更为忐忑的状态下等待着考试成绩的出炉。

政审体检

这种等待很快就结束了。1 月 13 日，还没有回到场里，我就知道了我的考试成绩，总分 240 多分（各科目的具体分数忘了），上了全国重点院校的录取线，英语笔试成绩很低（太差，羞于在此披露），但我的口试成绩是“优”。可以参加政审和体检的消息，无疑给自信心极差的我打了一剂强心针。

我不能说我当时是欣喜若狂，但毫无疑问欢喜过望。我父母也为我感到高兴，尤其是我父亲，以他对全地区甚至全省考生成绩的了解，他觉得我至少可以被录取到一个本科大学，但是后来的录取结果完全出乎我们全家人的预料。

带着可以参加政审和体检的好消息，我回到综合场。我们知青点共有四人可参加政审和体检，其中两人已被招工回城，知青点只有我和另一名知青。在体检之前，公社通知我俩去参加了一个大学录取初选青年学习班，主要任务是填写各种政审表格和学校志愿，同时还要向党表示决心："一颗红心，两手准备"，无论录取与否，都要为四个现代化做贡献，建设好社会主义新农村。

这些豪言壮语对参加这个学习班的所有人来说，是明摆着的徒有其表的激励，对我们知青点的另一个上线知青来说，更是一个极大的讽刺。他是应届高中毕业生，一直在城里逗留没下农村。恢复高考后，政策规定，不允许应下乡而没下乡的青年报考。于是，他在快要报考之前才得以下放到了我们知青点。所以，对他来说，上大学是志在必得，而且，他做到了，最终他成了我们知青点唯一的博士。

按照省招办的要求，每个上了录取线的考生可以报考三所学校，但加试了外语的考生，第一志愿必须填写外语类学校。尽管我的英语笔试成绩很差，也没想过要学外语专业，但我仍然不知天高地厚地填写了"北京外国语学院英语系"，第二志愿是"中山大学天文系"，第三志愿是"湖北水利电力学院"（忘了填的是哪个系）。填写志愿之前，我没有征求父母和同学朋友的意见，也不知这些学校的要求怎样，所有这一切都为后来困难曲折的录取经历埋下了伏笔。

我在 1978 年 1 月 18 日的日记中这样写道："参加了考生体检，心里悬着的石头暂时放下了，现在对于上大学来说，只剩下省里择优录取这一关了，但愿能过去。"我的心依然忐忑，那块悬着的石头一直没有放下……

录 取

等待录取的日子十分漫长。好在春节在即，1978 年 1 月 31 日，我们知青在综合场吃完"年饭"（全场社员新年前最后一次聚餐）后，由地区新华书店（书店属于文教系统，有子弟在知青点）的汽车接回到城里。

由于父母和姐姐们都要上班，我是闲人，于是便帮着妈妈做过年的准备工作：拿着各种票证外出采购年货，回家后不是炒瓜子就是炒花生，磨糯米浆做汤圆；趁着晴天把床单被罩洗干净，在家里进行大扫除。

与此同时，我和知青点知青及中学同学频频聚会，见面时基本上都在谈未知的未来。已招工的伙伴们似乎对现状十分满意，而我们这些等待高考录取的人却惶惶不可终日。春节前，各地市已经完成高考阅卷，新年过后，录取工作将在省城长沙进行。

在城里过年待了约半个月之后，我回到了综合场。没有大学录取通知，我还是知青，还是农民，还得去干活挣工分去买回当年的口粮。这期间，原来高中的一些同学和点上三个知青都收到了大学录取通知书，可我的分数与他们不相上下，却迟迟没有任何消息。

我认真地思考了我加试外语及其可能产生的后果。湖南省招生办在考生报考时允许文理科考生加试外语，于是我加试了英语；但是，在填报志愿时，省招办又做出规定，加试外语的考生必须将外语专业作为第一志愿，于是我填报了北京外国语学院。到录取时，加试外语的考生，无论文科还是理科，省招办都会将他们的档案投到外语类专业，由他们先录取。

久久未收到录取通知书的我深知我很可能就是这个录取流程规定的受害者，于是父亲在我的催促之下询问了省招生办。反馈的信息是，外语类院校提过我的档案，但可能是看我的笔试成绩，加上又是理科考生，就都放弃了。等到我的档案在外语类院校走一圈后被退回时，理科录取工作也基本结束了。所以，到省里录取工作截止，我仍然没有接到通知。

在这种情况下，我和父亲有一次谈话。也许他了解录取中的一些具体操作标准，他说，“你填政审表时，家庭出身要是不填‘富农’可能会好一些”。听了父亲的话，我沉默了，这是父亲唯一一次在我面前为他自己的家庭出身影响了子女的前途而感到内疚。

我何尝不知不填“富农”会好一些，我何尝不想填上“革命干部”来掩盖这个我和我们全家人都无法去除的“污点”？我在公社填政审表时，公社干部指导我们如何填表，明确要求，家庭出身一栏不要填什么“革命干部”“人民教师”等，应该“填你们父亲的家庭出身”。

父亲当时兼任益阳地区招生办主任，负责全区近十万考生的考务组织工作，至此他对自己女儿的录取没做任何工作。他深知我上大学心切，如果考不上继续报考的话，在农村复习条件几乎为零。尽管如此，他仍然坚定地对我说：今年考不上，明年考；明年考不上，后年考；后年考不上，再考虑招工之事。录取工作结束了，我名落孙山。

我下定决心回农村，准备边干活边复习，报考在夏天举行的1978年的高考。就在这时，从省招办传来消息：许多考生成绩不错，但由于名额所限或年龄偏大未能录取，人才难得，不招可惜。省招办向教育部请求扩招，教育部批准了这个请求，扩招工作将不日启动。父亲跟我说，无论在益阳地区还是在全省，分数像你这么高而没录取的考生已经很少了，扩招被录取的可能性很大。我死了的心又活了过来，真是柳暗花明又一村，天无绝人之路啊！

我又开始满怀希望地等待扩招的好消息。一天，父亲回家来，脸色极难看，问我：“去不去？”“什么去不去，去哪里？”，我问。父亲这才告诉我，他从省招办得到消息，我被湖南省湘西自治州吉首师专外语专业录取了。什么？这对我不啻是晴空霹雳！我从未想过去上专科学校，我要上本科，我要上正儿八经的大学！我从未想过会去这个被视为湖南的“西藏”的湘西自治州，如果去那里上学，将来就有可能被分配到大山区工作，一辈子也回不来了。这不是我所要的，不去！然后，我便放声痛哭。

父亲让我好好想想，由我自己决定到底去不去吉首师专，不去的后果会很严重。

第一，不去，就是不听从党的召唤，不服从组织分配，参加1978年的高考时很有可能不让这些不服从分配的人报考。七七级的考试和招生工作是十年“文革”后的第一次，许多规定和做法都不成熟，甚至无章可循，常常是走一步看一步，对加试外语的规定就是一个极好的例子。七七级的考生虽然填了志愿，但录取时大多没有按志愿录取，哪所高校看中了哪个分数达标的考生，就可以录取。

对于省招办来说，被录取的学生越多越好，至于哪个学校无关紧要，所以，许多七七级学生都没有被录取到他们所填志愿的学校。他们对此也没有怨言，对这些学生而言，能上大学已求之不得；他们也不敢有怨言，因为必须一切听从党召唤，一切服从党安排，个人志愿一定无条件地服从党组织的安排。

第二，如果不去，就得参加1978年的高考，而在农村的复习时间是我无法把控的。1977年高考复习历经曲折，1978年再参加高考，大队会允许吗，会给时间让我回城参加补习班吗？一切都是未知数。从加试外语，到加试外语考生必须报考外语类学校等规定，都是临时出台的政策。若早知这些规定，我肯定不会加试外语而直接报考和填报理工科院校。一切都是加试外语造成的！父亲虽然是地区招生办主任，但面对规定，他和我一样束手无策。

在后来的几天里，每每想到吉首师专，我都会失声痛哭。几天激烈的思想斗争之后，我坚决地告诉父亲，我不去吉首师专，我要准备1978年的考试。为了能够参加下一届的考试，不留下“不服从分配”而无法报考的尾巴，父亲也决定为自己的女儿走一次“后门”。他让在省里招生的地招办同事向省招办咨询，今年录取了不去的考生，1978年夏天考试能否报考，并打算通过省招办让吉首师专把我的档案退回益阳地区。

省招办回复说，被录取而不去的考生是否会在下一届考试中被禁考，目前尚无规定，也不知将来会如何规定。不过省招办与吉首招生办的干部进行了接触，问他为什么在等待扩招的空隙，把这个考生招了。现在这个考生不愿意来，你把她退回益阳吧。

不料，这位干部不同意，说，“我就是要招她，这样她就不可能被扩招到别的学校了。我多年来想调回益阳，益阳都不接收。她父亲是教育局的局长，将来她从吉首师专毕业想分回益阳，就必须下两个指标，把我也调回去”。

原来这位招生干部是益阳人，深受户口和干部政策之苦，在自然条件艰苦的湘西工作数年而不得调回生活条件相对优越的益阳老家。看到我的政审材料后，他像抓住了一个回老家的极好机会，把我当了“人质”。

省招办的人见此情况，便向他透了底：这个考生肯定不来吉首，与其让自治州浪费一个录取名额，还不如退了档案，在扩招时为吉首师专多招一个当地学生。最终，这个干部听从了省招办的意见，把我的档案退回到了益阳地区。

此时，扩招工作正在紧锣密鼓地展开，各省内大专院校都在考生中寻找剩下的高分考生。长沙铁道学院（今合并至中南大学）、长沙工学院（今国防科技大学）招生人员看到我的档案，有意录取。父亲明确对在省里招生的干部说，不行，我女儿不能从一个专科学校退回，然后被录到本科院校，这会引起闲话。

当时湖南师范学院益阳分院（后更名为益阳师专，现为湖南城市学院）也在扩招，时任教务处主任陈笃钦此时正抽调到益阳地区招生办，派驻省招办负责此项工作。陈老师见父亲回绝了长沙铁道学院和长沙工学院的录取，便劝父亲允许将我录取到分院外语专业，理由是：第一，分院和吉首师专同为专科学校，只是换了一个学校而已，如有人说闲话也没什么好说的，加之我的成绩比许多分院录取学生高出许多；第二，分院的外语专业名额招不满，正需要考生；第三，我在农村已经三年了，该回城了；第四，我虽然想继续参加考试，但万一考不上怎么办？

总之，能录取到益阳分院是一个不宜错过的机会。父亲征求我的意见，我认真考虑了所处的环境：我们高考复习时大队不支持的态度和行为。在招工、征兵、考大学后，知青点人心涣散，我还背负知青点组长之名要带头干活。最重要的是我对1978年再考能否考上缺乏信心。此时，我尽早尽快地离开农村的愿望占了上风。于是，我同意了父亲的意见：去湖南师范学院益阳分院外语科上学。

益阳分院的通知书很快寄到了。手持这个通知书，我迅速地将户口从农村迁回了城市，收拾了简单的行李，与知青点的伙伴们、大队和综合场的社员告别，离开了我劳动生活了三年的农村。

1978年3月26日，也就是三年前我下乡的同一天，我乘车抵达湖南师范学院益阳分院的所在地宁乡县城关镇。我站在校门口那条流淌着臭黑水的小溪旁，没有一丝兴奋，只有落魄和失望：这不是我想象中的大学的样子。我知道我不得不来这里上学，可是我心有不甘。

入学后

我入学后的情况是：1977年高考被录取而没有入学（不止我一个人被录到不

想去的学校）的考生，没有任何障碍地报名参加了 1978 年的考试。

1978 年整个上半年，我们知青点没有被招生、招工和参军的知青，都在城里复习，备战 1978 年的高考。

1978 年这一整年，我虽然已经开始学习英语，但整天都在想着是不是要申请退学重考大学。由于种种原因，我没有也无法将这种想法付诸实现。直到 1979 年高考结束，我才彻底打消了退学重考、攻读理工科的念头，转而全身心投入英语学习之中。

1980 年底，我从益阳师专毕业，留校任教。四年半之后的 1985 年秋天，我考到北京外国语学院英语系美国社会与文化专业攻读硕士学位，终于进入我高考所填第一志愿的学校学习，三年后毕业留校工作。用我父亲的话说，我实现了高考时的“夙愿”。

其实，对我来说，高考时我根本没有料到此生会以英语为谋生手段，北京外国语学院只不过是我根据当时政策要求而不得不填报的第一志愿，并非我的夙愿。但是，我最终被北外录为研究生，后来留校并一直工作到退休，这也许是我与北外命中注定的缘分。

这，就是我的 1977 年高考经历。

人生第一桶金是一麻袋旧课本

林曼华

谨以此文铭记1975到1977那两年半一言难尽的上山下乡经历，深切缅怀1977年中国科学技术大学到福建招生的张作生老师。是素不相识的张老师，让我从闽南一个连电灯都没有的山乡飞到位于上海的复旦大学，变成“凤凰女”。此后，又到美国读博士学位、从事科研，见识美国、了解世界，也拥有了美满的家。

我在福建泉州湾边上一个文化底蕴深厚、历史悠久、干净美丽的海边小镇安海（安平古镇）度过了童年与青少年。安海有我的许多同窗、玩伴和老师及温馨的记忆。安海养正中学是当时福建省屈指可数的重点中学之一。

我年幼时，在养正中学任教的父亲病故。此后，哥哥、我、妹妹和弟弟皆在母亲任教的安海中心小学的外地教师宿舍里长大。1966年夏天“文革”开始时，哥哥刚上完初一，10岁的我从母亲任班主任的小学5年制试验班里毕了业。我之所以成为母亲的学生，是因为1961年时她一人无暇接送我到小镇另一头的幼儿园，故而她在班里为我加了一张小椅子。

哥哥虽然自“文革”开始后再没有上过一天学，却被当作六八届初中毕业生，上山下乡到父亲闽南一个山村的老家。那里有在印尼经商的祖父百年前依山傍水建造的一栋雕梁画栋的闽南传统大宅，拥有20个房间和5个天井。1970年，哥哥便以到印尼继承祖父的遗产为由，获准到香港工作和定居。

1970年，福建的中学开始复课，从1966年到1969年四届的小学毕业生同时上初一。养正中学一下子开了30个初一班。我和妹妹同时上了初一。“文革”前初中三年、高中三年的学制因为“闹革命”被精简成初中两年、高中两年，于是我和妹妹在 1974 年又同时高中毕业。

按当时的政策，因为哥哥已于 1969 年上山下乡了，所以我和妹妹两人可以有一人留城。妹妹执意要留城，宣称打死她也不去上山下乡。我则因从小就有强烈的大学梦而选择上山下乡，当时上大学的先决条件是首先要上山下乡两年。

单纯的我天真地以为，只要自身努力，上大学是有希望的。这个幼稚的梦想在我下乡不久后就彻底破灭了。

我从小身体瘦弱。下乡前，当医生的舅舅通过关系安排我先到福州仓山区医院花一年时间学牙医、针灸、静脉注射等基本医护处理。1975 年下乡后，我因此得以有大部分时间在大队部当赤脚医生，为任何信任我的村民提供力所能及的服务。

我同时也被我所在的生产小队的社员们强行推选当了出纳。这是因为前任出纳把小队的钱当赌资输光了，而我是唯一得到全体社员信任的出纳人选。另外，我也成为大队妇女主任鞍前马后最得力的助手。

一天，我信心满满地问大队妇女主任能否在我满足两年要求后推荐我上大学。看着我的眼睛，她诚实地告诉我她不敢，也不会，因为一个大队通常每年最多只有一个推荐上大学的名额，而大队党支书的宝贝女儿（后来她也参加了 1977 年高考，只是考分低于体检线）排名第一等待推荐，紧挨其后的还有副书记和其他干部一长串的子侄辈。

大梦初醒后，我开始为自己的前途担忧，也开始了我在闽南山乡夜晚的无数不眠之夜。

1977 年 10 月间，恢复高考的消息给绝望中的我带来了新的希望。我很快地把中学四年用过的数理化书全部看了一遍，意识到这些“文革”期间的教科书实在太浅后，我开始寻找“文革”前的教科书。

四处打听后，一个表嫂带我到了她娘家。我无比兴奋地用一个大麻袋把她去了香港的哥哥在“文革”前用过的全套数理化初高中教科书全数搬走。现在回想起来，这些“文革”前的初高中教科书是我人生里挖到的第一桶金子。

当时离 12 月的高考已经时日不多了，我夜以继日，把所有的数理化书循序渐

人生的第一桶金给了我一张复旦大学宁静的书桌

进地一本本啃下来。整个山村家家户户为了节省灯油，都早早便熄灯上床了。我的煤油灯光是那闽南山村里连绵暗夜中罕有的亮点。

难忘每天深更半夜，屋外星空下鸟啼蛙鸣此起彼伏，我独自在煤油灯前一边啃那一本本教科书，一边与无数被灯光引来的并穿越了蚊香雾阵的精壮的大个蚊子展开浴血奋战。

闹了 10 年革命的大学当时还不能全额招生，而累积了 10 年的众多中学毕业生将竞争那少于平常一年的录取名额。如果大学平常每年的平均录取率是 10%，那 1977 年高考的录取率最多不过 1%。我猜想，只有平均分在 90 分以上我才能考进任何一所大学。

那年的福建理科考生要考政治、语文、数学及合卷的物理和化学。为了能进入这 1%，我自己考前定的目标是数学和理化各考 90 分以上，政治和语文各考 80 分以上，平均就能达到 90 分。

啃完那一麻袋的“文革”前教科书后，我有了进入 1% 的信心。

终于，填写报考志愿的时刻到了。我们可以填三个志愿。在香港的哥哥让我第一志愿报上海第二医学院的口腔系，说是成了牙医后可到香港挣很多钱。1977 年，上海二医口腔系是当时全国唯一的口腔系。报纸公布的信息，上海二医口腔系在福建只有一个招生名额。按照哥哥的意思，我把宝贵的第一志愿押在那唯一的名额上了。

第二志愿，我只能退却到我的安全底线：在福建招生最多的福建师范大学，我选择了物理系。而我的第三志愿没填。我当时想，如果连福建师范大学都进不了，这第三志愿就免了吧。

当我把这一纸表格交到公社负责干部手上时，热心的他以长者的口气强调不应该浪费这第三志愿。于是，厦门大学数学系便成了我的第三志愿。我喜欢数学，也曾经憧憬着在厦大偶遇我崇拜的对哥德巴赫猜想研究做出重大贡献的陈景润时的惊喜。

考试地点在山乡的公社中学里，从我父亲老家祖屋出发，要走十几公里蜿蜒的山路。因为山乡公社没有客店或旅馆，为了不误考试，我就在考场附近租了一间民房。

早上进考场前，公社中学操场上黑压压地站满了从附近山村赶来的考生们。我在这黑压压的一片人群中，看到了许多双沾满泥土的赤脚。与那些需提早起床赶路的考生比，我深为自己庆幸。

第一天的政治和语文考试平静地过去了。但第二天数学考试的考场上却充满了此起彼伏的叹息。我只用了约一半的时间，就做完了所有的题目，考场巡视的老师们数次在我身边停下来，他们的微笑令我分外谨慎。虽然信心满满，但我仍坚持到最后一分钟，并重复核对了所有题目的答案。交卷后，我听到许多考生沮丧的交流：考题太难，时间不够，有一大半没做云云。

考完最后的理化合卷，回到租来的民房后，我突然意识到，我答错了一道20分的物理题。这下轮到我肠子悔青、泪湿枕头了。知道自己肯定达不到平均90分的目标了，我为即将与大学擦肩而过伤心不已。其后，自尊心太强的我也拒绝回安海小镇见母亲、老师和同学。

我第二天就回到了山乡，继续当我的赤脚医生和生产队出纳。当时，大队正好在修建一座新水库，规定每人必须为大坝搬运3000斤石头。在大坝工地上，我开始为我那逃不掉的3000斤石头的任务而努力。我汇入了那些把石头从采石地点用两个套了绳索的扁平竹匾挑到坝基上方的高地，并把石头由高处倾入坝基的人中。

看到瘦小的我，负责采石的壮汉们尽量在我的两个竹匾上放相对小块的石头。

负责称重的小伙子依次将石头过秤，喊出来的却是大得吓人的数字，而记录的人则若无其事地往我的名下记。

我无言地接受了村民们默契的善意，把石头挑到高地上往坝底倾倒，如此往返重复。直到一次倾倒石头时，体力不足的我因竹匾上的绳索的牵引，居然头朝下随着石头一起掉了下去。

不可思议的是，我的头正好落在两块大石头的夹缝里，而两肩则直接顶在这两块石头上。我一个翻身坐在那一堆石头上，有好几分钟，脑袋里灵魂出窍般地一片空白。

周围的人们停住了往坝底倾倒石头。仍然坐在石头堆上的我开始意识到，我刚刚差一点就死在这水库的坝底。我摸摸头，没有一滴血，只有后脑勺上添了一个此后数年都没有消失的硬硬的小包。大家都叫我别再干了。

想起自己刚刚经历的高考，好不容易才有的高考机会，却因错了一道物理题而将与大学无缘，我再也无法抑制心头的怒火，头也不回地回家了。

还没走到家门口，我看到母亲站在祖屋大门口，手上拿了一封信，脸上笑成一朵花。原来，高考后我拒绝回安海，母亲放心不下来老家看我了。

母亲带来的是张老师的信。他在信中说，我的考分很高，数学考得尤其好，问我是否愿意到合肥的中科大去上学。他也告诉我，他已经征询过上海二医招生人员的意见，被告知该校口腔系对考生的数学要求无所谓好还是差。我因此喜出望外：中科大这样的全国重点大学，我此前是绝对没有胆量报考的。我马上回信给张老师，表示我千万分地愿意到中科大上学。

几天后张老师又来了一封信，告诉我他三思后决定把我推荐给复旦大学的招生老师了，以免我这个南方人不习惯合肥的天气，希望我不反对。复旦大学同样是我做梦都不敢报的全国重点大学，我高兴都来不及，哪里会反对。就这样，我被复旦大学化学系录取了。

此后，张老师一直关心着我。需要到复旦报到时，张老师托人替我买了当时很难买到的从福州到上海的火车票。其后，他也到复旦看望过我。1982 年我大学毕业在复旦继续读硕士时，国家开始允许自费到国外留学。张老师也是告诉我这好消息的第一人。

很遗憾，张老师已于 2005 年因脑溢血早逝，享年 68 岁。

若非 1977 年恢复高考，我的人生道路会是什么样？我无从知道。但我确信，如果 1977 年没有恢复高考，或者如果我没有幸遇张老师，我的今天肯定不是现在这样的。

1982 年夏天，我（后排左二）和一同留校读研的化学系七七级同学在复旦教学楼前。前排左起：胡震东、杨勇、张瑞明、王尤崎、曹宪一；后排左起：周梅生、我、谢小复、张启盼

从打入另册到跃过龙门

孟国治

1977 年恢复高考，但那年高考对于我，只是一个梦。

我曾经有过上大学的机会。1974 年初，我在广西军区生产师插队时，被调到团部政治处搞宣传报道。当年大学开始恢复招生，由于工作中有点成绩，团里推荐我去某大学新闻系就读。当时我很纠结，因为我妹妹也在这个团插队，我走了，她就很难有机会走了。

我找到团政委，几经陈诉，他答应了我的要求，让妹妹去读书。临了，他将一个尚未公布的决定告诉我：生产师很快就要撤了，重新改回农场建制，以后你们就是“农工”了。我知道申政委的话外音：以后再想走，难了。

1976 年“四五运动”后追查政治谣言，一位姓陈的知青举报了我。公安局找上门来调查，尽管公安局那两个人态度很好，恐惧之余我还是逃到了贵州。我的亲哥在贵州一个极具秘密性的单位施工，按规定他报告了领导。领导是个干部子弟，他告诉我哥：不是什么谣言，都是真言。

于是，我有了个避难所，但我也在秘密筹划，实在不行就去缅共。岂料几个月后，“天”变了，我得意扬扬地回到农场。谁知当时农场的一位副书记放言，当年整他，没错，现在不整了，也不是他对。1977 年恢复高考，但我这被造谣的事还没有拎清楚，想报考都没门。

同场的插队队友小潘报了名。当时，他的学历是初三，找上我帮他恶补高中数理化。那年他考上了某师范学院，退休时是人民代表大会的干部。几乎在他离开农场同一时间，我被以 24 级干部身份重新安排回生产队当农工。

读中学时我就是体育尖子，举重拿过全国青少年通讯赛分区名次，是学校篮球队、田径队主力；游泳更是自如，洪水滔滔时都敢下水，就是为了过江去吃一碗米粉。广西壮族自治区第二届全运会，当时还是高中生的我，是名列第三的柳州市水球队替补。

我一个后来的大学同学曾挖苦我，“就你这身材，还水球队的，吹吧”。这个同学经常缺课，所以他简单，不懂“山中无老虎，猴子称大王”的道理。

在农场，我知道只有劳动好，才有地位。我身体有基础，我能够付出。下到生产队第一天，队里就派我与几个老农工去淘粪井，那是一个重体力活，又脏。几天下来，我没给自己丢人，尽管晚上瘫在床上连翻身的力气都没有。

粪井掏完了又安排我去剥麻皮。麻皮用水泡过后才能剥，而水泡过的麻皮奇臭无比，连苍蝇都不愿意靠过来。泡过麻皮的水沾多了也奇痒无比，痒得都抓不过来——这一干又是半个月。

我们那时是休大礼拜的（所谓大礼拜就是两个礼拜休一天），休息这天下午，我睡了一个透心觉后正在水井边清洗累积了几天的脏衣服，队长的小孩找到我，说他爸爸让我去一下他家。

还没有走进队长家门，远远的我就闻到了炖肉的香味。

我明白，我得到了队长的认可。

1978 年，高考开始报名了。

一天晚饭后，队长找我去队部，闲聊了几句后他问：“今年报考吗？”

我直率地回答他：“你知道的，没办法报名，场部不会开证明的。”

队长拿起早就放在桌上的一张信笺递给我，那是一封给公社教育组的同意我报名的函件。我霎时明白过来，由于农场的这类工作是地方管的，队里的函件就是绕过农场走的一个捷径。

一切手续办好后，不分白天黑夜，我找来过去的课本恶补起来。像我这种情况，是不能向农场申请复习时间的，我只能每天在分给我管理的橡胶地里疯狂干活，完成劳动定额后躲在橡胶树下静静地看几个小时的课本。

一天，我正埋头修整橡胶林梯田阶梯时，突然听见对面传来了动静。抬头一望，

我在广西插队时

队长正在我的管理区内铲草。两人联手，很快，我当天的指标就完成了。我感谢的话还没有出口，队长扛着铁铲转身已走向他处。我知道队长不具体管理特定的橡胶林区域，但他只要有空，就会经常到各地看看，干干。

谁知，自那天以后，队长每天都会来到我的管理片区帮我干活，结果，我每天自然就多出了一两个小时的看书时间。每每望着他走后的背影，我才明白什么叫百感交集。

我的队长姓庞，全名庞家财。改革开放后，他的闺女在深圳创业成功，庞队长的晚年是在深圳度过的。

考试结束了。由于场部中学有老师参加改卷，我参加考试的事及考试名次场里人尽皆知。据说上面有人发了话，如果我能考上，就让我去。一天，场政工科通知我到场部，政工科副科长亲自当着我的面烧掉了我为1976年的事写的所有检讨及别人的检举揭发材料。

这个副科长很有意思，凡是我的检讨他都自己亲自烧，别人的检举材料他交给我来处理。我拒绝了，我不想知道除了那个姓陈的还有谁检举我，我还是有点阿Q精神的。事后我了解到，在给我写鉴定时，这个副科长可没有这么“好心”。幸亏操笔的也是一个知青干部，名叫张萍，力争之后认定我还是一个好人。张萍后来在某中级人民法院工作，法院的徽章就是一个天平。

至于家庭出身，我的身为高级知识分子的父亲历尽“文革”的煎熬还是没有挺住，于1976年12月28日去陪伴天堂的奶奶了。但他的追悼会开得很像回事，毕竟他参加过“一二·九”学生运动，修过滇缅公路，保护过赣江大桥。这样，我就有了一个干净的家庭出身了。

我一直没有弄明白的是，人家的录取通知书是寄来的或到学校、单位领取的，而我的却是县教育局通知本人到县教育局，由局长亲自颁发的。

当我看到中国人民大学的录取通知书时，开始有点莫名其妙。我填报的志愿中第一是北大历史系考古专业，第二是北大中文系新闻专业，怎么冒出个中国人民大学？直到进了学校才知道当时人大复校，北大中文系新闻专业又回到人大，也就是三十年河东、三十年河西。

那天离开县教育局后我干了两件事，一是给老母亲发了个电报：儿已考取中国人民大学；二是马上赶到公社派出所将户口迁到北京。

去学校报到之前，我在母亲身边住了一段时间。回到家里，在母亲脸上却没有看到什么笑容，其实我明白母亲为什么不高兴。母亲是坚决反对我学文科的，她认为与人打交道的工作不好，加之我性格有些直率，她认为不会有什么出息。

母亲在教会学校是学护理的，因此她主张我学医，要不清华也好，毕竟我父亲是国立北洋大学（现天津大学）土木系毕业的。

但我填报志愿前做过功课，知道恢复高考后的1977年，高龄考生大多录取的是师范院校文科，理工科鲜见。而我，那年该而立了，有个学校要我就是福。

要去北京了，车是晚上的。家里的晚餐也很一般，两个青菜一碟炒肉丝，弟弟和妹妹陪着，未婚妻也来了。因为要坐车，母亲也不让喝酒。举筷了，隔壁的何妈妈端过来一锅鸡，是曾当过领导专厨的何伯伯做的他们四川有名的汽锅鸡。母亲叹了一口气对何妈妈说：“这老二没出息，考了个五七干校，还给他吃什么鸡？”

母亲还有这个心结，我还真没想到。在“文革”前，中国人民大学多招调干生，知道的人不多。加上这个校名里有——“人民”，人民银行、人民法院、人民医院、人民公社……也难怪，老太太是绕不过来。

不过，在我们家有三个人是不能当着母亲的面议论的：一个是毛泽东，一个是华国锋，一个是邓小平。毛泽东领导建立了新中国，华国锋领导打倒了“四人帮”，邓小平领导恢复了高考。这三点，她明白着呢：人，要讲良心。

到了北京，住进了中国人民大学红一楼学生宿舍203房，一个房间左右两排上下两铺8张床。我正在收拾床铺，一个稚气少年肩挑、手提着行李走了进来，看见我二话没说，一个深鞠躬：“老师好！”掰清楚后才知道他是四川来的我的新同学——陈平，他比我小14岁，现在是珠海某主流媒体的负责人之一。

夜深了，陈平的梦话吵醒了我。醒来的我一时感到很奇怪：“这是在哪里？”恍惚中好像有个意识告诉我，这是北京，这是大学。我用手掐了一下自己的大腿，有些痛。这是真的，不是梦。

大学之光

大学之光

照亮了

比 40 年更长的路

在我一生的黄金时代，我有好多奢望。我想爱，想吃，还想在一瞬间变成天上半明半暗的云。 ——王小波

大学里最引人怀念的是课后的讨论。说是讨论，其实是争议，因为每个人都会按自己的理解大胆发表意见。只要老师或同学提出某个难以定论的话题，争议便开始了，有时一个话题可以延续讨论好几天。

这用“书生意气，挥斥方遒”来形容当时的气氛一点也不为过。这种爱争议的风气锤炼了我们的思维，培养了我们爱思考的习惯。这种习惯甚至延伸到现在的同级同学间的微信群里。

——蒋述卓

旧照片里的如歌岁月

彭 艳

下页这张照片拍摄于 1978 年 10 月 4 日，这一天是北京大学七八级新生报到的第一天。照片中最左边的女生就是我，当时 19 岁。

那一天，学校的迎新站就安排在北大最大的学生食堂。我在这里办好了入学的一切手续，戴着白底红字的北大校徽，我突然觉得自己长大了，并对即将开始的大学生活充满了渴望。

这时，有位 40 岁左右的老师走过来，他说他是北大宣传部的（后来我才知道他叫桑祥森，在北大宣传部负责摄影。桑老师已于 2017 年 3 月因病逝世），提出希望给我们新生拍照，我们同意了。他让我们图书馆学系（现在叫信息管理系）的几个同学和在场的东语系的几个老师、同学从大门内往外走，我和同班的另一个女生拿着大旅行包，开心地走着、笑着，留下了难忘的历史瞬间。

过了几天，桑老师就把照片送给了我，当时我以为它只是一张普通的入学照，没想到后来它不断被各种报刊、展览所采用，这时我才意识到它是一张有特殊历史意义的照片。

尽管这张照片的拍摄纯属偶然，但它已然成为恢复高考后大学生入学的经典照片。时光飞逝，转眼间近 40 年过去了，每当我看到这张照片，都会想起那难忘的高考和大学生活。

1977 年 12 月，我作为北京十一学校高二的学生参加了恢复高考后的全国第一次高考。我考的是文科，当时抱着试试看的想法，心情比较放松。1978 年 2 月，我高中毕业，主动要求到理科班复习。不久后，第一次高考的成绩公布了，我考了

被中国照片档案馆和北京大学档案馆收藏的一张历史照片。这张照片拍摄于 1978 年 10 月 4 日，这一天是北京大学七八级新生报到的第一天。照片中最左边的女生就是我，当时 19 岁（桑祥森摄）

319.5 分。当时社会考生的录取线是 280 分，而在校考生是 323 分，我只差 3.5 分。文科班的老师对我说："你的文科成绩很突出，如果考文科，肯定可以考上最好的大学。"我和妈妈都觉得老师说的有道理，于是马上转到文科班复习，这时距离下一次高考只有三个多月了。

1978 年 7 月，我第二次参加全国高考。这次考试我的心情比较紧张，感到这是决定自己命运的时刻了。但试卷发下来后我就立刻放松了，然后在考场上全力以赴地答题。

1978 年 8 月中旬，我收到了北京大学图书馆学系的录取通知书，这是我填报的第一志愿。

大学四年的学习生活紧张愉快，也令我终生难忘。我们系的录取分数是北大当年文科系中几个最高的系之一。我们班 50 个同学中不少人都是各地高考的文科状元，除了 7 人是应届高中毕业生，其他人都已工作多年，他们思想成熟，知识面广，我感到自己与他们相比，各方面都有明显的差距。

在开学典礼上，校长说："北大最引以为傲的，是我们拥有一流的教师队伍和一流的图书馆。"在北大四年，我对这一点深有体会。

当时给我们上课的教师，很多是 20 世纪 50 年代毕业的大学生，他们衣着朴素但仪容整洁，颇有学者风度。给我们讲授"中国文学史"的是北大中文系的赵齐平老师，他讲课生动风趣，本人也多才多艺，介绍唐宋诗词时，他会当场给我们清唱一段。"中国通史"课是由北京师范学院宁可教授主讲的，宁教授是北大毕业生，著名史学家，常应邀在北大授课。当时中文系、历史系和我们系的学生一起在大阶梯教室听课，有 200 多人。宁教授讲课内容丰富，语言流畅，每次下课铃响，他的最后一句话正好讲完。他的博学多才、训练有素受到了同学们的赞扬。

北大图书馆的藏书总量名列全国高校之首，我们在课余时间常去图书馆借书和自习。因为学生多、座位少，所以必须早点去图书馆占座位。在图书馆看书学习确实比在宿舍学习效率高，图书馆成为我上大学期间最爱去的地方。

与现在的大学生相比，我们当时的生活条件是比较差的。刚入学时，食堂里没有桌椅，买饭后常常坐在地上吃饭，或者端回宿舍吃。宿舍一般是 8 平方米左右，

6 人住，上下铺。我们班大多数同学都插过队或在建设兵团劳动多年，他们知道现在有上大学的机会是多么的不容易，所以非常珍惜这宝贵的学习时间，大家基本上只在宿舍、图书馆、教室、食堂之间活动。

七七、七八级大学生是中国教育史上非常特殊的群体，由于当时高考的录取率只有不到 5%，能上大学的年轻人无疑是同代人中的佼佼者。他们不仅上大学时自律勤奋，而且大学毕业后更加发愤努力，在各自的工作岗位上都有出色的表现。大学毕业已有 35 年了，我们班不少同学早已成为我国图书馆界的精英人才，改行从事其他职业的同学也取得了优异的成绩。

2018 年是我们七八级大学生入校 40 周年，为了纪念这个重要的历史时刻，我们班分散在世界各地的同学都准备齐聚北京，追忆往事，共叙友情。我深知是大学同窗四载的深厚情谊将我们的心永远连在一起。岁月如歌，青春美好，愿同学友谊地久天长。

我（右一）与同学在宿舍学习

（本文原载于首都师范大学离退休干部处《秋韵》杂志第 43 期，原文题为“一张入学照片引起的回忆”）

读大学那年我已经二十六岁了

王治平

1978年对于中国来说是个历史的转折点，那年召开的中国共产党十一届三中全会拨乱反正，使处于危乱迷茫中的国家走上了一条崭新的道路。而我也就是在那一年进大学读书的，当时我已经26岁了。

学在人大

在这之前，我已经"读"过两个四年的"社会大学"了。我从杭州下乡到农村，又从农村回城进工厂，亲历了作为中国社会基础的底层劳动者的生活，这使我得以对中国最广大人民的生存状态有了深切的体验。民间的疾苦促使我思考贫穷的根源并寻求摆脱贫穷的途径，于是，在大学停办十多年以后重新恢复高考招生时，我决定报考"经邦济世"的经济学专业，并以优异成绩考取了中国人民大学。

当时确实是个思想解放的狂飙时代，尤其是在人文荟萃的大学校园，人们在对各种各样的社会问题进行讨论和争辩，反思历史的错误，瞻望国家的未来。和我同届的同学中后来出了许多著名的人物，如自由思想作家王小波、经济学家周其仁，以及我读研究生时再考进来、后来成为法学家的梁治平等，在党政机关就职的更是多如牛毛。

我所就读的工业经济系的系主任先后是徐伟立教授和塞风教授，他们都是我国工业经济管理学界最早的资深教授。我读大学本科时的班主任先后是李悦老师和徐昶老师，他们分别是工业经济学和企业管理学的教授，学养深厚，诲人不倦。我本科毕业后考取了本校本系盛介眉教授的研究生，他是专门研究工业经济体制改革的专家，我是他的第一个研究生，他对我一直关怀备至，令我感激不尽。

此外，还有诸多的良师，在他们的指教下，我得到了思想上和学问上的成长，他们的教导使我受益终身。我特别记得徐昶老师带着我们全班同学到上海的企业实习，盛介眉老师带我到四川成都、重庆等地，然后沿着长江东下，一路上进行了一次广泛的社会调查。从那时起，我就在《人民日报》等报刊上发表文章了。

我当时全力以赴，投身于经济体制改革的研究，因为我在大学里已经认识到中国贫穷的根源是不合理的计划经济体制。由于统吃“大锅饭”，每个人干多干少一个样，干好干坏一个样，甚至干与不干一个样，怎么能够调动起每个人的劳动积极性？

在农村，因为是在人民公社的土地上劳动，农民们“出工像背纤，收工像射箭”。而在工厂，国家直接经营的企业实行“铁饭碗”“死工资”，工人们“一不做，二不休”，因为多干不多得、请假要扣钱，所以最“好”的选择就是“磨洋工”。如此体制下谁愿努力生产？因此必须进行改革，改革是唯一的出路。

当时的体制改革确实是“摸着石头过河”、循序渐进地开展的，而从安徽农村发端的“家庭联产承包责任制”是改革的第一步。那里的农民冒着“杀头”的风险，自发地分田到户、承包单干，“缴足国家的，留够集体的，剩下的全都是自己的”，于是，农民的积极性就像火山一样爆发出来。

现在，当我看到我们每天都能够吃到“可口的晚餐”时，我都会想起当年在大学时代，我们为了这一改革的“合法化”所做的一切：探讨、分析、实证、鼓吹、寻找理论根据、为中央的决策撰写“内参”等，宿舍里的讨论常常是彻夜不眠，兴奋不已。

今天，社会主义市场经济体制已经建立，中国开始走上了繁荣兴旺的发展新里程，这在中国是一个历史性的进步。我的大学时代，正是这个转变的滥觞时期，我有幸得以亲身参与，这使我的大学生活充满意义，永远难忘。

住在人大

我在杭州的工厂里收到中国人民大学的录取通知书，上面写着学校的地址是北京西郊海淀路39号，门口有一个公交车站叫“人民大学”。1978年10月20日，当我千里迢迢来到人民大学的时候，看到校门口居然有军人站岗。

原来，我们人大在“文革”时居然被解散了。“文化大革命”本来就是“大革文化命”，作为一个主要研究社会科学和人文科学的高等学府，也为当时的革命形势所不容，整个学校被一锅端，教师学生通通作鸟兽散，学校的校址也被划归当时刚刚组建的第二炮兵部队，门口站岗的就是二炮的哨兵。等到粉碎“四人帮”、结束“文革”以后，人民大学才得以恢复，我们七七、七八级这两届是“文革”以后最早的学生。

我们第一次坐在八百人的大教室举行开学典礼的时候，成仿吾校长、在“文革”中被打成残疾的郭影秋副校长，以及许多劫后余生的老师都来了，他们都对自己的学校被撤销的耻辱表示痛心不已。中共党史专家胡华教授在开学典礼上给我们讲人大的历史。在讲到母校被停办的惨痛经历时，他热泪盈眶，激动地说，我要特别感谢北京市公交公司，是他们保留了“人民大学”的公交车站站名，让我们在没有“人民大学”的日子，还能听到“人民大学”的名字。顿时，全场热烈鼓掌。

学校恢复时只要回了整个大院的部分楼房做校舍，因此我们的住宿就特别紧张。起初，北京同学是不给安排宿舍的，外地同学也要住在一小间摆四个上下铺床的房间里，每间住八个人。我最早是住在红一楼233房间，同室的还有我们工业经济系工业经济专业的包政、林新生、王炳业，基本建设经济专业的邬大强、苗振东、董家臣、任淮秀。当时我是班里第一届班委的生活委员，自觉睡在靠门口的床，包政是我上铺的兄弟，林新生与我抵足而眠，邬大强则与我面对面。

我们的学习和生活场地都很紧张。有的课程需要许多人挤在八百人的大教室里上，图书馆阅览室都必须提前占座。因为有时候集会只能在大操场上进行，所以学校还为我们每个学生发了一个马扎。食堂在校园深处的校办工厂那边，来回一趟要30分钟，一日三餐就要走一个半钟头……

清晨，我在校园里练武术

我们就在这样百废待兴的条件下，孜孜不倦地学习，快乐地生活。那时候我们倒也并不觉得特别艰苦，因为我们一颗颗年轻的心，正在万象更新的崭新时代里如同花木逢春，茁壮成长。理想主义的激情在飞扬，使一切物质的困难都不在话下。

到我们的下一届——七九级的学生入校时，校舍困难的矛盾就变得突出了。原计划招 2000 人，最后却只能招 700 人；原本早就要报到，却一直拖到 10 月份。北京新生自然仍要走读，住校生有一部分只得借住到遥远的人大附中。据说住在校园内的部分男生只能在灰楼里改造过的女厕所内栖身，而且他们还没有食堂，要露天吃饭，席地而坐，和风进餐。

1980 年，“二炮”终于腾空了东风二楼，于是就有了我们的换房。东风二楼的房间与红楼大小相仿，但只住六个人了，条件稍有改善。我们工经班和建经班共有 37 个外地学生，分给我们六个房间，另有一人要去与七九级的新生住。于是我与建经班的生活委员董家臣便各为其主地争起来。我说，我们 15 个人，正好住两间半。董家臣说，他们 22 个人，住满三间后，余下的四个人要住在一起，他要我们去两个人“投靠”他们。我可不让，我说，拼居的那间应该三个对三个才公平。争执不下，最后只好交由系里的老师解决。

结果我搬到了东风二楼的 124 房间，同屋的是包政、林新生、王炳业、周一民、柳民。在那里我一直住到了1982年7月本科毕业，并考上了本校的研究生。之后是在新二楼的411房间，与一同考上研究生的包政、林新生、杨杜又同室三年……

文化差异

想起当年的事情，每一桩，每一件，至今仍然历历在目，特别是从全国各个地区来的人在语言文化上的差异给我留下了深刻的印象。“有心处处皆学问”，从中我得到了同学给予我的思想启发。

第一次坐在课堂里的时候，遇到了一个北方的同学。我随口问了他一句“你几岁”，这就遭遇了文化差异。

只见他脸色一沉，有种说不出来的味道，然后尴尬地笑着说：“我8岁。”我奇怪他为什么一开始就跟我开玩笑，明摆着不是儿童，他为什么说“我8岁”呢？

后来我才知道，原来，在他们那里，“你几岁”的问法只能问儿童，不能用来问大人，若是问大人，就是小看人。他大概也知道我并没有小看他的意思，所以并没有责怪我，但又不愿回答，只好开个苦涩的玩笑。

而在我们南方，并无此讲究，无论问谁，都可以问“你几岁”。

当他告诉我说，他们那里问大人要问“你多大”时，我说，“正好相反，我们那里只有逗小孩时才问‘你多大’”。

另有一次，我掺和一群北方的同学聊天。

他们说有个南方山区来的同学，好像不是我们班的，在给他们讲他家乡的事情时，总喜欢说“咱们咱们”的。

南方话中并没有“咱们”一说，只说“我们”，他误以为北方人的“咱们”就等于“我们”，于是在说“我们家乡”的时候总是说成“咱们家乡”。

其实，北方人说“咱们”时是包含听者的，而说“我们”是不包含对方的。就像《红楼梦》第31回里的袭人，居然对晴雯用“我们”来指称自己与宝玉，明显把晴雯排斥在外，结果被晴雯好一顿抢白。

聊天的北方同学讲起这事时，也是一脸的不屑，不客气地说了一句：“穷乡僻壤的，谁跟你‘咱们’？”作为南方人的我，闻此不免悻然，从此不敢跟北方人称“咱们”。

不过也有被同学赞赏的时候。

有一天下午，课后同学们在操场上打排球，一直打到日落西山。这时我说了一句，“黄昏了，该回宿舍了”。

大家忽然对我肃然起敬，说我说话那么有文采，文绉绉的。

原来，北方人不说“黄昏”，只说“傍晚”，“黄昏”只是用在诗词歌赋里头的雅词，“夕阳无限好，只是近黄昏”什么的。

我说，我们那里的人都爱说“黄昏”，无论是文人雅士，还是凡夫俗子。这可能是古文化的一种遗迹吧。

最有意思的是那次我们几个同学到学校附近的双榆树去逛商店。

有个南方同学想买双鞋子，可是他的北方话有点南方化，不但买与卖不分，而且“鞋子”还被说成了“孩子”。

结果他把问售货员的话“你卖不卖鞋子？”说成了“你买不买孩子？”。

那女售货员白了他一眼，气恼地说：“我不卖孩子。”

南方同学说：“我要买孩子。”

女售货员更加气恼：“我也不卖孩子。”

南方同学火了：“你不卖孩子，站在柜台里干什么？”

“这你管得着吗？”北京售货员的嗓门尖了起来。

南方同学固执地说：“我就要买孩子！”

“我不是人贩子！你要买孩子到人贩子那里去买！”吵得沸反盈天。

这两人南腔北调地斗嘴，真像是听语言大师侯宝林在说相声。

其实，各地的同学都对自己的地域文化引以为傲，在说话中时时都会显现出来。

上海人自恃在大城市，把上海以外的人都叫作“乡下人”。

广东人自恃在最南的位置，把广东以外的人都称为“北佬”。

北京人自恃是政治中心的人，把北京以外的人都视若“下级”。每年寒暑假我们外地同学回家探亲时，北京同学总要模仿电影中的首长，让我们代他们“向你们家乡的人民问好”，还要谆谆告诫我们，要与当地的组织取得联系，要我们与地方上搞好关系。

而我当时自恃是杭州人，“上有天堂，下有苏杭”，我们杭州人是生活在富足而快乐的天堂里，我们总是对杭州以外的人都寄予无限的同情，因为在杭州人看来，他们都仿佛是生活在苦难的地狱里的人。

现在看来，这都是少年意气。它的好处是可以增强自信，坏处是容易夜郎自大。

直到若干年以后的今天，我作为一名教授在大学开设“中外文化比较”课程时，当年在北方读书以及后来在国外做访问学者时所碰到的文化差异带给我的思考，成为这门新课程所要传达的重要理念：

“我们在进行中外文化的比较中可以发现差异，这将让我们感受到人类世界文化的丰富多彩……”“对于别人的文化，我们一是要了解，二是要理解，这样才能有益于不同文化背景的人的相互交流。”

挑战权威的初生牛犊

——北大经济系七七级的故事

陶海粟

新旧碰撞的年代

北大同学在形容20世纪80年代的在校生活时，用得最频繁的词是“激情燃烧”，但我更愿意用“新旧碰撞”。

我们七七级在1978年2月入校的时候，一群理论工作者正在胡耀邦的支持下，在密室里紧张地制造那颗后来于5月份投出的重磅炸弹——《实践是检验真理的唯一标准》；包产到户在我们整个上学期间都在艰难地前行，但直到我们毕业时，人民公社制度也还没有宣布解体。

在那样的大背景下，我们在四年中目睹了令人应接不暇、眼花缭乱的各种新奇事物：朦胧诗、喇叭裤、迪斯科、西单墙、邓丽君的歌、李谷一的“气”、潘晓来信、伤痕文学、星星美展、校园选举……理性在祛除愚昧，现实在代替空想，多彩在驱赶单调，温馨在战胜狰狞……这一切无不在新旧碰撞中进行。

刚入校的时候，校园里还满是毛主席的语录和“英明领袖”的画像以及大字报、大标语，用一位当时的学生的话说，“像是一个还来不及打扫庭院迎接新客人的主人”。在经济系的迎新会上，我们班的两个同学朗诵了一首充满激情的诗，并用豪迈的声音喊出“我们是华主席的第一代大学生”。

用现在的观点来看，大学生就是大学生，没有什么谁的不谁的，但在那个年代，对于唱着“我们是毛主席的红卫兵”“我们是毛主席的红小兵”长大的我们，谁也不会觉得这么说有什么别扭之处。不料这句话引起了当时还在校的七五、七六级同学的不满，他们在校园里贴出了很多大字报，争论谁才是华主席的第一代大学生。

坦率地讲，刚刚告别十年动乱的文科老师们，还来不及写出（也缺乏素材来写出）适应新时代新思想的课本，用的还是“十七年”时期甚至“文革”时期的教材。我记得我在修“西方经济学”这门广受学生欢迎的课程时，课程的名字叫“资产阶级经济学批判”，老师每讲一个西方经济学的原理，都要随之进行一番批判，然后再讲下一个原理，把人家的理论弄得支离破碎，难以连贯。

在讲“社会主义经济学”这门课时，充满着“三个兼顾”“四大平衡”等政策性语言，学术味道极为欠缺。在论证一个道理时，有一个很通用的公式：“必要性 + 可能性 = 必然性”。比如说，为了实现社会主义生产目的，经济有快速发展的必要性；社会主义解放了生产力，有快速发展的可能性。结论是：社会主义经济必然会快速发展。这种三段论的论证方式，被反复地运用在不同的论题上，听多了味同嚼蜡。

最尴尬的是教党史的老师，整个党史课是围绕着“十一次路线斗争”来展开的，当时陈独秀、瞿秋白、刘少奇、彭德怀等人都还没得到公正的重新评价，但学术界已经在发出各种各样的不同声音，可老师又不能擅自修改教材，所以授课过程中不时地出现牵强附会、难以自圆其说的地方，常常受到同学们的挑战，老师自己只好跟大家说，他也不一定同意教材的说法，但只能这么讲。

当然，老师们也在努力。我们系的厉以宁、萧灼基等老师当时接触外面的学术界和现实经济政策问题较多，经常能给我们带回来一些新鲜的东西。我现在还记忆犹新的一次是，萧老师给我们讲价格机制在商品经济中的作用时，讲了他在一个工厂调查听到的故事：过去用厉行节约的道德说教的办法号召工人们把用过的水泥袋回收起来，但效果甚微，造成很大浪费，后来谁回收一个袋子，就给谁五分钱，结果一个水泥袋也不会被浪费了。

拿我们学生自己来说，七七级的学生当时普遍被认为是来自基层的精英，其实我们自己也是刚刚走出那个荒谬的年代，在思想理念和行为方式上，都难免带着那个时代的痕迹。

比如二年级时修闵庆全老师的会计课，闵老师是一位个非常严谨、负责的老师，他上课的内容也是实用性强，片汤话少，但是因为在期中考试时出的题有些难，引起了部分同学的不满，这些同学便征集签名后写了大字报（当时大鸣、大放、大字报、大辩论的“文革”“四大”还未被上面取缔）贴到系里。用这种旧式的方法来对待一个敬业的老师是非常不公正的，我当时是支书，虽然自己没有签名，但也未设法劝阻，多年之后想起来还很不安。

我的同学们

有人说七七级的学生是空前绝后的一届大学生，的确如此。我们经济系七七级的两个班，入校时年龄最大的张文祥 31 岁，已是两个孩子的父亲，最小的郭京平 18 岁。换句话说，张文祥高中毕业时，郭京平幼儿园还未毕业。全年级 80 个同学，只有一个是应届高中毕业生，其他的人上学前都是厂矿职工、机关干部、现役军人、中小学教师或下乡知青，大家带着满脸的“沧桑”聚到了一起。

同学中不少是“文革”前的初中生，在基层摸爬滚打，与数理化久违了十年，加之报名之后只有一个来月的复习时间，又不能耽误本职工作，大多经历了一个点灯熬油、悬梁刺股的拼命阶段。例如，焦天立说，他用了十二天自学了全部高中数学，那些日子夜里睡梦中都在背数学公式和做题。易纲那时是知青伙房的管理员，高考当天早上 4 点钟爬起来，和大师傅一起给大伙儿做了饭之后才去赶考。

1978 年的那个春天，人民刚刚从噩梦中醒来。从刚刚打开一个缝隙的国门望出去，人们惊异地发现，原来我们准备去拯救的、人民受苦受难的西方世界，竟然早已和我们拉开了一个难以忘其项背的距离。荒废了十年学业的我们，每时每刻都感到钟表那“滴答滴答”的逼人声音在催促着、鞭策着自己。

入学后刚发下课表，看到党史和哲学等公共必修课，一些“老字辈”的同学（没有一定之规，大抵 25 岁以上的都被年轻一些的在姓氏之前冠以“老”字）动了心思，商量后集体向系里提出：这些东西我们早在基层时就自学过了，我们请求进行测试，通过后允许我们免修这些课程。

这在当时对于习惯了按部就班教学的老师们来说，真是一件闻所未闻的事情。不过当时我们经济系的党总支书记石世奇是一个非常开明的人，他支持了我们的要求，公共课教哲学的徐明老师虽然开始半信半疑，但最终还是同意了对这些“特殊的”学生实行特殊的办法。后来徐明老师出了哲学考题，正式对我们进行了严格的闭卷考试。部分同学果然通过了考试，得以免修哲学这门按规定要修两个学期的课程，争取到了一些宝贵的自由时间以加快学习的脚步。

自此之后，经济系这届学生在各方面不断显示出超越常规、自主求新的特色。第一个学期结束了，大家在暑假之后返校，两个班联合召开了家乡见闻交流会，大家交流暑期中社会调查的成果，讲得有声有色。邓英淘从一进校就“神出鬼没”，经常去外系听课，对经济系自己的课程，从不追求高分，勉强及格就行了。“追随”他去外系听课的，还有徐笑波、徐未曼等。

入校后刚第二个学期，虽然我们的经济学功底还乏善可陈，但这些早在基层有过长期磨炼又密切关注着国事的同学，感到有话想说，想“指点江山”。于是我们几个同学经商量之后决定办一个年级同学自己的经济学刊物，取名为《学友》，第二个学年一开学就创刊了。一开始是油印，大家在“文革”中印传单的手艺派上了用场，后来从第三期开始得到系里支持，改为打印。全年级 80 个同学基本上都以各种形式参与了《学友》的工作。

吴稼祥是我们班级的诗人，写了创刊号“编者的话”；李少民在部队时就是画家了，自然做了美工。从创刊到 1981 年毕业前把《学友》出版工作交付给七八级，全年级共有六十多人次在这个刊物上发稿，有丘小雄比较债券发行的利弊得失、刘海林分析法律调整经济的有效性、石小敏对“按劳分配”的质疑、张炜率北大学生代表团赴日考察的观感、易纲三年级时赴美留学前对“思想解放”的思考、王敏和刘玉香对苏联经济的看法，等等。

何小锋探讨劳务价值的文章和毕井泉调查农业增收增支的文章，后来还分别被《经济研究》和《经济科学》采用。除了这两篇外，经济系七七级同学在校期间写的文章曾先后在《人民日报》《北京日报》《中国青年报》《北京晚报》等报刊上发表过多篇。毕业前最后一年，几个同学还应商务印书馆的邀约，翻译出版了一本《当代十二个经济学家》。

最令我感到值得称道的是，在我们经济系七七级这么个小小的群体中，在校期间居然同时冒出了两位各自挑战马克思《资本论》的同学：何小锋和石小敏。北大那时还保持着一点儿“思想自由，兼容并包”的遗风，加之20世纪80年代初社会上思想解放的浪潮一波接一波，校内思想和学术是相当活跃的。但是，对于马克思理论这种量级的体系，还是以照抄照转、阐发诠释的居多，鲜有不同声音发出。因此，何、石二人的观点是受到不小的压力和阻力的。

何小锋挑战的是“劳务不创造价值”的说法。他在一次听了厉以宁教授关于国民经济核算体系的讲座后感到，我们在政治经济学课堂上学到的只有生产性劳动创造价值，流通和服务劳动都不创造价值的说法与第三产业日益发达的现实不相适应。于是潜心钻研，写出了《劳务价值初探》的论文，在提交给系里主办的《经济科学》杂志后，虽然陈岱孙老先生给予善意的指导，但最终还是未被接受。

后来小峰又把文章投到当时经济学界最权威的杂志《经济研究》，经领导批示“原样发表，供讨论用”，随后得以发表。发表后反响很大，褒贬不一。在社科院经济研究所召开的一次双周座谈会上，孙冶方所长点名批评了何小锋。小峰在会后对孙老说：感谢批评但坚持观点。孙老也是很大度的，对小峰说：“我点名批评你不是压制你，我们是平等的，你也可以点名反驳我。”孙老的话表现了一个理论大家的风度，也反映出当时理论界相对宽松的氛围。

在写毕业论文时小峰仍然沿用了这个题目，但系里指定的一位最熟悉《资本论》的老师却拒绝做小峰的指导老师，临阵换了另一位老师。围绕这事，最后还有一个戏剧性的场面：在全系师生欢送七七级毕业的大会上，一位老师突然站起来严肃地说：“这届毕业生中有人发表反马克思主义的言论。”一听这话大家都知道是指小峰，会场气氛顿时紧张起来。这时厉以宁老师站起来说：“有些年轻人虽然人微言轻，但是他的话十年后仍然有人想起，但有些大人物的话十年后却无人记得。”这话给小峰解了围。

石小敏研究的也是劳动价值论问题，他的观点是：劳动不是决定商品价值的唯一因素，生产力的其他要素如资本、土地和技术也在价值形成过程中起了作用。他的观点比何小锋的观点更具敏感性和挑战性，因此受到了更大的压力，毕业论文险些过不了关。

不管这两个年轻人的观点有什么不完善之处，但至少都是他们独立思考的产物，而且是从纯理论的角度提出问题。对待他们，应像孙冶方老先生对小峰说的，平等讨论，可以批评，也可以反批评，而不是设置禁区，完全不允许人进入。这是非常令人钦佩和欣慰的态度。

作为社会精英预备队的高等学府的莘莘学子，如果只能人云亦云，唯师、唯上、唯本本，国家的思想言论怎么能有一个生动活泼的局面？马克思本人就是独立思考的典范，我相信，他如果有在天之灵，对这两个年轻人的挑战，会报以赞许的微笑，而不是皱眉。

如是清贫，如此珍贵

——未名湖畔的青葱岁月

| 王治河 |

记得在社科院《国外社会科学》编辑部工作的时候，曾经有同事就我是不是北大的有过争论。双方各执一词，当然是各有各的理由。倒不是怀疑我的文凭有假，大概只是想以“是否恃才傲物”来进行判断。因为北大人给人的感觉通常总是有那么点气吞寰宇、胸罗百代的傲气和狂气。按照这个标准，我大概不算是北大的。因为那时的我已近而立之年，那种少年书生特有的狂傲，已收敛得所存不多。当双方求证我本人时，为了编辑部的“安定团结”，我当时只是不置可否地笑了笑。

现在可以说了，我是北大毕业的。加上研究生的 3 年，我青春岁月中有 7 个年头是作为北大哲学系的学生在未名湖畔度过的。正是在燕园我懂得了敬畏学术，进而确立了自己的学术理想；也正是在燕园，我遇到了自己生命中的女人——同是北大哲学系的学生樊美筠。也是因着燕园的缘分，和挪威同学哈拉尔德结下了终生的情谊。

本科时我是哲学系七八级的。我现在依然还记得第一天到北大报到的情形。那天是八位中学同学骑着八辆自行车陪我去的。在当时，其隆重程度不亚于今日八辆卡迪拉克相送，因为我是我们学校那年唯一考上北大的。后来住进 38 楼，一间寝室睡 8 个人。上下左右铺一打听，几乎每一个都是当地状元，其中甚至还有中学校长、老师、野战军的连长。记得黄书进的高考数学成绩是 100 分，这我是绝对不相信的，因为那时的考题在我的眼里不是一般的难，后来一打听，原来这兄弟是教数学的。再后来，得知樊美筠这个来自嘉陵江畔的柔弱女孩，居然也是那一年重庆的文科翘楚。这下我这个京城小小应届高中毕业生知道什么叫“天外有天”了。待见到张岱年、朱德生、黄楠森、王太庆、杨辛、叶朗、汤一介、赵光武等哲学系著作等身、名重一时的哲学前辈时，对“天外有天”这四个字有了更深刻的领会。

可惜我在课堂上一直不是个用功的好学生，现在想来颇为后悔。读本科时，成绩始终维持在“良”的水平。虽然也曾在嘴上辩称“每门课都保持在‘良’也实属不易，因为不仅要具有防止下滑的实力，而且更重要的是要能克制向上的欲望”，但是自己心里清楚：工夫没下到。青春时代毕竟有太多的诱惑。

1985 年重返燕园读研究生的时候，我依然不是个标准的好学生。虽然挂着 85 级研究生党支部书记的头衔，但上课总犯迷瞪，以至于杨适老师问师兄谢文郁：“这王治河是怎么搞的，为什么总是迷迷瞪瞪的？”文郁师兄仗义地替我辩护：“可能是没睡好。”下次课，我依然迷瞪，于是认真的杨适老师就又问文郁：“怎么他又没睡好？”好在哲学系老师大都有一种宽容的精神。这是我至今感念不已的，其中

未名湖畔的浪漫——我和爱人樊美筠 1985 年冬在北大

王梦真老师和杨辛老师对我和美筠的关爱更是令我终生难忘。

反思七年北大哲学系的生活，虽然书没有读得太好，但体会到了学术的尊严，尝到了思想的快乐，这是我燕园生活的最大收获之一。北京大学哲学系的尊严学术体现在两个方面：一是自尊，不出卖学术；二是尊他，就是讲包容。

关于学术自尊，七年的哲学系生活使我受益最多的是哲学前辈的学术风骨，特别是他们矢志学术的“孤往精神”（熊十力语）。他们不曲笔阿时，更无意用学术钓名誉、谋富贵，真称得上是学术尊严的守望者。在官路、财路之外，他们用自己的亲身垂范，昭示着第三条路，一条学术人生之路。

到社科院后，有幸遇到同是北大哲学系毕业的叶秀山先生，更加深了我的这一体认。以叶先生的道德文章，又处在社科院这样一个位置，要用学术谋取个一官半职应该不是一件难事。但叶先生对此却兴趣寥寥，他对没能上到二楼吃“小灶”，而是挤在一楼同一般研究人员一起吃大锅饭也无怨无悔，真正做到了看淡名利。临出国前，曾请叶先生手书我所喜爱的袁枚名句“早知穷达有命，恨不十年读书”，在克莱蒙当学生读书的日子里，不时拿出来欣赏，借以自勉。

时代的艰难,使许许多多曾经胸怀大志的才情之士在学术之路上中途“下了车”，而这些可敬的哲学前辈却将“油门踩到底”。他们安于清贫，矢志学术，再现了古人安贫乐道之风。据说，在后现代社会里，一切都是肤浅的、无聊的。然而，“在一个多元化的后现代社会里，有人‘无聊’，就一定有人在踏踏实实做着‘有意义’的事情”。这些哲学前辈就是这样一些“素心人”。

由于尊严学术，形象地说，北大哲学系更推崇“阵地战”，于是就与学界浮躁的游击作风格格不入，更与一剑江湖式的空疏学风无缘。崖岸自高，目空一切，喜持一孔之论是少年书生常爱犯的毛病。《庄子·秋水》借河伯之口所说的话，昭示的不仅仅是一种做人的道理，而且也是一种做学问的境界，唯有真正潜心于学的素心人才可能有此博大谦逊的胸襟。

学术的确可以起到“平才士之骄矜”的作用。只有真正置身学问之海的人才懂得学问是做不完的。用朱德生先生的话说，就是“思想资源越挖越多”。一剑江湖式的好汉只能存在于金庸武侠小说的世界里，在学问的世界里可以说是没有他的地位的。这是北大哲学系的共识，也是这些年国内学界不时涌现出各式各样意欲“一统江湖”的好汉和高调“走出”的游击“领袖”的原因，但最有资格出这种“好汉”和“领袖”的北大哲学系却始终不凑这个热闹，保持着沉默，坚守着阵地。我理解，它其实是以这种方式捍卫着学术的尊严。

创立体系本是件好事，“走出”也有助于拓宽视野。只是，有意思的是，在当代中国，最热衷于建构体系的人，最高调“走出”的人，往往是学术功底相对薄弱的人。可以设想，基础不夯实，大厦的塌陷只是时间早晚的问题。这实在是误人误己的双输结局。

北大哲学系对夯实学术功底的强调，一方面捍卫了学术的尊严，另一方面也使我们这些后生学子受益无穷。

记得做硕士毕业论文的时候，我非常想做当代的，但是作为教研室主任的王太庆先生却反对，他问了句：古典的是不是已经搞好了？当时被迫改了题目，做了斯宾诺莎，心中很有些不理解。现在回过头看，不由得对王先生心生感激。2001 年在芝加哥开会遇到赵敦华先生，一起谈到王先生治学的严谨，仍不胜钦佩。也正是王先生传授了我高质量翻译的秘诀：对，就是一个字一个字地对。当王先生跟我谈这一字秘诀时，我脑海里出现的是“春风又绿江南岸”中的“绿”字，这个“绿”字可以说就是对出来的。今天想来，王先生能成为一代翻译大家实在有他的理由。很显然，学术于王太庆先生已是几近神圣的事业。

到美读书后，对北大哲学系强调“夯实基础”，体会尤深。我所在的宗教哲学专业对博士生的外语要求是德语和法语，由于我在北大哲学系学了一年德语，稍加复习后，便成功地一次考过了，节省了一大笔钱。而我的许多美国同学要考好几次，上好几次补习班，一次就是 1000 美元。此外，哲学系所列的西方哲学必读书目，也大都是我们专业教授所列的。这样我只要修 48 个学分就可以了，另外 24 个就免掉了，因为北大哲学系的课他们认，这样又省了一大笔钱。要知道我所在的克莱蒙研究生大学（Claremont Graduate University）的学分价格当时是 1000 美元 1 个学分，一算你就知道我省了多少钱了。

比钱更重要的是治学的方法。北大哲学系教会了我如何读书，治学。哲学系一向以注重经典著作著称，现在依然记得上课讨论英文版亚里士多德《形而上学》和康德《纯粹理性批判》的情形，真是一句一句地抠，一段一段地过。这样正规的学术训练，不仅打牢了外语的功底，而且有一种直接与思想大师对话的美妙感觉，对于触发自己的思想，开拓新的视野功劳巨大。

更忘不了朱德生先生指导我们几个师兄弟一起研究古希腊辩证法的日子。阅读，讨论，撰写，修改，该研究持续了差不多一年的时间，成果就是后来发表在《南开学报》上的《古希腊辩证法辨析》一文。为了这篇文章，我们着实下了些笨工夫。若以今天的眼光看，当时所投入的精力和时间，今天足可以写好几本书了。但正是这些笨工夫，使我初窥学术的殿堂，也尝到学问的甜头。昔日对古希腊辩证法的钻研，也惠及我日后对后现代思维的研究。

由于樊美筠那时也在北大，在叶朗先生门下治美学，因此叶先生指导他们八个师兄弟妹撰写《现代美学体系》一书的情景，我有幸了解一二。那种春风桃李之下师生之间的教学相长，师兄弟妹之间的学术切磋，令人遥想起古老的白鹿洞书院。

尊严学术的另一层意蕴是尊他，就是对差异本真的欣赏。哲学系的许多老师都是蜚声海内的一派宗师，但七年中我很少看到他们之间发生囿于门墙互相攻讦的情况。这方面，王太庆老师和朱德生老师的量度渊容给我印象尤深。

王先生是国内西方哲学史料名家，是没有材料不说话的，其吐属给人一种绚烂归至平淡的美感。而我的导师朱德生则是个著名的“思辨哲学家”，是没有思想不说话的，其讲话充满着令人神往的思辨魅力。二人又在同一个西哲教研室，而且一个是教研室主任，一个是系主任。按说两个治学风格如此轩轾的人之间，出现文人相轻的现象是很难避免的事。可我三年研究生读下来，二人的课都选了不少，由于做支部书记的缘故，往两家跑的次数也不少，但是从没有听到两人中的任何一个人在背后比长挈短地议论对方。相反，彼此相互交好，相互钦佩，常在我面前赞誉对方。知易行难，这说起来没什么，但是要做到，且多年如一日地做到，实属不易。没有彼此宽容，彼此欣赏的情愫在，这一切是不可想象的。所谓北大的“兼容并包”

实源自这种内在的对差异的欣赏。

20世纪大哲学家怀特海曾强调，存在于人类社群之中的多样性与差异是至关重要的，因为它们为人类的精神冒险之旅提供了“驱动力和原材料”。在《科学与现代世界》一书的结尾处，怀特海有一段文字非常精辟，他强调，“习俗与我们不同的其他国家并非敌人。它们是上天赐予我们的礼物。人需要邻居具有足够的相似处以便互相理解，具有足够的不同之处以便激起注意，具有足够伟大之处以便博得敬仰”。王朱二位先生可以说是怀特海的知音。

有感于哲学前辈这种“和而不同”的君子风范，住畅春园55楼310室时，我曾经跟同屋的周宪兄一起谈道：希望我们这一代学者能把这份襟怀，这一传统保守住。有了这份襟怀，才能真正做到学术气度广大。

这种襟怀的美学依据是对他者的欣赏。

胡适先生曾经说，哲学系是培养“不惑之人的”。这话没有错，只是所侧重的是认知层面。我更愿意说哲学系是培养“有感觉之人的”。所谓“有感觉”就是要对他人有感觉，对自然有感觉，对一个时代的忧郁有感觉。其本体论的根据就是怀特海所讲的“prehension”，也就是我们中国人讲的“感通”，“心有灵犀”。在佛教，就是“觉他”。凡事试着站在他人的立场想一想，欣赏他者身上的美。有了这份感觉，写出的文章才不会空疏无当，说出的话才不会令人乏味。对自然有感觉，才能“我看青山多妩媚”；对他人有感觉，才能“酝酿两间和气”。

一雨润千山。哲学系不教人烤面包，一代思辨哲学家朱德生的知名度也远不如一个三流小歌星（这不是朱先生的错），但它却能散播学术的种子。所谓学术的种子就是自由的种子，就是思想的种子。有了这些种子，一个社会，一个民族，一个时代也才有了希望。因为尊严学术的人，是“不向生存事实屈服”的人，是专制的阻击手，他不懂落井下石，更不会助纣为虐。

尊严学术说到底就是尊重自由，尊重生命。维特根斯坦曾经谈道：“一个人不认真去做事情，犹如自己对生命犯下了真正的叛逆罪。”

从我个人来说，七载北大哲学系的求学生涯丰富了我的生活，也升华了我的生命。

回首前尘，我的一个人生体悟是：一个人所能拥有的最宝贵的财富就是他的理想。正因为如此，燕园的生活虽然清贫，但由于充溢着理想，却感觉贵胜王侯。

因此之故，我永远怀念燕园那美好时光。

同班同学在上方山云水洞前合影，我在第二排左二

（本文原载于王宗昱编《苦乐年华》，北京：北京大学出版社，2004 年。原文标题为“尊严学术”）

未了文学情

王　枬

下乡插队的我，在恢复高考填报志愿时，将中文系作为我的第一志愿，未曾想却被录取到了政治系。于是，我便与同学们一道，开始了中共党史、科学社会主义、国际共产主义运动史、辩证唯物主义与历史唯物主义、政治经济学等课程的学习。枯燥的内容，难懂的原著，密集的讨论，频繁的考试，成为我们大学生活的基本存在方式。

可是，我的心里始终住着一个文学的“小人儿”，对文学的热爱驱使着我把大量的课余时间放在了文学名著和“伤痕文学”的阅读上。改革开放之初，王城校区图书馆里的馆藏文学名著不多，复本也很有限，而借阅的人很多，我只好排着队等候。曾经为了借《安娜·卡列尼娜》，我不得不预约等候了一个月的时间。在当时图书馆有限的馆藏文学作品中，我大概读了大半。

大学的第一个学期，每周我都会抽出两个晚自习的时间去阅览室，专门看《收获》《十月》《当代》等文学刊物上登载的小说。因看这类刊物的人太多，我常常抢不到前一天看了一半的期刊。班上有不少文学爱好者，如徐曙、张剑波等，每天课间都会聚在一起，谈论刚读过的小说，推荐刚看到的作品，女同学中更是不乏文学青年，许冬花常站在我们宿舍的桌子上，与睡在上铺的王琳娜交谈，我从许冬花那里知道了海明威和他的《永别了，武器》，从王琳娜那里知道了郭小川的诗《团泊洼的秋天》；我们讨论卢新华的小说《伤痕》，分享张洁的小说《爱，是不能忘记的》……于是，短暂的午休和晚上的卧谈便成了文学讨论会，我们交流读过的作品、喜爱的作家，探讨文学中蕴含的人性的真善美。我喜欢的作家细数起来有一串长长的名单：王蒙、张洁、张抗抗、张辛欣、孔捷生、刘心武、宗璞、谌容、陈文彬、卢新华、宗福先、张贤亮、冯骥才、柯灵、靳凡、戴晴、从维熙、戴舫、蒋子龙等等。

系里的老师们注意到了我们班同学这种“不务正业”的现象，一天晚上，专门召集全班开会，系主任拿着图书馆的借书登记本批评我们，特别提醒大家，我们的专业是政治教育，不是中文，我们的主业应该是阅读马克思、恩格斯、列宁、斯大林、毛泽东的原著，而不应该花大量的时间去读小说、诗歌。这时，我羡慕极了中文系那些可以把阅读小说作为专业来学习的同学。

按照系里提出的专业学习的要求，我对文学的迷恋有所收敛，但却从未停止对文学作品的阅读，而且涵盖了文学的各类体裁：小说、散文、诗歌、戏剧等。

大学的日记中，记录了我阅读过的部分文学作品书目，粗略地统计，大约超过了100本。如外国文学名著有：列夫·托尔斯泰的《安娜·卡列尼娜》《复活》《战争与和平》，巴尔扎克的《幻灭》《欧也妮·葛朗台》《贝姨》《高老头》，马克·吐温的《镀金时代》《汤姆·索亚历险记》，维克多·雨果的《巴黎圣母院》《悲惨世界》《笑面人》，哈代的《还乡》，歌德的《少年维特之烦恼》《浮士德》，罗曼·罗兰的《约翰·克里斯朵夫》《贝多芬传》，狄更斯的《大卫·科波菲尔》《孤星血泪》《老古玩店》，塞万提斯的《堂吉诃德》，玛格丽特·米切尔的《飘》，杰克·伦敦的《马丁·伊登》，海明威的《老人与海》《永别了，武器》，大仲马的《基督山伯爵》《黑郁金香》，小仲马的《茶花女》，拜伦的《唐璜》，显克微支的《十字军骑士》，伏尼契的《牛虻》《牛虻在流亡中》，伏契克的《绞刑架下的报告》，阿·托尔斯泰的《苦难的历程》，车尔尼雪夫斯基的《怎么办》，陀思妥耶夫斯基的《白夜》《白痴》，屠格涅夫的《前夜》《父与子》《猎人笔记》，果戈理的《死魂灵》，莱蒙托夫的《当代英雄》，赫尔岑的《谁之罪》，高尔基的《母亲》，奥斯特洛夫斯基的《钢铁是怎样炼成的》《暴风雨的儿女》，柳·科斯莫杰米扬斯卡娅的《卓娅和舒拉的故事》，薇拉·凯特林斯卡娅的《勇敢》，柯切托夫的《茹尔宾一家》《叶尔绍夫兄弟》《青春常在》，夏洛蒂·勃朗特的《简爱》，艾米莉·勃朗特的《呼啸山庄》，简·奥斯汀的《傲慢与偏见》《理智与情感》，福楼拜的《情感教育》，霍桑的《红字》，但丁的《神曲》，德莱塞的

大学期间的日记本

《嘉莉妹妹》《金融家》，司汤达的《红与黑》，莫泊桑的《俊友》《一生》，还有《斯巴达克斯》《一千零一夜》《战争风云》《居里夫人传》《莫扎特传》，以及《欧·亨利短篇小说选》《契诃夫短篇小说选》《莫泊桑短篇小说选》《海明威短篇小说选》等。又如我阅读过的中国文学名著有：《红楼梦》《西游记》《水浒传》《三国演义》，巴金的《家》《春》《秋》《雾》《雨》《电》，茅盾的《子夜》《蚀》，鲁迅的《呐喊》《彷徨》，郭沫若的《洪波曲》《女神》，丁玲的《太阳照在桑干河上》《莎菲女士的日记》，茹志鹃的《静静的产院》《高高的白杨树》，秦瘦鸥的《秋海棠》，姚雪垠的《李自成》，萧红的《生死场》，杨沫的《青春之歌》，曲波的《林海雪原》，王蒙的《青春万岁》，周立波的《暴风骤雨》《山乡巨变》，周而复的《上海的早晨》，戴厚英的《人啊人！》……其中的许多书，后来我自己又专门从书店买来，并成为我的珍藏。

我摘录了许多喜爱的名言美句在笔记本上，并以“集锦”命名，厚薄不同，大学期间共摘录了11本。那时书店里买不到诗集，我便从图书馆借出来，一字一段地抄录了9本，包括：《裴多菲诗选》《海涅诗选》《普希金诗选》《莱蒙托夫诗选》《密茨凯维支诗选》《泰戈尔诗选》《彭斯诗选》《歌德诗选》《雪莱诗选》，我还抄了一本《唐诗宋词》。为了厘清这些文学家的历史以及相互之间的关系，我甚至还自制

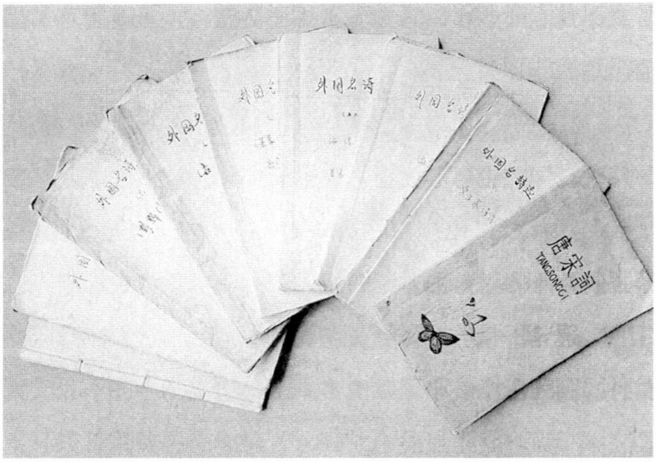
大学期间手抄的诗集

了文学艺术家年表。这些“文学食粮”滋养着我，成为我的“第二专业”。

除了阅读和抄录以外，我还在大学期间尝试着写过不少自诩为“诗”的小片段、散文和算不上小说的“小文”，这些被我以《诗文小品（自赏）》的名义保存着。尽管语言文字粗糙，也未必合乎规范，还带有那个时代浓厚的印记，却成为我作为“文学青年”的标记。而我当时写这些青涩的小文，也得到了张柳江、张剑波的热情鼓励。

1979 年 8 月 12 日写下：石桥

石桥弯如月 / 返影入水中 / 绿树桥孔后 / 碧水洞天通

1980 年 4 月 10 日写下：登山

登上独秀峰巅 / 视觉开阔无边 / 远处群山绵绵 / 近处漓江蜿蜒 / 好一派南国秀丽风光 / 好一幅春日明媚笑脸 / 此情使我心旷神怡 / 此景使我浮想联翩 / 世界是这样美好 / 我们该怎样生活得更好 / 在明天？

1981 年 7 月 3 日写下：云和山的变幻

山托着云 / 云罩着山 / 山在白云上 / 云在高山端 / 山峰里的云 / 像带 / 云海里

的山 / 似船 / 玉带飞舞 / 碧船扬帆 / 啊 / 多美的世界 / 是仙境？ / 是梦幻？

1981 年 7 月 22 日写下：随想

天空是碧蓝的 / 湖水是碧蓝的 / 我的心也是碧蓝的 / 清澈、洁净

晚风是微软的 / 枝条是微软的 / 我的心也是微软的 / 温柔、轻盈

小鸟是喜悦的 / 小溪是喜悦的 / 我的心也是喜悦的 / 愉快、欢欣

高山是端庄的 / 大地是端庄的 / 我的心也是端庄的 / 稳重、安宁

1981 年 9 月 18 日写下：颂友

像一道虹霞 / 把深闭的心门叩响 / 像一条彩带 / 将甜美的情意送上

是一块润唇的鲜梨？ / 是一把酥心的饴糖？ / 不，最重要的 / 是一双鼓励的目光

你使我懂得了什么是友谊 / 你使我理解了怎样叫高尚 / 我真正感到了 / 心地的纯洁，胸怀的宽广

1981 年 11 月 15 日写下：云·雾

云，在头顶上盈盈地飘 / 雾，在身边轻轻地绕 / 拦腰一条银带 / 给群山系上了神秘的锈

拽一片软绵绵的白云 / 心中一阵快意搔撩 / 吸一口凉丝丝的雾气 / 禁不住喜悦飞上眉梢

荧荧的云，多美 / 甜甜的雾，多妙！ / 哪是云？ / 哪是雾？ / 雾中有云，使雾更加朦胧 / 云中有雾，使云更加俊俏

大学毕业后，我对文学的热爱一直没有放弃，我曾用一个学期的业余时间读完了《莎士比亚全集》，也曾迷恋顾城、舒婷、三毛，喜欢戴望舒、徐志摩、汪国真。所读过的这些诗、小说、散文、戏剧等，一点点地渗入了我的血液和灵魂，影响并

舍友郊游合影

有力地支撑了我所从事的教育学的研究。

我知道，昨天，文学已成为我生命中不可分割的一部分；今天和明天，文学还将继续存在于我的生活中。

追忆复旦新闻系墙报
——《前哨》

舒 修

《前哨》是由新闻系七七级学长创办的一个墙报，才三张白报纸大，它贴在复旦大食堂前的一个坐西朝东的橱窗里。1979 年由我们接手。记得那是一天下午，指导员龚向群在教室留住我，说七七级想把《前哨》移交给我们班级，问我是否愿意接手，我毫不犹豫地答应了。龚老师建议再找一个合作者，我说就闻莲芳吧，她在《解放日报》的一次座谈会上的发言给我留下了十分深刻的印象。

“前哨”——多好的刊名啊！那是 1931 年鲁迅、冯雪峰等人创刊的中国左翼作家联盟机关刊物的名字，鲁迅先生的名篇《纪念刘和珍君》就刊登在它的创刊号上。高校历来是社会思想动向的前哨，而复旦大学更是前哨中的前哨。我们要让“前哨”成为一扇了解外面世界的明亮窗户，成为一个探索各种新思想的百花园地，成为一个吹出复旦学子自己声音的号角。

我们主办《前哨》是在 1979 年到 1980 年，那是一个激烈震荡的年代，风云在橱窗里变幻，思想在白纸上交锋。《前哨》的方寸之地可开拓无限的空间，它发表通讯、访谈、消息、评论，还发表图片、诗歌，无论什么形式，它的内容都是探索、突破。

在《人民日报》还在争论是否允许包产到户之际，我们刊登农村来的同学写的暑假见闻，支持农村的改革；在张志新事迹见报后，我们写了《给张志新女儿的一封信》；在还很少有人知道什么是朦胧诗的时候，我们根据同学王晓望提供的手抄本诗集《今天》介绍了代表人物顾城、北岛、芒克等人；在中共中央宣布为钱伟长等“六大名教授”平反之前，我们披露了复旦大学“右派分子”的悲惨遭遇；在学校开除数学系学生（他偷窃同学的收音机和笔记本）并送劳动教养后，我们编发了来自劳改农场的专访，呼吁宽容对待失足者；还有对著名“右派”王蒙、当时的新秀作家张洁、剧作家沙叶新的采访；甚至黄锐、马德升、王克平等发起的“星星美展”的作品都出现在《前哨》的版面上，要知道那是在北京街心公园举办的西方表现主义风格的展览展出的作品啊！

几乎所有这些人、这些事、这些作品，无论在当时还是在后来都引起许多争论。但是，二十多年的时间证明，他们开风气之先的探索，他们对后来者的启迪作用是无人能够否定的。这就是《前哨》！

《前哨》所做的最轰动的事情，就是举办了“复旦大学学生民意测验（调查）”，我们想这大概也是复旦大学历史上的第一次民意测验（调查）。虽然早在1824年，美国宾夕法尼亚州哈里斯堡的一家地方报纸就进行过民意调查，但是，这在中国不但是从来没有过的事情，而且也是一件不可思议的事情。

我们当时的想法很简单，学校究竟办得怎么样，应该有学生的声音。和已有的学生意见表达渠道相比，民意调查是一个“噪音”最少，“熵”最小的方式。在全校范围内开展民意调查，是一个工作量极大的工程，从问卷设计、印刷、发放、收集，到统计、分析，耗时不少，费力很多，班级里许多同学，如杜图、祝建华、陈怀林、郑丽娟、李晓露、沈飞昊、凌键、王东红都参加了这个工作。

问卷内容除了少数是重大的政治问题，绝大部分是针对学校工作的，包括对学校政治、外语、专业课程设置的意见，对图书馆、食堂、医院的意见，对学校许多规定、制度的意见。我们选择晚饭后在校图书馆和教室里发放问卷，这样问卷的覆盖面就宽，代表性就强。由于是当场填写，当场回收，而且不记名，因此，所发问卷几乎全部回收，效果非常理想。

发表统计结果的那一期《前哨》，通栏标题是特大红字“复旦大学首届学生民意测验揭晓”，版面右边是统计结果，版面左边是我们的分析文章。调查结果公布时，盛况空前，不仅墙报前挤满了人，还有不少同学在摘抄，甚至有同学找上门来索取空白的调查表。学校党委找我们去谈话，了解问卷设计经过，统计的情况，以

1979 年，中国女排在亚洲女排锦标赛中击败日本，首次“称霸”亚洲的消息传来后，同学们连夜赶办黑板报

及我们的分析意见。据说，之后学校许多次党政会议都提到了这次学生民意调查。我们用比较科学的方法表达了同学们的意见，是比较有说服力的，因此，在当时也比较能够引起重视。

《前哨》不仅高谈“国计”，也巧说“民生”，不能修齐，何以治平？有了“民意”，师出有名。我们把目标锁定在影响最大的食堂改革上。高校领导历来对食堂最感头疼，花精力最多，最辛苦，而学生意见却最大，许多学生闹事往往就是从食堂开始的。那时复旦大学有三个食堂，从西向东按照自然数排列，第一食堂是教师专用，第二、三食堂是学生用，每个系的学生在规定的食堂用餐，三个食堂饭菜票不能够通用。计划经济管理之严密是现在所不可理解的。

民意调查后不久，学校就食堂问题召开一次座谈会，无非食堂汇报情况，摊一大堆“苦经”，学校说已经补贴了许多，要求学生理解、配合。会议上我们提出，管理的关键是造成竞争，学校应该取消对学生就餐食堂的限制，废止对老师和学生的隔离，复旦师生可以自主地在学校任何一个食堂就餐，以就餐量的竞争来评判三个食堂的优劣。这个在今天看来是“1+1”的事情，在当时却是一件大事，经反反复复研究之后，那个实行了多年的“分食制”终于取消了。实践结果可想而知。

当年，《前哨》在学校的影响是非常大的，每一期刊出，人头攒动，先睹为快，许多匆忙赶着吃饭的同学，拿着空碗设法往前面钻。由于《前哨》是不署名的，因此，外系的人都不知道是哪个系办的，更不知道具体的编辑人员。有一次去黄山旅游，车上有许多复旦的学生，不知怎么，议论学校事情时提到了《前哨》，同行的陈翰生向大家介绍说“我就是《前哨》主编”(其实不存在这样的头衔)，“哇！”全车一片惊叫，然后是掌声四起，弄得我怪不自在的。

同样，学校的领导也对《前哨》表现出高度的重视，许多重要的会议，除了团委、学生会、各社团负责人，我们成了出席会议的唯一体制外的代表。记得话剧《假如我是真的》内部演出后，在社会上引起强烈反响，争论大，学校党委书记夏征农召集会议做一些说明，他特地点名要《前哨》派人来参加会议。由此可见，只有三张白报纸大小的《前哨》的影响之大。

《前哨》是一份没有任何背景，不受任何约束的，真正的独立“出版物”，从辅导员、班主任、新闻系领导一直到校领导，没有任何人对它做出任何限制，提出任何要求，它只受我们良知的指引，当然也为我们的认识所局限。我们自己决定一切，包括选题、组稿、写作、编辑，直至承担后果。记得一个批评稿曾引得学生服务站的工作人员泪水涟涟，学校后勤处领导居然找到我宿舍来。当然，文责自负，只得上门说明。我和闻莲芳两人一红一白唱双簧，直到说得那年纪已经不小的女管理员破涕为笑为止。出了 6 号楼的门，我们直奔食堂，一路大叫：加餐，加餐！

多年后回首往事，我们感到，当年以夏征农为书记的学校党委对《前哨》存在的认可，对《前哨》探索的宽容，对《前哨》意见的重视，即使在今天看来也是十分难能可贵的，学校是承担着一定的政治风险的。这也是复旦传统的一部分。

我们主办《前哨》仅一年，一共出了 8 期。之后就转交给七九级了。不知道什么原因，后来就没有办下去。

1982 年毕业至今已经 23 年了，日月忽淹，春秋代序，同窗共读的你我他，天各一方，人各有志。但是，每当同学们越洋聚首，夜话当年时，会发现，心底珍藏着的，还是学生时代的精神：无穷的探索，无畏的突破，无邪的追求，无私的奉献，这也是那个年代中华民族的精神面貌！

一个民族刚刚从“明眸皓齿今安在？血污游魂归不得”的噩梦中醒来，她的想法会比今天简单得多啊！

校园新闻实践的独家记忆

鲁晓晨

新闻系的老师强调实践，新闻系的同学喜欢实践，不光鲁难、伟光正同学是实践派的代表人物，我们其他人也都在实践。

故事一　校广播站最难忘的声音

校广播站的著名“铁嗓子”男主播老侯，是贸易系的研究生。他和我相熟。

罢课当天，大家疲惫饥饿地返回校园。学校以热汤饭温暖了大家的肠胃，可大家情绪依然低落。校学生会主席张晋峰通知各系代表去开会，研究下一步怎么办。我被唤去。

会上争论不休，但两个问题逐渐明晰。一是第二天的新闻发布会，一定要开好。校学生会的主席、副主席主答，推脱不掉的司仪安排给我。大家众口一词地说，新闻系的学生会主席，就得干这活。我其实是“缅甸（腼腆）人”，没法子，只得硬着头皮接招。

我提出一个意见，把外国（包括境外）记者拒之校门外。许多人不解。我强调，我们罢课的目的，是希望引起上面重视，尽快解决读书条件问题，并提出第二个问题：建议请法律系同学组成纠察队，在校门口执法，可简单回答问题，但不许外国记者入内。意见逐渐趋于一致，法律系一口应承。

会议接近尾声时，门被推开，团委的小张老师急匆匆进来。“向大家报告好消息”，他说，学校接到北京市委领导的电话，关心同学们吃没吃上饭，认为同学们及时撤离新华门是好的，市委重视同学们的意见，支持大家的学习愿望，等等。

会场一片欢呼。我的新闻敏感来了，这么重要的消息应该让大家都知道。我悄悄撤出会场，来到红二楼，找到老侯，让他广播出去。老侯二话没说来到广播室。趁他预热机器的功夫，我在台阶上写完稿件。

“校广播站有重要消息广播”，老侯浑厚的声音惊响于校园夜空。瞬间红一楼很多窗户被推开，接着，响起一片欢呼。老侯连播数遍，而且把声音调大了。

那夜月色很高，很亮。

故事二 体会办报的感觉

当时新闻系流行一本书——《报海旧闻》。书中，文汇报的创办人徐铸成先生回忆道，每到凌晨稿件排版付印，报童们喧嚣着跑上街后，他会在吃完早点后也来到公园。这时他会看到很多人，或坐在休闲椅上，或漫步于林荫路上，捧报阅读。那时，心情真是惬意啊。

我等也曾体会过。

在大三的时候，海淀区进行了一次具有历史意义的民主实验——竞选海淀区人民代表。据说是在胡耀邦同志的努力下，提倡进行民主改革实验。新修订的选举法规定，有三位选民附议即可成为人民代表的候选人，而且可以宣传或自我宣传。

于是先是北大，接着人大、北师大等校均出现了学生竞选热潮。我校有中文、计统、哲学、工经、法律等系涌现了竞选者。他们在八百人大教室发表讲演，激情洋溢。

很多同学要求新闻系也要参与进去。迫于压力，系学生会开会研究，决定发挥特长办一个黑板报，起名叫《竞选之声》。隔天一期，由七八、七九级同学轮流主编。七八级的主笔，公推本系第一才子张善炬。两块黑板容不了多少字，一篇短论加点简讯完活。善炬的短论让人畅快淋漓，北京的同学消息灵通，爆料及时，七九级的文字质朴独到。黑板报一经推出，反响热烈。

每当有新期刊出，清晨撮立在教学楼（罢课成果）门口、来上学的同学便会蜂堵围观，热议不已。

我等办报者，或偷坐在角落里，或偷听于同学中，畅享着徐老先生同样的惬意。感谢有心者留下了珍贵照片，并收录在30年庆典的光盘里。

故事三 给校刊当通讯员

其实，新闻系最大最方便的实习阵地，是校刊和广播站。校刊归校党委宣传部管，广播站归团委管。我系很多年轻人去办广播站，而我和农经系的赵荣超、中文系的杜贵臣等大龄青年则成了校刊的通讯员。

我给校刊写了很多稿件，其中球类等体育报道居多。刚上“狼牙山”（人大七七、七八级网络论坛）时，以为“大青连中三元”的报道，必是我写的，其实是吹嘘。大青一说报纸还留着呢，我就不敢吱声了。因为年头太多，记不准了。

那时，新闻系篮球队大战以蒋子龙、孔捷生为首的青年作家队的特写，校篮球队参加高校联赛的报道，校男子篮球队友谊赛输给宋晓波领衔的北京女篮的稿件，都出自我手。有一次，学校借助龚先生的影响，还请来了钱澄海当教练的中国男子篮球队，在校园东南角的灯光球场表演。

赛后，我跟大伙一起涌入场地，亲密接触这些明星。我问高出我一块的浓眉大眼“帅锅”：“你叫什么名字？”他一字一顿地说：“李亚光。”那时我确实不认识他，他也是刚刚入选国家队，位置是大前锋。可日后此君不但是主力阵容，退役后还出任国家女篮的主教练，取得过辉煌战绩。

写稿既是实践，也是名利双收的活。那时我主要署名“霄尘”“逍尘”“东方白”等。回避真名是怕好不容易挣点稿酬，被鲁难之流“打秋风”。档案系吕宁（队友）有一次识破了我的笔名：“东方白是你吧，晓晨嘛，即是东方白。”

校刊（实为周报）的寇老师、李静老师对我们指导和关爱有加，稿件采用率极高，并打出小样反复帮我们改。多年后，见到李老师时再叙起这些事，李老师还说，“我尽量抬高点稿酬，帮帮你们改善伙食”。慈母之心哪！

最后一次给校刊写稿，是临毕业时。那次是校刊指派我和中文系杜贵臣去完成一次重要采访任务，并派出专车送我俩去了通县（今通州区），据说当时起码相当

1979 年秋北京高校第十九届学生田径运动会，人大新闻系七八级学生组成记者团（我在前排左一）

于校级待遇。

起因呢，是学校发现一位退休回乡的老校工以“程新”的名义，向灾区捐款数千元。那在当时可是一笔不小的数目，相当于他的全部退休金。那时没实行社保，退休可以领些钱。

找到老师傅（他叫什么已经忘了）家时，天色已晚，匆忙间拍了几张照片。回来后，照片为校刊的专职摄影师萧燕（萧军之子）所不屑。稿件完成得倒不错，我写通讯，老杜负责评论。起标题时，怎么也不满意。苦思冥想后，终于从他署名“程新”中，启发了灵感。“程新”不就是“诚心”嘛！

于是，通讯的标题用了“诚心”。

我七八级入学后跳级回到七七级

| 李立昂 |

个性与色彩

复旦那几年里，国强兄的轶事之多只怕谁也及不上。班里少有人知道，他曾是我的中学同学，我们几乎天天见面，但所有对话加起来大概不超过十次，弄不好有人会以为我们有什么过节呢，事实上我们之间从无芥蒂。话都没说过几句，矛盾从何而来？

其实，国强兄所有的话都说给他自己听了。每到吃饭时，一溜小跑奔向食堂的路上，他总是端着饭碗，面相庄重，嘴里念念有词，时而独自会心一笑。排队买饭菜时，不管队伍长短，他永远不停地低头看手心手背，翻过来又翻过去，嘴唇嚅动，乍看还以为他的手出了什么毛病。有一回我碰巧排在他后面，从他的肩头瞅了一眼，才发现他手上写满了英语单词，念完手心念手背，两手轮番作业。

我当时就忍不住想，那今天他还洗不洗手？洗掉重写无疑会浪费他的宝贵时间。推断起来，除非汤汁油腻弄得字迹模糊，不然不背到滚瓜烂熟是一定要留着过夜的。

我佩服他的坚韧不拔，真有九牛拉不转的钻劲。要知道国强兄幼年生长在美国，英语基础在我们这个所谓“高班”都是数得着的，何苦死拼如此。有时我诧异，学业竞争虽激烈，人生花季学做陈景润式的苦行僧，摒弃七情六欲到底不易，他是怎么做到心如止水的？但见他像面壁者，凝神屏息，抱元守一，真气在十二重楼流转，毫不外泄。终于，机会来了。

某周末，我们全班同游南翔古漪园，此外还有外教 Simon 与 Caroline。正当暮春季节，阳光明媚，平时埋头书桌难得抬头的人个个兴致勃勃，谈笑风生。渐渐有人发觉，走着走着，每次在景观前停留，国强兄却不知哪里去了。

终于 Caroline 也忍不住问起我来。前后找了一圈，发现他正站在数十米外的树荫下，掏出小本抓紧时间背诵英语成语哩。我指给大家看，Simon 摇摇头，说真可怜。我想他懂什么，快马犹加鞭，响鼓更重捶，我们国强兄含辛茹苦自有雄图，他一浅薄的美利坚“小年轻”怎么会懂。

午餐时饭厅拥挤，碗盏叮当，人声嘈杂，一片混响。好不容易轮到我们坐下，国强兄却又不见了。我找了几个来回不见他踪影，心想这里又没有树荫，吵吵嚷嚷的，还背得了单词？

正无头绪，无意间瞥见轩窗前有一截下半身，看衣着颇似国强，只是上半截俯身窗外，面向假山，一时不敢确认。走近了，听到有人在引吭高歌，歌声含混激昂，又看到其人青筋绽露，连耳后根都红了。细认果然是国强。那座假山背靠墙，和三面轩窗夹成一个小景区，饭厅的喧闹传不过来，国强兄的歌喉也只有他自己声声入耳。这有点像对着空山大吼，这个死角是一吐心声的绝佳之地。

我拍拍他，说吃饭了。他回过神来，愣了一下，红了脸，口里“呐呐”地不知所云。我说没什么，他让我想起工厂里的大锅炉，外面层层封裹，包得厚厚实实，严丝合缝，里面却高温高压，热浪蒸腾翻滚。不过，要是哪天管子漏气就会这样，而管子总有一天是要漏气的。

真正听到国强兄的一句内心话，是在毕业前不久的一个深夜。

那晚我去他们宿舍，和文伟、小宁聊得起劲，熄灯很久了仍无睡意。大概是临近分手，大家顾虑少了，讲了不少掏心窝子的话，文伟兄也有几句不太符合先锋队身份的言论。

国强兄一直没动静，我以为他的禅定功夫又使他物我两忘，进入梦乡了。于是，大家说话更放松，历数起方方面面的不合理现象，如社会上极“左”影响尚存之类，又谈到知识分子以后如何立身，很有些担忧和牢骚。突然，黑暗中国强兄的头从蚊帐中钻出来，说：“阿拉特种出身的人来了格搭能有啥出路？只有业务搞得好一点才混得下去。”大家一时无语。

其时高考已经恢复，“臭老九”正日渐吃香，虽说有时不免还有政治寒流，但前景总的来说应该是鼓舞人的，国强兄过于悲观了。走出他们宿舍时，我突然想到，他的话不正是给自己这几年的拼劲做的注解么？原来我还以为他只是争强好胜、不甘人后呢。

还有几个更有趣的小故事，但想想也得为避旧讳，就不说了。如果国强兄碰巧也看到这篇短文，嘴角上应该会荡漾起一丝笑意。他肯定明白这不是揭短，充其量只是善意的打趣，源自温馨的忆旧。

校园拼搏的张弛之道

我做梦都不敢想，有一天我会有这种幸运。

“忽如一夜春风来，千树万树梨花开。”1978 年的一场高考，我这个没落阶级的飘零子弟、单位里干部们横看竖看都龇牙咧嘴的另类青年，被平地托起，送进了南方首屈一指的复旦大学的“象牙塔”。

天上还真的掉馅饼，这下我算是信了。可不，七八级考生刚刚报到完毕，英语专业的我们就遭到了“突然袭击”。两天接连三场分班考试下来，我稀里糊涂地随着三位学兄学姐学弟跳级到了七七级高班。这一来，心理上完全弥补了我 1977 年高考落榜的遗憾。

然而，竞争的严酷现实马上兜头泼了我一瓢冷水。复旦外文系管这个班叫“30 年来英语最高班”，实在不是随口吹嘘。要说班里人才济济，那是谦虚。叶扬、朱勇协二位，三十岁不到，英语已经精读了 25 年；张国强童年生长在美国，入学就带着 native speaker 的英语基础；就连年龄最小的应届生陈巽初，小时候差不多英语汉语一块牙牙学语，十多年下来，随手翻阅原版长篇小说成了她的日常嗜好。

顺便说，这些都是足以在大学英语专业执教的水平，甚至超过一般中青年教师。其余人也绝非泛泛之辈，应该说都是从社会各个角落里竭力搜罗来的青年才俊。班里竞争之激烈不难想见。

更要命的是我们那位人人佩服得五体投地的曹又霖老师。曹老师讲中文或许偶然舌头会打结，会有点迟疑磕巴，但英语之流畅优雅，在当时无人能及。教学上他坚持高强度挤、压、逼、揉、搓，全方位“围剿”，这不是为了让你提高成绩，而是要逼出你的毛病和瑕疵来，他就可以心满意足地帮你一一“剿灭”。哪怕是听写之类再小的测验，打分之严那叫“惨无人道”：听写时，曹老师念起来语速飞快，你的“t”漏掉小横杆，“i”忘了加一点，他不由分说照样算作错误，扣分。

原来我心存侥幸，以为新来者会有个“法外施恩”的适应期，可他毫不留情。其结果是有一次听写，我仅仅得了47分，也是我有生以来的第一次考试“滑铁卢”，实在刻骨铭心。

我发现，我的“阿喀琉斯脚跟”是对语音的反应不行。毕竟不是生长在说英语的环境里，大部分拼错和漏掉的单词不是我不认得它们，而是语音和脑子里的拼写脱节。周围一圈请教下来，良方只有一个：死待在听音室里，耳朵里听出茧子来。

于是，我开始去听音室。几次下来收效甚微，倒是一戴上耳机，困意就来。再看看经常和我一起同去听音室的跳级学弟张国平，人家已经头戴耳机倒伏在录音机

复旦宿舍里分秒必争的学业竞争氛围

跟前，枕在手背上，鼾声震天了。我推推他，问他怎么了，他说没事，太困了，眯一会儿。我受他鼓动，也把额头抵着手背眯起来，但怎么都不自在，也不舒服。

我忽然反应过来，真想睡的话，一样是睡觉，何不到寝室里睡？当然，这有悖当时校园内盛行的拼搏文化氛围，但那也顾不得了，反正“另类”我是做惯了的。再说，室友里几位七八级同年，如邹旭东、周雍新，还不是天天要睡午觉？一试果真爽。我对自己说，认得的单词念几遍就够了，听什么音？不认得的，听一千遍也没用。自然，听音室从此再也不去了。

在曹老师的高压下，我这个向来一觉睡到天亮的人，居然在睡梦里跟人用英语对话。我警觉起来。脑子这么加班加点不分昼夜、不充分休息是不行的。原来的半小时午睡逐渐延长到三小时，最后整个下午就是睡觉。晚饭前被闹哄哄的骚动吵醒，只听得楼道里不断响起“吃饭去呀”的欢声呼叫。在楼梯上一阵滚雷般脚步声的催促下，我一脸惺忪，拿起饭碗和热水瓶直奔食堂。

但后来我发觉，其实越睡脑子越糊涂，晚饭后我经常恍惚了半天，书才能看进去。实践证明，午睡二十至三十分钟，起来后精神最爽快。

慢慢地，我养成了“足不出户”的习惯，晚上大家都出去夜自修，寝室就成了我一个人的天地。我心里笑话那些对此看不惯的人，心想清净还不就是为了心静；好呀，你们去外面图心静，我在宿舍一个人享清净。毫不夸张地说，整个大学期间课余自修，我一步也没踏进过教室和图书馆。

这种任其自然的散漫虽然从来就是我的天性，但到底也不是完美无缺、一切美好。第二年暑期回家，邻居对我“刮目相看”了，给我起了个绰号“小大块头”——一称，重了十几斤，看照片连自己都认不得自己了。

命运多舛的交谊舞会

大概是我进复旦后第二年吧，社会在涤荡“文革”余毒中飞快前行。西方资本主义的“腐朽”生活方式无声无息地潜入，上海这样的城市得风气之先，一个显著的标志是到处可以看到交谊舞的盛行。

复旦校方自然也不甘人后，学生会居然把还没有毕业的工农兵学员组织起来，教习一番后开始对仍旧天天在书本里死拼的我们进行示范普及。

记不清第一场舞会是不是开在“登辉堂”了。只知道那天天一黑，在青春期荷尔蒙的驱使下，莘莘学子从四面八方涌到那里。到了门口，许多人却你推我让不肯进，嘴里嚷嚷着“我不会跳进去干吗？”，但个个伸长了脖子往里张望。我到那里时，门口就这样给堵得水泄不通。站在前面的人按个头自然形成人墙，越往后个子越高，我这样踮着脚也没法指望看到里面的人影。

实在进不去就只好攀上窗子看。我总算找到一个合适的窗口。那地方一定离地面相当高，因为可以从人们头顶俯视舞厅。偌大的礼堂里面并不过于拥挤，沿着墙根围观的也就不过站着两三排人。放的舞曲是具有时代感的革命歌曲，歌声似乎正在竭力和围观群众含混不清的巨大议论声浪“抗争”；舞池中约有八对俊男靓女在翩翩起舞，显得那样的潇洒飘逸。我心痒痒的，好不羡慕。

起初的惊奇过去后，墙外围观者开始品头论足，当然对舞姿只能瞎评一气。渐渐地，焦点都落在女舞伴的打扮、长相、身材上，人们甚至开始津津有味地猜测舞伴间的男女关系，想象力也越来越狂放。

我看着沮丧，听得无聊，早早跳下窗口回宿舍了，边走边想，凭什么我们自己不能学？常听校外不少朋友谈论各种舞会，总能想办法学两手吧。

周末我去一个朋友家打听。她母亲是有名的评弹演员蒋云仙，认识文艺界的人一定多一些。不料刚把意思说出口，她的丈夫，南京前线歌舞团的舞蹈教员李指导，一听就说岂有此理，堂堂复旦大学外文系的人有不会跳交谊舞的？我来教！

李指导让我选出九对男女同学，每周一次，他亲临复旦免费教学。到了那一天的晚上，我们找好一间教室，搬开课桌椅腾出地方，兴奋地等候他的莅临。李指导很严格，替我们配好对，仔细讲解了不同的舞种和舞步，边喊口令，边一一纠正姿势。

学员们人人兴致极高。少数兴趣特别浓厚的，顾不得专业课程高度紧张，课后自觉找时间和地点，凑在一起反复切磋练习。学会几招的人马上传授给其他想学的同学。我找来一些舞曲，几周后我们就能开办初具规模的舞会了。

很快，外文系舞会在全校独树一帜。训练过的到底不一样，举手投足显得相当

“正规”，令其他各系羡慕不已。每次我们举办舞会，不少外系同学探头探脑，总想来“蹭舞”。遗憾的是，那个时期我们还没学会包容，想必得罪了不少人。

我班的苏红军是女生中公认的老大姐，平素以老母鸡展翅护雏自居，俨然是众女的代言人。别以为她的名字正统、严肃得吓人，其实她是心地善良、开明的人，她本人也对跳舞显示出异乎寻常的热情。上课时我经常收到她传给我的纸条：“这周办一次，如何？”这当然是“最高指示”，口气不容置疑，我自然照办。我的发言权只限于决定具体的时间和地点。

苏大姐学舞非常努力，跳得却着实不算高明。很快，我注意到，舞会上好几次老苏见男同学走过去，都会主动站起来，而他们却往往目不斜视，径直邀请她边上的年轻女孩。我觉得这样下去不妥，骂了他们几次也不怎么见效，我只好对几个骨干分子下了“死命令”，每个男生一晚上至少邀请老苏跳一支舞曲。看到她兴高采烈的样子，我深感欣慰。

李指导教了大概一学期就不再来了。并不是我们学到了家，而是随着迪斯科的普及，越来越多的人喜爱这种自由奔放不受拘束的舞蹈。我跟他说起过大家想学迪斯科，他很生气，说这算什么舞，乱扭乱跳而已，你们还要什么老师。我觉得对不起他，不过没有办法。

我那时认识好几个欧美留学生和外教，他们给我录制了大量流行歌曲和音乐。我精选了一下，和其他舞曲混编，足够毫不停顿地跳一整晚。外系同学纷纷来取经，我们矜持了一段时间，舞曲也就流向全校，其中大家最喜爱的一首迪斯科曲子，后来被人叫作“外文系系歌”。

正玩得高兴，一夜之间风向突然变了，社会上刮起了反对资产阶级自由化的“左”风，据说是中央要求清除“精神污染”。学校明令禁止举办舞会，理由是影响学习，却不想想自己正是始作俑者。

我们既不服，也不愿意停下来。但公开办舞会是不行了，只能秘密串联，“打游击”，临时找偏僻隐蔽的地点，出其不意办一场。有一次，实在没地方，干脆堂而皇之，在离校门不远、要道旁那个上大课的教室里开起舞会来。校方的纠察人员惊慌失措，几次前来干涉都被各系学生联手顶了回去。

他们最后搞清楚了，主要的参与者是外文系学生，就找来了我系的张指导员。张一进门就问这是谁举办的，我看一时没人吱声，就站出来说是大家举办的。他说，音乐是你的吧，那就是你了。我说，随你怎么想，你倒是说说我们有什么不对，舞会本来就是校方先搞起来的。张又搬出了舞会影响学习的说辞。我说，这里那么多人，你倒是问问影响了哪一个。这时候大伙儿七嘴八舌说：这是我们自己的事，影不影响只有我们自己知道。

张没辙了，只好说你们影响了周围其他教室里自修的同学。我说这里有许多别的教室过来跳舞的，那边早已空了。他实在没法，就说马上要熄灯了。我们说好啊，那就跳到 10 点熄灯（其时约晚上 9：30）。没想到他们过了十来分钟就掐断了电门。大伙儿又激愤起来，找到值班纠察说没法拿书包，他们只好再度开灯。就这样，反反复复折腾到熄灯时间。

此后校方加紧了稽查，学校里是没法办舞会了。我们几个中坚分子只好转向参加社会上的舞会，或索性自己在校外找地方举办小型舞会，倒也其乐融融，给业余生活平添了许多色彩。

复旦经济系七七级校园生活掠影

| 周伟林 |

1982 年 1 月，我和孙增献、韩云一起设计和制作了一份绛红色硬皮封面的毕业纪念册，班上同学人手一本。大家依依惜别，各自将临别赠言留给了对方，同时也留下了对同学情谊的怀念和对未来生活的憧憬、相互鼓励。

打开毕业纪念册扉页，上面印着这样一段话：

“共和国二十八岁的时候，决定抓紧为自己培养高质量的建设人才。

于是，他们便成了招生制度改革后的第一届大学生。

六十个人，来自全国十七个省、市、自治区的厂矿、农村、部队、机关和学校。

最大的生于 1947 年，最小的生于 1960 年，当年的平均年龄 23.5 周岁。

1978 年 2 月到 1982 年 1 月，他们使用了同一个信箱：7715。

这是这样一个集体：

1979 年，班级被评为学校三好集体。

1980 年，党支部被评为学校先进党支部；团支部被评为上海市先进团支部，同时被评为学校先进团支部；“晨曦”板报小组被评为学校三好集体。

1981 年，当他们成为毕业班之时，又一次被评为学校三好集体。

他们是团结的，互帮互助在这里形成了风气，每个人都得到了温暖和友情。

他们是刻苦的，四年学完了近五十门课程，平均成绩良好。

对这一千四百多个日夜的彩色的回忆，将伴随他们走向美好的未来。”

拨云见日，厚积薄发

7715 班的大部分同学沉潜于社会江湖多年，有了历练和积累，能够如愿在高考的千军万马中被挑选出列，实属不易。

温星衍、许泽成、李洁明三位皆来自江西，也都是上海知青。温星衍回忆道，感恩自己的运气好，都是托了小平同志的福。他报名时已 26 岁，办事员说有限龄 25 周岁，名没报成。过些日子又说放宽到 30 岁，他拿到准考证时只剩两周就考试了。他多年后出国深造，留在了澳大利亚，大部分东西都已不知去向，后来整理父亲遗物时意外发现了一直替他珍藏的准考证。

许泽成在江西地质队工作，四处飘泊居无定所，那时正好在江西南城，于是就跟招生办商量能不能在当地参加高考。招生办问他户口在哪里，许泽成回答说现在暂时落在南城，于是招生办便同意他参加了本地的高考。

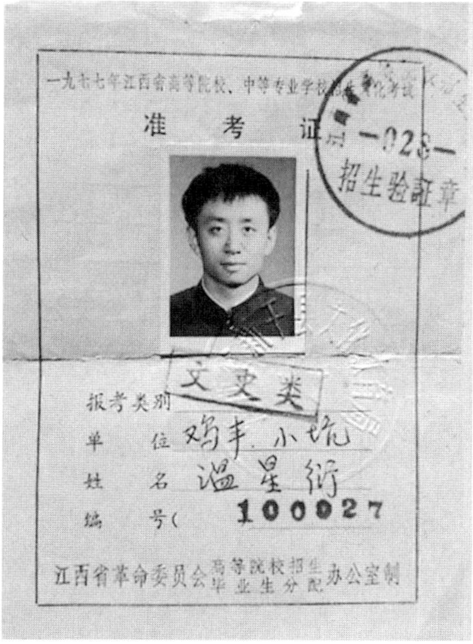
一九七七年江西省高等院校、中等专业学校招生文化考试

准考证

—028—
招生验証章

报考类别 文史类

单　　位 鸡丰 小吃

姓　　名 温星衍

编　　号 100027

江西省革命委员会高等院校招生毕业生分配办公室制

同学温星衍的准考证（正面）

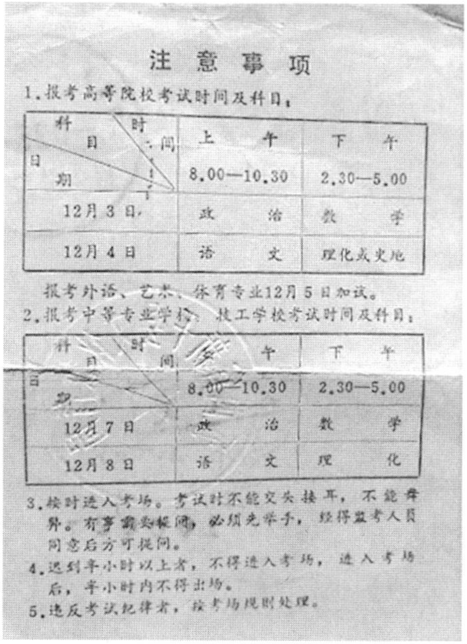
注意事项

1.报考高等院校考试时间及科目：

科目／时间／日期	上午 8.00—10.30	下午 2.30—5.00
12月3日	政治	数学
12月4日	语文	理化或史地

报考外语、艺术、体育专业12月5日加试。

2.报考中等专业学校、技工学校考试时间及科目：

科目／时间／日期	上午 8.00—10.30	下午 2.30—5.00
12月7日	政治	数学
12月8日	语文	理化

3.按时进入考场。考试时不能交头接耳，不能舞弊。有事需要提问，必须先举手，经得监考人员同意后方可提问。

4.迟到半小时以上者，不得进入考场，进入考场后，半小时内不得出场。

5.违反考试纪律者，按考场规则处理。

同学温星衍的准考证（背面）

李洁明说，现在想起来，当时参加高考仿佛在云里雾里，但有一点非常坚定，就是：我要上大学！她当时在宜春地区分宜县插队，高考就在分宜中学。记得那年一开始不让她报名（说是要么25岁以下，要么六六、六七届高中生才能报），因为她是六八届高中生。后来在高考前两周才通知她说可以报名，根本就没有时间复习，真可怜！好在她靠吃“老本”考上了。

宋运肇和我同是浙江来的学生。宋运肇也是上海知青，之前多次被基层推荐过进城工作，但总是材料一交到上面就没有下文了，所以他非常珍惜高考这个机会。为了得到清静的环境，他每天吃了晚饭就睡觉，然后半夜趁周边人都熟睡时起来复习。11月20日参审，12月考试。当时浙江省参加考试的人多，先是县市级初试，合格者再择优参加全省统考，他通过层层遴选最终脱颖而出。

我16岁那年作为知青下乡，参加1977年高考之前已在农村待了3年半，我拜农民为师，许多活都学着干：垦田、插秧、耘田、施肥、割稻、掼稻、挑担、划船、种菜、养蚕、摸鱼捉虾、喂猪、捻河泥、测量、修水渠、开挖河道、盖房子、算工分账、教夜校，十八般武艺全都干过。由于肯吃苦，与农民混成一堆，最后已拿到全劳力的工分。我第一志愿报了杭州大学，复旦大学是第二志愿，结果被复旦大学先录取了。

7715班有5位现役军人。葛守昆记得当时部队正在安徽滁县野营拉练，团政治

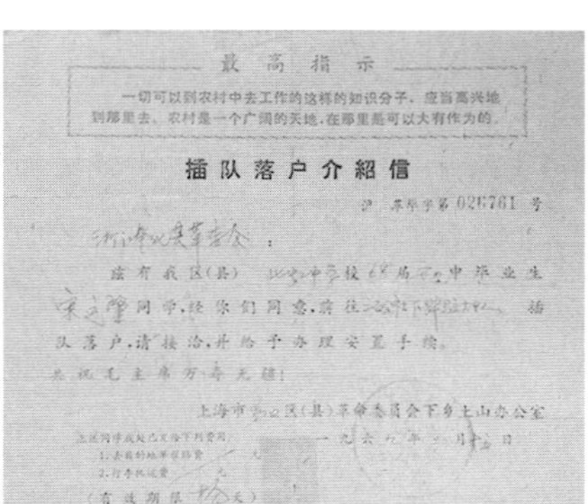
最高指示

一切可以到农村中去工作的这样的知识分子，应当高兴地到那里去。农村是一个广阔的天地，在那里是可以大有作为的。

插队落户介紹信

号

队落户，请接洽，并给予办理安置手续。

上海市 区（县）革命委员会下乡上山办公室

同学宋运肇的插队落户介绍信

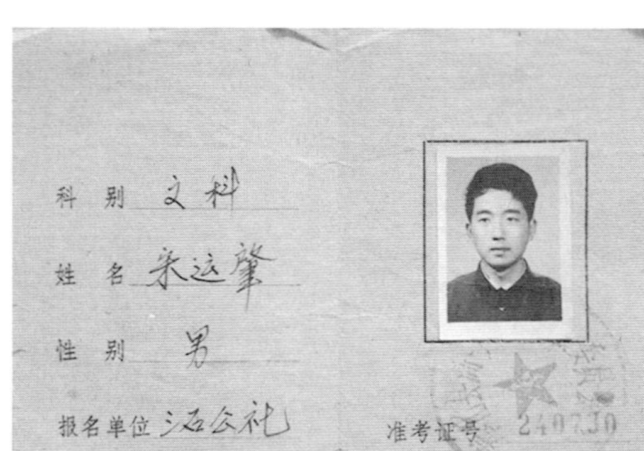

同学宋运肇的准考证

处主任要他参加地方高考，那领导是原来他在营部时的教导员，他毫无准备，还在心里嘀咕：以前推荐没有份，现在考试怎么想到了我？不过运气不错，凭实力一考而中。

同样，在部队医院服役的江祥根，因为那年军队里允许参加高考比地方启动晚，至11月11日才得到允许报考，第二天他从松江赶到市区高招办，讲明情况，先告诉他报名工作已经停止，后又说研究一下，研究后同意让他报名，一位瘦高个老太太对他说：你是全上海最后一个报名者。

来自北京的葛鹏，此次已是二进大学校园。那年头但凡有规模的厂子都时兴办“七二一工人大学”，因师资不够，北京市通过集中办师资班来解决。1975年，厂部推荐葛鹏上大学，他所在车间也全票通过，却因为检查身体时有小病没去成。后来，说是有高等数学基础的人少，原计划的数学力学班改为机械设计师班，并由清华大学承担教学，从1976年秋开学，学习时间为一个学年，厂里缺此科师资，就让他重点去学金属材料及热处理。他这也算是先进清华，再入复旦吧。与葛鹏一样在进复旦前有过一段上大学经历的同学还有多位。

7715班级考生按来源地分，还有来自新疆的钱智；西藏的韩云、孟桂琳、李荣；河南的孙新雷、匡宝珠；河北的孙增献；湖南的黄亚钧、袁运良、方向新、陈飞翔；

1981年，我（上排右一）与小组同学合影

湖北的胡汝银；贵州的赵莉莎、逄立左、罗首初；北京的王小音、杨克勤、蔡庆辉、曲宝利、鲍道苏（后转入历史系）；内蒙古的王岩；江苏的赵学清、周明生、张晖明、陆德明；安徽的史正富、黄维德、夏海勇；福建的周榕、戴金珊；上海的于本成、王金定、王根贤、华民、陈荣堂、符钢战、韩琲、沈群、沈跃瑛、孙克勤、谢康、黄智、钱连源、潘振民、潘建新、李建、朱炎、朱民、朱金仁、郭毅（后转入管理系）、郭申阳、胡建绩、胡建勋。其中女生 12 位。

这一群来自五湖四海、年龄跨度很大的同班同学，出身、知识阅历、经历都不一样。有做工人，开机床、大卡车的，有下乡知青，有当兵的，有在机关单位上班的，有做教师的，还有应届生。进校时，尚有对经济学专业究竟学点啥都一无所知的同学，但也有不少基础甚好者，一进校外语就免修，对文史哲和马列经典比较熟悉，甚至早已有大块文章在报刊上发表过。

春风化雨，诲人不倦

当时经济系教师群体的阵容强大，大致可分为三层梯队。第一层是一些年逾古稀的教授，如漆琪生、吴斐丹、夏炎德、李湘等，早年都有留洋的背景，在学术上有很高的造诣。而许多事业上正如日中天且日渐声名鹊起的骨干教师是第二层，他们或留过学，或在新中国成立前读的大学，如蒋学模、陈观烈、宋承先、陈绍闻、张薰华、洪文达、蒋楠生，也包括在新中国成立前上大学、新中国成立初毕业的伍柏麟、叶世昌等。这批人受“文革”耽误，7715 班学生进校时，他们大多是副教授，有的甚至还是讲师，不久即升了职称。他们多与年轻学子天然隔代亲，犹如忘年之交。再就是第三层，20 世纪五六十年代以后上学读研留校的一批教师，像洪远朋、尹伯成等老师。

漆琪生是二级教授。七七级新生刚进校时，全校师生在校门口草坪的毛主席雕像下面集会，漆先生作为教师代表发言，他带有浓重的“川普”口音，语调抑扬顿挫，虽已年迈却颇有气场，样子很是权威。他早年留学日本，在河上肇门下研习《资本论》，他的《资本论》课程在我国高校是最早开设的。漆先生不顾年事已高，为7715班讲了几堂课。当时的讲座还请了许涤新老先生。为写《〈资本论〉大纲》，耗去了漆先生毕生的精力，从新中国成立前开始写一直到20世纪80年代出版，一共写了五稿。他坚持《资本论》三卷是一个完整的体系，必须加以系统的学习和理解。这也成了复旦经济系师生学习《资本论》的传统或者特色，后来张薰华、洪远朋的《〈资本论〉提要》延续了这个传统。

张薰华讲《资本论》，方法新颖，用黑格尔正反合“圆圈的圆圈”娓娓道来，出神入化。张先生强调学习的系统性，期中出题百余道，做题需花上大量时间阅读《资本论》原著，最后每人都交一本作业，宋运肇更是写了满满两本作业本。两个学期的考试，第一次是闭卷，考试时间两小时，宋运肇写得快，一气呵成不到一小时就交卷了，也有同学写了三个小时还觉意犹未尽，张先生很和蔼，笑眯眯地坐在讲台边上，直到同学交卷。第二次是开卷，张先生事先将问题写在一堆纸条上，让学生抓阄，当场作答，大家心里挺紧张的，不过即使抽到的题卡住了回答不了，也给机会重抽一次。因为大家花了真功夫，考试成绩也都不赖。

洪远朋当时是讲师，上《资本论》课准备了厚厚一沓讲稿，他对马克思的原文抠得非常仔细，像把一台机器的零部件细细分拆一样，引经据典，字斟句酌，概念讲得极其准确和到位，考试要求也是一丝不苟。后来课上分析试卷，有学生因写“庸俗经济学家西尼尔之流”少了“之流”俩字被扣了两分，我当时年轻，记性好，没丢“之流”俩字，得 97 分，成绩第一。

吴斐丹讲的是“外国经济学说史”课程，老先生通晓英、法、德、日、俄多国文字，其在商务印书馆出版的王亚南主编、由他主持修订的《资产阶级古典政治经济学选辑》等著作，在经济学圈内被广为披阅。吴先生对于学生，是可亲可敬的长者，每每上课之余，喜欢跑学生宿舍，与学生围着书桌一坐，聊上一两个小时，释疑解惑甚至拉家常，无话不谈，以他渊博的经历见识为学生开启课堂之外看世界的窗户。

宋承先专为 7715 班讲授“当代资产阶级经济学（西方经济学）”“当代资产阶级经济学专题和流派（外国经济学说史）”两门课程，差不多讲了两年。起初匆忙，课前临时将油印的讲义发给大家，后来分微观、宏观、专题铅印了三大厚本，其内容特有的深度和广度令人手不释卷，也让其他大学的经济系学生羡慕嫉妒。宋先生除了熟悉《资本论》1—3卷，对《资本论》第4卷（即《剩余价值理论》）也有深入的研究，他精通西方经济思想史，擅长将《资本论》与古今西方的经济学经典做融会贯通的阐述。宋先生惜时如金，每次系里师生一起政治学习，总见他坐在角落里拿一本英文文献埋头阅读。他讲课富有情趣，神情常有妙不可言之处，讲到得意时忍不住开怀大笑。

陈观烈专长于“世界经济”，尤其是首开一门“资本主义国家货币与信用（货币银行学）”课程，非常叫座。他曾留学哈佛，对世界经济和金融格局之流变一直跟踪研究。他的讲课内容饱满，思路开阔，论述精辟，激情澎湃，从不闪烁其词。弟子们听他一次课会亢奋几日。

李湘则总是戴一副金丝眼镜，打着领带，西装笔挺，这在当时校园里，是绝无仅有的标准西洋绅士派头。他讲“外国经济史”时，将其青年时代在世界各地游历的所见所闻和一些已经泛黄的照片展示给学生，加上其开明豁达，敢于为洋务运动翻案，深得大家的钦佩。

蒋学模开设的“社会主义经济理论专题”，每次教室坐得满满的，他在讲坛上很有上大课的仪式感，学生都很认真地记着笔记。蒋先生讲课逻辑严谨，每堂课的内容记下来都是一篇说理透彻的论文。蒋先生才华横溢且工作勤奋，他私底下向年轻人倡导的“讲好一门课、懂一门外语、出一本书”的“三个一”主张虽遭批判，但自己却是身体力行。新中国成立前，他翻译出版的小说《基督山伯爵》风靡一时，主编的《政治经济学》教材发行近2000万册，堪称教材出版史奇迹，因其观点新颖、文字通俗易懂，那个年代社会各类教学机构都喜欢使用。我日后随蒋先生去河南出差，见当地各级领导向蒋先生敬酒，都称是他的学生，都读过他那本教材。

这些不同梯队的老师，在新中国成立前后，因生活待遇以及历次政治运动中的遭遇不同，在学生心目中的份量自然也是不一样的。“文革”揪斗反动学术权威，蒋学模与宋承先曾并排在台上挨斗，台下造反派口号喊得震天响，他俩则低头作轻声交谈，宋先生嘟哝“这真是人类历史的一次大倒退”，蒋先生在“文革”前周末常携家眷去高档的国际饭店和锦江饭店吃饭，时下倒霉了，向宋先生无奈叹息，“留了两万元可以给孩子谋生”。

教授们虽历经劫难，但都是新中国成立前上的大学留的洋，在此之前就有名声，收入高，到了每月领薪的日子，教授或其家属去系里办公室潇洒拿走一个厚厚的装钱信封。而一般讲师每月工资是60元，薄薄的几张人民币，上有老下有小，压力不小。

7715班的同学是幸运者，有机会跟这些时下流行称作“大牛”的人直接接触并受其亲炙。许多老先生在相当长的时间里被赶下了讲台，也不让独立思考和研究，憋了一肚子气。像夏炎德先生，在新中国成立前就出版过《欧美经济史》以及中国学者撰写的第一部《法兰西文学史》，堪称“双绝”，新中国成立后慑于犯错就封笔不写了。现在老师们被打倒后又重新复出，在新的环境下，遇上一群如饥似渴、虚心求教的学生，个个犹如枯木逢春，都掏心掏肺地想把知识和见识传授给学生。

同窗秉烛，如切如磋

20世纪七八十年代的复旦校园，地处偏僻的宝山县五角场镇。复旦的老师说去上海市中心，会习惯说是去上海或进城。通往市中心人民广场有两条公交路线可走，一条是坐55路到外滩，一条是先经过大柏树到虹口体育场换车。校园围墙周边是一陇陇农田，随着季节变化，市郊农民在地里轮换种植不同的庄稼，冬季是油菜、麦子，夏季是各种瓜果蔬菜。走到五角场，需穿越一大片农田，可以闻到田野特有的气息。

学生全部住校内集体宿舍。宿舍楼的每个房间大小一样，有十五六平方米，安排7个人住。室内靠墙两边各放了两张木制的高低铺，两床之间嵌入一只木柜子，用来存放衣物和书籍，还留了一张空床位置放箱子等行李；房间中央摆两张长桌子，一人有一个抽屉。每个寝室都很整洁，每星期7个人正好轮流打扫一遍卫生。7715班有10多位当兵的或当过兵的同学，白天把被子叠得方方正正如刀切一般。班上分了6个小组，每个小组有两位女生，每周五下午安排小组活动，都是女生来男生寝室（女生宿舍楼由警惕性高的年长阿姨看管，对男生会严加盘问），内容无外乎读报“学文件一类”时事政治学习或讨论班级事务，大家七嘴八舌、海阔天空“神聊”，气氛显得轻松活泼。

那时“文革”刚结束，百废待兴。学校图书馆资料严重不足，场地又小，还规定严格的开馆和闭馆时间，常常出现开馆前排队抢座位的情景。同学们看书学习，一般是首选校图书馆和系资料室，教室次之，也有图省事就待在宿舍里的。学校专业书刊库存不多，且限时借阅，只好用笔摘录。不久，第一教学楼侧门开了一间书店，陆续有“文革”中被禁的世界名著出售，在窗口排长龙抢购的同学，得手后皆兴奋不已。放在宿舍楼楼道里的阅报栏前也常常人头攒动，杨克勤看报看得最仔细，周末时更是一站就是半天。

真可谓久旱的禾苗逢甘露。班上的学习风气浓厚，同学们读书都异常刻苦。那时复旦的女生，不怎么讲究穿戴，爱着军便装，颜色或黄或篮；发型简单，梳俩小辫或扎成马尾巴，素面朝天却也青春勃发。刘琍琍、王小音在同学中定格的形象，是斜挎一个鼓鼓囊囊的书包，书包上还挂了一个装饭碗的布袋子，走路风风火火，每天的生活基本上是“寝室—教室—图书馆”三点成一线。

一次 7715 班参观兴业路上中共一大会址，参观队伍中有复旦的、华师大（华东师范大学）的，还有上海师大的。排队时男同学们突然发现，看哪一排女生就知道是什么学校的，华师大的穿得鲜艳夺目，上海师大的更是花枝招展，着装朴素的

小组学习讨论中

就是我们复旦的了。

每天天刚放亮，就有人起来晨读了。在寝室外面树丛里、球场上，传来琅琅的读书声，较多的是英语、日语、俄语。早起的同学还常会主动帮晚起的同学打好早饭。

学校广播喇叭在晚上 11 点前吹熄灯号，关灯后还想学习的同学，有躲在蚊帐里用手电照着看书的，也有在走廊、马路路灯下继续挑灯夜战的，然而不多时就要被巡逻的老师撵回去睡觉。“老三届”同学基础好，作息大多有规律。潘振民学习效率高，从经济系资料室晚自习后回寝室，爬进上铺就寝，喜欢戴上耳机听一阵子苏州评弹，很是享受。

当然，躺在床上聊天更是常态，看书所得、校园内外各种见闻，有时还有争论，你说一句他和一句煞是热闹。适逢思想解放，讨论话题涉略广泛而有趣，从青年马克思主义、存在主义、东欧经济学的体制改革理论，到当下的社会热点，天南地北，无话不聊。同校中文系同级学生卢新华的小说《伤痕》《中国青年报》刊登的潘晓来信《人生的路怎么越走越窄》，以及西单民主墙、复旦南京路各种墙报等，都曾是“宿舍夜话”的话题。

7715 班的同学们针对各门课程和相关经济学问题，自发组建了若干个学习兴趣小组，规模多则十人，少则三五成群，在课外学习、交流、辩论，既有对西方经济学、社会主义政治经济学的理论思考，又有对世界经济、经济体制、企业管理等

7715 班的“女神”们

实际问题的探讨。在各种讨论会上，大家的发言都尽力各显其能，此时不少人已开始崭露头角。

潘振民有很强的抽象思维能力，概念清晰，语言简洁，看问题往往直指要害；朱民讲话跌宕起伏，富有文采，喜用排比句，听来如散文诗一般华美；史正富极具问题意识，思路敏锐，气势如虹，常常驾驭一些前沿论题，研究富于挑战性；华民目光如炬，涉猎广泛，对世事多有洞见，其毕业论文字数近 10 万，堪称雄文；赵学清钻研黑格尔《小逻辑》，读书仔细，他甚至发现了马克思《资本论》计算中的一些错误；胡汝银思维缜密，始终腰板笔挺，论述时激情飞扬；罗首初善于理论思辨，条分缕析，思考自成格局，巾帼不让须眉；刘琍琍记忆力非凡，且格外用功，对一切都充满好奇，学术辩论时总见她跃跃欲试；陆德明嗜书勤读，融会贯通，对生产力和组织问题，格外下了一番工夫；赵丽莎、钱智、杨克勤、王金定关心时事，对社会经济变革轨迹显现出敏锐的观察力；朱炎、符钢战、胡建绩等人已不满足数学课的容量，花了大量时间自习数学，在计量经济方面颇有见地；朱金仁极具批判精神，表情严肃，辅以斩钉截铁的手势动作，发言掷地有声；李建从不人云亦云，对任何问题都有一番独立见解，只是表述略嫌冗长；更多的同学对经济学朝思暮念，书从薄读到厚，又从厚读到薄，终于了然于心……尽管大家讨论时锋芒毕露，火光四溅，平时却推心置腹，亲密无间。班里人际关系简单，同学间处事温和直率，世故圆滑不太“有市场”。

李建后来说，7715 班实际上成了研究生班，虽然是本科毕业，其实抵得上硕士了。他就是拿着复旦的本科毕业文凭在德国大学以承认同等学力的形式获得博士生资格的。与他同去德国的复旦数学系学生仅仅花了三四年时间就拿到了经济学博士，他因目标高远，系统研究国民经济理论，经历了更长的过程。他一生乐此不疲。

风华正茂，多姿多彩

7715 班经常组织课外活动，或参观调研，或外出游览。到长江畔的宝钢建设工地，对参加建设的日本工程师做访谈；去郊县颛桥人民公社，进行为时半个月的工业调查；写毕业论文时，系里给一笔经费，鼓励学生去外地做企业调研……也有同学自发的活动。与我同一小组的上海同学，都曾陪我去自己曾经工作过的地方参观，我曾到过潘振民工作过的上海重型机械厂，看万吨水压机作业；到朱炎和沈群工作过的曾组装“运十”飞机的5703厂，了解国产飞机的制造历史；到停泊在吴淞口的万吨货轮上，与陈荣堂那常年漂泊在外的海员弟弟促膝交谈……

那年头，经济学在大众眼里还不是显学，不似如今这般热门，经济学院考生的分数比其他院系要高出一大截。有的同学原先志向是文史哲类，但转系困难，不同爱好便得以包容并蓄，因此经济系也非常有文艺范。那时的学生比较单纯，一遇新鲜事物便闻风而动。小提琴家盛中国为复旦学子普及音乐知识，边演奏名曲，边为学生做讲解，大受欢迎。隔壁同济大学大礼堂有同济校友女高音歌唱家朱逢博的专场，许多人一涌而去，她唱《白毛女》中喜儿那一声撕心裂肺的“霎时间天昏地又暗”，大家真被震撼到了。

宿舍楼的学生活动室有一台黑白电视机，平时冷清，遇上重大新闻、体育赛事和好看的电视剧，屋子里挤满了人，黄亚钧常常是那个掌握活动室钥匙的人。

韩云和我都喜欢舞文弄墨，作品连连在《上海文学》《萌芽》等刊物上发表。1981年5月，在灯火通明、座无虚席的登辉堂里举办的复旦诗社成立大会暨第一届“屈原奖”赛诗会上，我俩的诗歌分获创作冠亚军。那时复旦的诗人集群在经济系，成为校园里的一大奇观，当时红遍校园的复旦诗社的主要发起者和社长皆为经济系学生，每次全校赛诗会几乎都由经济系夺魁，因为技高一筹，大家也是心服口服。

7715班同学兴趣爱好广泛。孙新雷常练书法，功底厚实；黄亚钧棋艺过人，习惯独自下盲棋；韩琲喜爱俄罗斯文学；孟桂琳善跳藏族舞蹈；总剃着平板头、有着流线型健美身材的朱炎是上海水球队的；英俊挺拔的符钢战，是上海青年排球队队员，他那网上大力扣球可真叫一个帅；京味儿十足、声音甜美的王小音是校广播台播音员，又是校田径队的；王岩、李荣是学校女篮队员，李荣还是校体操队的……他们常常参加集训，都为学校和系里拿过好名次。

一次系里联欢，匡宝珠亮上一曲豫剧，高亢激昂；方向新用湖南方言模仿毛泽东讲话，惟妙惟肖；黄维德、罗首初女中音歌声醇美；还有由罗首初执导的英语小品《东郭先生》，戴圆框眼镜的谢康白嫩圆润十分斯文，扮演东郭先生，诙谐的韩云扮狼，欲讲笑话却总是自己忍不住先笑场的孙增献演蛇，三人配合默契，表演非常滑稽；最搞笑的是宋运肇等四位男生手拉手跳的“四小天鹅”片段，大家看了笑得东倒西歪。也有同学爱唱歌，宿舍楼每层的盥洗室共鸣声较好，正好自由发挥，常常从里面飘出阵阵欢快的歌声。

当然也有专业水平的，班长于本成曾就职于新疆军区文工团，与歌唱家李双江是同事，其兄是上影厂电影导演于本正。有一阵子，复旦话剧团《于无声处》热演，聚光灯下的于本成饰演剧中主角欧阳平，字正腔圆，神情兼备，演艺精湛，轰动沪上高校，以致一票难求。

7715 班的 “晨曦”黑板报更是校园主干道南京路上的一大亮点，主要由我和韩云设计。韩云的报头和插画，用彩色粉笔能够画出印象派油画的效果，令人称奇。黄亚钧、宋运肇、朱民都是老团员，轮流做板报组长，还有孙新雷、孙增献等，亦抄亦画，非常卖力。有时干到天黑了，就有人帮着打饭犒劳。大伙儿精心制作，每期都整得宛如一件艺术品。在比赛前黑板报的尊容是保密的，宛若待字闺中，只等展出时一鸣惊人。一旦挂出来，立即引来无数人驻足观赏，也因此屡折桂冠。

辅导员吴慧贞是同龄人，与班里同学打成一片，既关心大伙的思想进步，对同学们的生活琐事也是关怀备至，还不时邀请同学周末至家中包馄饨小聚。上海籍的同学也纷纷拉上外地同学上自己家去玩，一有这种蹭饭的好事，大伙儿都非常乐意去。

那个年代大家的荷包里都不怎么有钱，一般写个困难申请补助，由学校发一二十元伙食费。厂矿机关工龄长的同学，可以带薪上学，部队学员也较有钱，当时上海（有地区差）排长（起点职务）二十三级，55.5 元，俗称“三五牌”，战士从 6 元津贴起，每年加 1 到 2 元，在校另发伙食费。

到了节日，同学会结伴去五角场的小饭店小酌，就着花生、卤菜，喝上几瓶啤酒，倾心交谈，甚是酣畅淋漓。班上既有节省吃饭时间，到食堂匆匆买上几个馒头，就去图书馆或者系资料室抢占座位的同学，也有胃口好肚皮容易饿的，吃饭打先锋，早早去食堂排队，还与打菜阿姨套近乎，碗里的菜总是能比别人多出不少，引得大家羡慕和调侃哄闹一番。

毕业后，且行且珍惜

在7715班的大家庭中，同学们四年朝夕相处，相伴相知，苦读、争论、玩闹、欢笑、关爱，毕业时大家相拥而别，依依不舍。许多老师都非常偏爱七七级，认为我们积聚了巨大的学习和工作能量，有理想抱负，有见识担当，能传承开拓，属于历史上不可多得的一届学生。

经济系主任张薰华爱才惜才，将7715班同学留校留了一拔在校直接做教师，又有一批考了研究生，其中出了复旦大学经济学领域好几个专业有史以来的第一位博士，还有的直接出国留学，其他的多半分配去了各高校，也有的进了政府机关、社科院、党校和部队院校。大部分同学以能做学问作为职业首选，有5人以上获得了孙冶方奖，符钢战一人就得了两次，多人获得中国图书奖和其他各种荣誉。

多年后，7715班走出了将军、IMF副总裁、省部厅局官员、大学校长、市长、县委书记、公司董事长、企业家甚至画家，比例最多的依然是大学教授，薪火相传，继续为源源不断的一批批学子传道授业。

无疑，7715班和那个年代的大学生都是幸运儿。我们较之许多同时代的人，人生看似光鲜不少。40年过去了，中国经济快速发展，物质生活虽有惊人的提高，我们的专业也基本上算学以致用，但是当年我们呼唤改革的许多深层问题仍然周而复始地存在着。我们曾怀抱理想投身事业，今天，即便半数已退休，青春亦不再，但家国情怀依旧，我们的肉体和灵魂里装着中华民族民主富强的梦想，注定了余生将继续以绵薄之力关注和助推国家的进步……

7715 班毕业合影

回旋不止的那一支圆舞曲

——我为《大学生圆舞曲》谱曲的往事

陈小鹰

1979年的春节一过完，寒假就到头了。我赶紧收拾行装，从老家坐8个小时的长途汽车到省城长沙，再坐25个小时的硬席火车到上海。这是我在复旦大学新闻系读书的第二个学期，大一的下学期。开学没几天的一个晚上，我正在6号楼136房的宿舍里自习，一个陌生人进来说要找我。他自我介绍道：我叫张胜友，是七七级中文系的，听人说你会作曲，我写了首歌词，请你为它谱曲好吗？

张胜友平头、阔嘴，说话豪爽敞亮，但普通话中闽腔颇重。我接过字迹工整的几页纸，“大学生圆舞曲”的标题赫然入目。那是一首三段的歌词：金色的太阳升起在东方，美丽的花朵争相开放，四海的同学欢聚一堂，我们展开理想的翅膀……

看完歌词我很喜欢，脑子里甚至产生了“蹦叉叉”的节奏和音乐语汇。“好吧，我试试”，我对张胜友说。

上大学之前，我在湖南常德师范学校读了两年中专，学的就是音乐专业。乐理、作曲、指挥，声乐、器乐、形体都学过一些，算个“万金油”吧。1978年入校时，在全校迎新生的晚会上，我表演了独唱，立即被校文工团看中。不久，成了合唱队的指挥，组织排练演出，为节目配器写和声，油印歌谱，什么都干。后来当了文工团团长，还当选为校学生会文娱部部长。

当时校园刚刚开始学跳舞，最早是集体舞，男女只拉手不搂腰的，有规定的动作和程式。我们文工团的先学好，再到各系各班去教。

普及之后形成了热潮，周末在学生会和团委的办公楼一楼的乒乓球室举行舞会，参加者蜂拥而至。大家的动作是一样的，纯属表演性质的集体舞，伴奏永远是那支《青年友谊圆舞曲》：蓝色的天空像大海一样，广阔的大路上尘土飞扬，穿森林、过海洋来自各方，千万个青年人欢聚一堂……当时的舞会中，有外国留学生带头跳起了交谊舞，他们自己带的磁带，伴奏的音乐很丰富多彩。慢三慢四、快三快四，还有伦巴、探戈，大家更觉得新奇而刺激，就跟着学，交谊舞很快就普及开了。在那个舞会热潮中，文工团的成员是领头羊，不仅要当教员，还要先带头进场示范，带动大家一起跳舞。那个时候，学跳交谊舞成了复旦一道亮丽的风景线，晚上的寝室就是练舞的最好场所。由于宿舍里都是木地板，在入夜之后的生活区，都能隐约听到“叮叮咚咚”的脚步声，夹杂着“一二三、一二三”的叫喊。

没多久，集体舞已经没人跳了，被大家热捧的各种形式的交谊舞所代替。最受欢迎的是舞会结束前十多分钟，狂热的迪斯科舞曲把气氛引入高潮。

舞厅的楼上，有一间文工团的房间，里面有台立式钢琴，平时是小范围的排练和团员练声的地方，钥匙由我保管。

由于有钢琴，作曲或是配和声都很有帮助，最大的好处是不停电。当时的学生宿舍晚上十点半统一拉闸关灯，所以每到考试季，我就在这里复习、恶补，有时甚至通宵达旦。现在看来，算是以权谋私吧。

我在这间屋子里“开”了一周的“夜车”，把《大学生圆舞曲》的谱写好，用的是“领唱 + 合唱”的形式，欢快的华尔兹节奏把旋律一步步推向高潮。

随后，自己刻钢板蜡纸，把歌单油印出来，在文工团反复排练。后又广泛征求意见，做了几次修改，配上两个声部的和声，终于成形了。

1979 年 3 月 30 日，上海市大学生文艺会演在同济大学举行，复旦大学文工团带着一些声乐和器乐节目参加了演出，其中就有我校自己创作的曲目《大学生圆舞曲》，一时引起了轰动，获得了广泛好评。

记得当时参加会演的演出服装是在上海沪东工人文化宫租借的，我先在团委和学生会开了张介绍信，学校派了部车，拉了一堆演出服回来。这也是我人生中第一次穿上了黑色燕尾服，拿着指挥棒，在舞台上演出自己的作品。

随后几个月，复旦大学文工团受邀到上海交通大学、华东师范大学、上海外

复旦大学文工团演唱由我作曲的《大学生圆舞曲》

国语学院（现上海外国语大学）等一些高校演出，都受到热烈欢迎并获得好评。后来，学校给文工团做了演出服，男女清一色的混纺黑色西装，那真是威风极了！

有一年的"五一"假期，我带领文工团去普陀山慰问海军演出，全团的黑西装很是抢眼。部队非常热情，安排我们住在当年宋美龄住过的小洋楼里，吃的螃蟹是用箩筐装的。晚上的联欢晚会热闹非凡，至今都还历历在目。

上海市大学生文艺会演历时近三个月时间，终于比出了结果。1979 年的 6 月 30 日，在市青年宫举行隆重的颁奖仪式，《大学生圆舞曲》获得创作、演出两个一等奖。

获奖以后，上海电台多次播放这首曲子，学校广播站曾有一段时间把《大学生圆舞曲》作为早上的开机音乐，代替了起床号。

同年 7 月，复旦大学学生会创办的《大学生》杂志面世，铅印 16 开本，128 页，定价 3 角 5 分。校长苏步青为《大学生》创刊号题诗。该杂志是综合性刊物，共设立了学术与研究、电影文学剧本、小说、诗歌、散文、寓言、幽默、学术信息、群言堂、回忆与思考、黑板报选登等栏目，在校园十分抢手，一时洛阳纸贵。

就在这期杂志的封底，刊登了张胜友作词、我作曲的《大学生圆舞曲》。

1979 年 7 月，由我作曲的《大学生圆舞曲》刊登在复旦大学《大学生》杂志创刊号上

小有名气之后，时常有同学拿着歌词来找我谱曲。我先后和中文系的申小龙同学合作了《春风在校园荡漾》《啊，草坪》，和本班同学袁亚林合作了《未来记者之歌》，和中文系任念麒同学合作了《祖国啊，我听到了你的歌声》。这些歌曲，都曾是校文工团的保留曲目，在校内校外多次演出。

毕业后，再也没见过这些曾一起写歌词的同学。后来才知张胜友已成为我国著名的作家，佳作累累。申小龙在复旦大学中文系继续读硕读博，后来留校，现在是复旦大学中文系著名的教授、语言文学专家。

任念麒同学从小就师从上海歌剧院著名声乐教育家廖一明先生学习美声，在复旦大学中文系读书时的歌唱水准就堪比专业歌手，是复旦大学文工团的男高音“台柱”。毕业后去美国深造，获康州大学语言学博士学位。但他一直未放弃对歌唱事业的追求，继续师从美国艺术家苦练美声，达到了相当高的水准。曾译有《多明戈自传》。

1993年初，任念麒于在美国筹办的个人独唱音乐会正准备启幕前夕，不幸病逝。他的太太就是当年我们复旦大学文工团的钢琴伴奏，出身于音乐世家的物理系“学霸”——胡慧心。

今年元旦前夕，我建了一个复旦大学文工团的微信群，给胡慧心同学发了邮件邀请她参加。她回信道：

小鹰兄：

您好！

很佩服您能找到我的电邮，也很高兴您一直在重要单位从事您的专业工作。我目前定居美国，但常回西安看望父亲和念麒在上海的母亲，和他的姐姐也常有联系。工作和其他事务都很忙，所以很抱歉微信群就不参加了。

也要谢谢您，当年我和念麒的缘分，您可以说是半个媒人。

祝您和全家节日快乐，新年万事如意！

胡慧心

我非常理解胡慧心同学的心情，她是不愿意再回忆起复旦文工团的那段岁月，那会更加刺痛她已经伤痕累累的心。

突然想起了毕业前夕给胡慧心同学纪念册上的留言：秀外慧中。

念麒同学英年早逝，令人扼腕唏嘘！他当年在《大学生圆舞曲》中的领唱，仍在我的耳际回响：

醉人的春风洒落田野，
幸福的歌声飞出心房。
年轻的朋友翩翩起舞，
我们挽起青春的臂膀。
唱起来，跳起来，来来来来来来来
跳起来，唱起来，来来来来来来来
高举起那幸福的美酒，
祝福祖国繁荣富强……

理想的鸽子在蓝天飞翔

——“杂牌军”合唱团的校园夺冠记忆

| 杨立伟 |

1979 年 10 月下旬，我们在黑龙江大学刚度过大一的第一个月，学校举行歌咏大赛，我们中文系也紧锣密鼓地筹备起来。当时在校学生有 1976、1977、1978、1979 级四个年级，我们七九级自然是最低年级了。中文系学生会文艺部组织了一个以七九级新生为主，其他年级也抽一些文艺骨干加入的合唱团，我们中文七九级除了五音不全的，长相“太对不起观众”的和特别不愿意加入的之外，大部分都参加了，占全年级 90 多人的四分之三，约 70 人，再加上其他年级的，拼凑了 100 人。

每天下午下课，合唱团的同学都集中在教学楼的大教室里准备唱两首歌，一首是由七八级一位姓童的男生作词并谱曲的合唱曲目《理想的鸽子》，另一首是当时在青年中非常流行的歌曲《青春啊青春》。童姓男生那时大约不到 30 岁，属于在社会上工作多年或下乡知青又考上大学的，我们都叫他“老童”。

老童应该是上海或江浙一带的南方人，讲一口南方普通话，说话属于一个字一个字往外崩、不会卷舌的那种。他个子不高，身材比较瘦，浓眉大眼，一脸严肃，好像从来不会笑，讲话嗓门很大，命令式，不容商量。也许是时间紧迫，排练任务重，歌曲又是新学，参加者多半又特别业余，所以老童严格些、急躁些也可以理解。

参赛歌曲中，《青春啊青春》基本不用练，这是一首当时年轻人耳熟能详的歌，合着唱几次就行了，重点和难点主要在第一首《理想的鸽子》，因为这是老童原创的词和曲，除了他没人会唱，其他人完全是从头学起，只能由老童一句一句教，大伙一句一句学。而且，这首歌音域比较宽，高处很高，低处很低，既有男女生领唱，又有男女生分部轮唱，还有混声合唱，技术含量颇高，属于必须有人在前面指挥才能唱的大合唱曲目。指挥自然是老童了，看样子他以前肯定不是一般的文艺爱好者，起码是半专业水平，在“文革”时一定是在相当于一级“毛泽东思想文艺宣传队”摸爬滚打锤炼出来的。

当时黑龙江大学总共有中文、哲学、经济、俄语、英语、日语、数学、物理、化学九大系，像经济、外语那几个系人数较少，搞大合唱很难跟我们抗衡，哲学、数学、物理等系玩文艺遇上我们中文系也不占优势。只有化学系特殊，他们以七六级工农兵学员为主，其中一批人文艺方面很专业，各种乐器都精通，在校学生会文艺部都是老大级别的。他们精心组织了一台西洋管弦乐交响伴奏的大合唱，从大小提琴到大小号再到萨克斯等各种管弦乐器都配备。而我们，完全只靠 100 张嘴，无伴奏合唱。这不是土八路用血肉之躯跟武装到牙齿的正规军拼命吗？结果应该不用想啊。

我们在排练之余听高年级的一些消息灵通人士如此这般一说，不由地也感觉前途很渺茫，而且听说上一年歌咏大赛，中文系是以七八级为主的，老童比这次卖力气，使出吃奶的劲，也没得到冠军，按这个标准，这次根本没戏。

不行也得练哪，知其不可而为之是我们中华文化精髓之一，我们中文系更要将其发扬光大。练到一定程度就要上台彩排了，有指挥、有领唱、有麦克风，煞有介事地彩排了几回。老童指挥，男领唱是七六级的，女领唱是七八级的，前面还有男女呼应的朗诵，很煽情，有点像全盛时期央视“春晚”的男女主持赵老师和倪老师那种组合。

演出开始了。那天我们中文系第一个出场，全体男生穿白衬衣、蓝制服，那个年代男士服装基本是蓝、绿、灰三种颜色。每个男生都有蓝制服，不用买，洗干净穿上就得。女生一色西裤，颜色是不是统一不记得了，真正的亮色是：女生上装是各种花色的毛衣。记得组织者特意说了：色彩越新鲜越好，花样越多越好，别重样！

想一想，在 1979 年的中国东北黑龙江地区，在舞台背景是一群身穿蓝色而且颜色深浅不一、新旧不一的衣服，在高矮不一、胖瘦不一、脸色黝黑居多的男生的映衬下，一群花季少女身着各色各样的毛衣，真是青春靓丽、光彩四溢，令人眼前一亮！或者用一句俗不可耐的话形容一下：那真是一道十分亮丽的风景线哪！

大幕一拉开，我们的舞台形象就获得了全场雷鸣般的掌声，我们先声夺人！

男女声煽情的开场朗诵后，序幕拉开，老童快步走到台中央，背对观众，对我们抬起了双手，随着他指挥的节奏，歌声响起。

35 年之后，当年我们年级参赛的男生敖凌国竟然还能比较完整地回忆出歌词，而另一参赛男生刘德诚更能记得这首歌的旋律，并配合着小敖的歌词完整地唱出来！这样就使我们能够重温旧梦：

太阳驱散迷蒙的雾障，
春风吹开思想的门窗。
英雄的人民奋勇前进，
“四化”的凯歌响彻四方。
啊……啊……
理想的鸽子在蓝天飞翔，
思想的花朵绽放在胸膛，
智慧伴随着美好的理想，
我们肩负着未来的希望。
智慧伴随着美好的理想，
我们肩负着未来的希望。
年轻的雄鹰在空中飞翔，
历史的车轮奔向前方。
智慧伴随着美好的理想，
我们肩负着未来的希望。
智慧伴随着美好的理想，
我们肩负着未来的希望。
太阳驱散迷蒙的雾障，
春风吹开思想的门窗！

《理想的鸽子》和《青春啊青春》两曲歌罢，一时静场，突然，舞台下爆发出暴风雨般的掌声，经久不息……

我们下了场，心情一时还难以平静，思绪还久久沉浸在刚才充满激情的演唱中。其他系都上来演了什么、唱了什么全不记得了，只对化学系管弦乐齐奏展示他们正规军实力的演出稍有印象。

最后评选结果，我们中文系的大合唱获得了冠军！

事后七八级的学兄学姐议论说，组织者老童根本没看好我们七九级这群乌合之众，去年老童那是铆足了劲想夺冠，排练比今年上心多了。演出那天，他盛装出场，新吹的大背头抹得油黑锃亮，身着雪白衬衫燕尾服，足登尖头黑皮鞋，戴一副真丝白手套，执一根专业镀铬指挥棒，结果灰头土脸名落孙山。

老童伤透了心，所以今年根本没敢抱什么希望，你看他出场：完全素颜，没理发没刮脸，衣服都没换，还是平时那身灰不灰黑不黑的衣服，前襟上还有块油渍呢，徒手指挥，没有白手套更没有亮棍。这样如果没有取得好成绩也不至于太难看：本来就没太当回事嘛，就是玩玩。但他太低估我们七九级这些朝气蓬勃的学弟学妹啦！

1980 年夏，黑大中文系七九级 2 班大一期间到哈尔滨太阳岛“野游”合影。我当时是班长，在后排左三

我在燕园留学生楼感受到的文化冲击

| 珊 伊 |

我是在 1978 年秋天进入北大的，那时国家刚刚从长期混乱中稳定下来，人们都在期待着新时代的到来。多年来，北大对我来说，一直是一个神圣的殿堂，我从未想象过自己有一天能身在其中。当我提着行李走进校园，如同梦境。然而，不消一会儿，我又回到现实，要与那硬邦邦的学生宿舍和食堂打交道了。

在北大的最初两个月，我仍没有感受到太多新的风气，人们还是讲“文革”时代的语言，伙食也是工农兵学员时期的包伙制，衣着突出依然会招来非议。到了 10 月底，我突然被指派到留学女生楼陪住，于是生活猛然有了翻天覆地的变化，我是在那时体会到别人在出国时感受到的文化冲击（cultural shock) 的。

初次接触到外国的文化和物质，我感觉既新鲜又非常美好，就像从沙漠走进了绿洲，我对北大的感觉也浪漫了不少。我的同屋是一位日本留学生，名叫浅井千惠。她是我第一位认真交往的外国人。她带给我数不清的五花八门的外国“舶来品”，如意识流、卡拉 OK、洗发精、山口百惠、迪斯科、摇滚乐、带花边的衬裙、日本成人杂志、时装模特儿、弗洛伊德、咖喱牛肉饭、寿司、生鱼片、干果蛋糕等。

我在几个月内将它们一股脑儿全接收下来，好在依然故我，没变到哪儿去。但我很喜欢这些西方的玩意儿，曾很冲动，要为得到它们而出国。可我怎么也没想到，在 20 年后的中国，这些玩意儿已成为中国人的生活必需品，我当年对它们的憧憬实在是显得可笑了。

我记得，那时北大的校园动态已是西方记者的镜头焦点。学生们稍有动作，就是西方各大报纸的新闻。在我搬进留学生楼不久，住在留学生女楼的几个中外的女

我与北京大学历史系日本留学生浅井千惠（右）在校园的合影

同学共同举行生日晚会，一时兴起，跳起了迪斯科舞。中国女同学不会跳，就由外国男同学带着跳。结果，这事成了国际新闻，又上了内参。北大留学生办公室大概因此挨了批评。不管怎么说，这是西方迪斯科第一次在中国内地出现，那几位女同学算是最早跳迪斯科的勇敢的中国人。

这次舞会后，学校很不高兴。不料，新年前夕，校方突然 180 度大转弯，又组织我们这些在留学生楼陪住的男女同学突击学习跳舞，规定所有的人都要参加由留学生办公室组织的新年舞会。我们事前学的是老式的交际舞，但到了舞会上，跳着跳着就成了迪斯科。几位非洲男同学把持了舞会的音响，放的全是最撩人的迪斯科舞曲，于是，全场不分中外学生都欢动起来。至今，我仍很怀念那次留学生舞会上无拘无束的气氛，因为当时我玩得真是非常高兴，如此尽兴的时刻在我一生中真是非常少。

相信当时北大的欢欣、活跃的校园生活，给许多学子留下的美好印象是终生难忘的。我的一位同班男同学，许多年后，他与我在异国他乡相遇，十分感慨地说，他一辈子的好时光实在太少，只有在北大那几年是开心的。仅仅 4 年后，他就很不情愿地、匆匆地离开了人世，时年仅 44 岁。

这位同学姓徐，是个湖南“骡子”，出自书香门第，相貌、学习都挺不错，曾是北大篮球队的优秀后卫。他当时曾作为一位瑞士来的留学生的陪住。这位留山羊胡子的瑞士嬉皮士有个中国名字，叫舒东文。我原以为徐同学当时对老舒的放荡不羁作风并不接受，他好像比较古板，因而以为他对北大的感受不会与我完全相同。万万没有想到，他心目中的北大竟是与我如此一致。

我是通过徐同学认识老舒的。那时住在留学生楼的中国女同学与外国男同学单独交往的并不少，当然让校方十分不满。我记得，有几个女孩子在交往中真的动了感情，闹得学校和家长都干涉了。有一位北京的女孩子，属于现在所说的阳光少女型，健美秀丽，是中外同学公认的美女，被一位来自美国的中美混血男孩迷上了。他们的相爱确实很美，但结局十分不幸，在校方和家长共同干预下，两人被迫分手。男孩子提前回国，女孩子也搬离了留学生楼。除此以外，还有几起闹得很大的中外婚恋事件。

至于我和老舒的交往则是异数。因为我们那时年纪都比较大，思想成熟。他当时已 32 岁，与中国所谓“老高三”同届，我是 28 岁。他吸引我的，是他对艺术的造诣和兴趣。我当时是如饥似渴地吸收西方艺术的养分，虽然自己并无任何天分。至于老舒为何愿意教我这个笨学生，我也说不清楚。从开始，我就将与老舒的来往设定在艺术交流上，政治与爱情免谈。

然而，这只是我的一厢情愿。首先，我周围的中国同学就不能理解我们的关系，他们怀疑的眼光和小心翼翼的试探使我非常不舒服。我和老舒从来没有约会过，但我在校园里散步时，有好几次在与他不期而遇后，同行的人，常常是浅井千惠，便知趣地将我留下跟他单独待着。

这种不是约会的约会让我很为难，两人走在校园里，不碰上熟人几乎不可能。他很高兴，但我却如坐针毡，浑身不自在。此外，老舒也不是省油的灯。他很有西方男人的多情，认为与女人交往，没有挑逗等于生活里没有了盐。而那时的我刚从“文革”的阴影中走出来，父母被整、上山下乡、丧父、失恋弄得我心凉。

我实在没有精神准备回应老舒的多情。我在外界压力和老舒的情感攻击下显得无奈和难堪，幸亏自己也算是在丹炉里炼过的孙猴子，临危不乱，化险为夷。最后，我如愿以偿，与这位喜欢穿蓝色中山装的瑞士学生一直维持着没有爱情的良好关系，直至他离开中国。

但是，当时我这么做确实伤害了他。所以，后来我们虽仍有来往，却没有开始时的直截了当，老舒在我面前变得很拘谨，少了许多风趣和幽默。我记得，他有一次气不过，在我面前发作。他痛斥中国人（包括我）的莫名其妙，明明是女人，却拒绝男人献殷勤。

奇怪的是，我从不动情。大概是我从一开始就设了防，再往后，要改也难。我至今仍非常感念老舒这位西方男子对我的宽宏大量，他容忍了我，从没有伤害我，我们在一起时也有过许多快乐的时光。

他曾问我，为什么你和其他中国女孩子不一样，是不是你们家庭与别人不一样。我好像从来就没有告诉他我自己家庭的真实背景。不过，老舒很坚定他的猜想。他曾很认真地说过，我要记住你，过了很久，还会记住你。

老舒的文化修养很高，精通音乐和美术。他是摄影高手，在中国拍了许多照片，把 20 世纪 70 年代末的中国展现得淋漓尽致。盛宴必散。尽管老舒在中国很有收获，不要说在瑞士，就算是在欧洲，像他这样泡在中国文化里的西方学者也是少有的。但五年毕竟太长，他终于决定回国了。我也觉得老舒住在中国时间太长了，他早该回去了。

那时，好像很少听说留学生有留在中国工作的。只记得有一位名叫吉米的菲律宾男生，受菲律宾马科斯政府驱逐，在北京住了许多年。老舒离开中国，感情上非常难舍。他在中国结交的好友中有老有少，有男有女，并不只好“鸳鸯蝴蝶派”，他深爱中国的老百姓。

老舒回国后，再返回中国工作时，我见过他一次，他显得不那么开心。为了让他高兴，我许诺他再来中国时，我还会来看他。但他郁郁寡欢地说，你要结婚的，你丈夫会同意你来看我吗？我语塞，不再言语。此后，我没有再见过他。确实，我没有刻意去与他联络，连他的瑞士文姓名都没留，更别说地址。

我刚进北大时，女同学的衣着仍是“文革”味十足，主流是蓝褂子和军装。1979 年春夏，校园里很少人穿裙子。我因为从南方来，再加上一点小叛逆，穿着一条上海产的咖啡大圆点半腰裙，上身是自制的白底淡黄紫相间的小格子短袖衬衣，走在校园里，居然让不少人眼前一亮。

后来，浅井送给我几件洋服，弄得好多女孩子都羡慕。图书馆系的张亭同学，出了名的爱漂亮，看上了我的一件咖啡与黄灰色相间的毛衣，先是向我借，后来我干脆送她了。张同学当时在北大真是精力充沛，活泼好动。没想到她人刚到中年，就丧失了宝贵的健康，令人叹惜不已。

1979 年后，北大校园里的女孩子开始讲究衣着，向留学生楼里的外国女同学看齐，却又苦于在商店里买不到合适的衣服。有不少人都自己动手缝制衣服。我自己就做过好几条夏天的裙子，虽然做工粗糙，但很出格，心里十分满足。记得有一次，我在宿舍里扯着长线缝裙子，同班的一位老夫子上门拜访，他十分惊奇，张口发呆，说不出话来。

浅井看我自己动手做衣，大受启发，用面口袋做了一条连衣裙，把面粉商标放在胸前，又是一件别出心裁的服装。那时，中文系的一位才女，来自江南小城，爱穿下摆镶阔荷叶边的连衣裙，让好些北京城里的姑娘看不上。我倒觉得，她这么穿很有特点，有着十足的江南秀女的味道。

再后来，深圳开放，许多服装舶来品由香港流入内地。女孩子又穿开了从广州和深圳买来的百褶裙、喇叭裤和T恤。那时还不兴跑单帮，广州的同学度完假回校，行李中都夹着不少为同学义务代买的衣物。我也充当过圣诞老人的角色，为别人带过衣物，甚至还有录音机。

我毕业离开北大时，校园色彩斑斓一片，女孩子们的服饰已是今非昔比。当然，也有不少女同学继续坚守蓝绿本色。同系的一位"老三届"女同学，四年里坚持穿蓝色中式对襟小袄或是白衬衣。还有一位青岛小同学，坚持穿了四年的绿军装。她对我不是很满意，因为我穿着时髦。她还给我起了一个外号——"美加净"。

除了穿衣，女孩子们也开始注意头发。最初几乎所有的女同学都留着短直发或梳着辫子走进北大。我当时没有梳辫子，而是烫了头发尾巴，再扎两把"刷子"，已很引人注目。据一位男同学说，当我拖着行李走进学一食堂报到时，他就在人群中看到了我。我记得，校园里先是时兴烫发，我曾用街上买来的烫发剂，为几位从没烫过头发的女孩子卷过头发。

1982年，我毕业前在北大西门留影

烫过头发，女孩子们又兴起用护发素。我的一位好朋友告诉我，她拍了大腿、咬了牙，才买下一瓶两块多钱的护发素。不过，最后还是披肩长发在校园里扎了根。其实，那时的北大风气很自由，每个人按自己的风格行事、穿衣，并不感觉校方有什么干预。所以，同学们毕业后，分配到工作单位，才发现衣着与当时社会不协调。一位同系的女同学被分配到中央机关工作，她的牛仔裤和披肩发被单位领导命令改正后才允许上班。

后 记

以上文稿完成于我走入北大校园大约 20 年以后的某一天。

37 年后，我终于找到了瑞士留学生舒东文。去年，我和数位北大同学作为舒同学的客人，到了他位于瑞士阿尔卑斯山区的度假屋做客，度过了非常愉快的时光。今年，受日本浅井同学的邀请，我和另一位北大同学到日本旅游。我们搭乘日本新干线，从关东到关西，再到四国岛的濑户内海沿岸，同样是一次令人无法忘怀的愉快旅程。

能与两位与我关系最为密切的北大留学生建立近 40 年的友谊，是我当初没有想到的，也是我人生的一大惊喜。

舞曲，激发迟到的“青春”

| 贺越明 |

那是一个新旧交替的年代，也是一段激情飞扬的岁月。

进入复旦大学的第二年，亦即1979年初，伴随着政治、文化领域的拨乱反正，“文革”中被“革”掉的文娱活动，又悄然回到人们的生活中。这时，电视上出现了在晚会上跳交谊舞的画面，一些政府机关和文艺团体也率先举办舞会。风气一开，顿时吹皱了复旦大学校园的“一池春水”。

“文革”后首次全校性舞会，是那年2月22日晚上举行的。在这之前，校团委和学生会还专门举办了各系学生干部速成班，五六十人在校园东南角乒乓球房二楼，随着《青年友谊圆舞曲》的节奏学跳交谊舞，准备在舞会上起表率作用。不过，这些“领先一步”的学生干部，后来大都有临阵怯场之嫌。

那天是周四，因为看到举行舞会的布告，有些本应归家的本地学生也不回去了。乒乓球房里，彩带高悬，灯火通明，几张乒乓球台早被收了起来。闻讯而来的学生有四五百人，连窗台上也站满了人。当第一支舞曲响起时，只有三四对男女同学在众目睽睽之下进场翩翩起舞。

一曲终了，掌声四起，这是大家对这仅有的几位勇敢者的鼓励。稍后赶到的外文系德裔女教师汪小玲挤进人群，立马脱去绿绒大衣，就近拉起一个学生转起圈来。在舞蹈的节拍中，她那胖胖的身躯一下子变得那么灵巧和活泼，看上去仿佛年轻了20岁。

舞曲结束后，她用手绢擦着额头的汗珠，对身边的学生自豪地说：“我年轻的时候，跳舞是得过奖的。”音乐再度响起时，她一再向一些旁观的女生招呼：“来呀，来呀！”可是，当时会跳舞的男生寥若晨星，让这些女生和谁上场搭档“交谊”呢？

尽管这位德国老太太笑眯眯地再三动员，第一次舞会仍然是观者如堵，舞者寥寥。随后的几次，情形也大同小异。

舞场上最活跃也最引人注目的，主要是中文系和外文系的学生，像来自楚地的中文系男生李辉，他本来就是校文工团的成员，对跳舞之道驾轻就熟。而他的女同学汪澜和陈丹红，能在大礼堂的舞台上表演韵律舞，跳交谊舞就不在话下了。

此外，就是人数可观的外文系女生了，其中颇有几位逢舞必跳的“舞星”。至于外文系的男生，最初的普及程度远不及女生，倒是有人喜好在寝室里绘声绘色地评述舞会见闻，还每每借用“Wall Flower”（墙花）这个英文单词，刻薄地形容那些在舞会上难得被邀舞的女生。

记得当初收到大学录取通知书后，有位早年毕业于复旦大学的邻居老伯对我说：“新闻系好呀！侬阿晓得，过去复旦顶活跃的就是外文系的女生和新闻系的男生。为啥？喏，外文系的女生又漂亮，又会‘白相’（沪语，玩耍的意思）；新闻系的男生呢，整天背只照相机跑来跑去，交关（沪语，非常的意思）潇洒！”他这几句陈年观感，给我留下了很深的印象。

可是，入学一年，想想这位老校友的话，觉得他讲外文系女生还有几分道理，但对照自己和周围的同学，感到他关于新闻系男生的话则大谬不然，至少是过时的“老皇历”了。

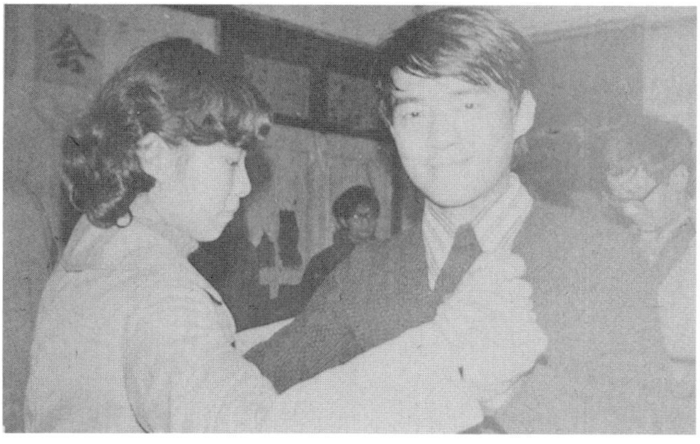

同系七八级学生陈小鹰（右）和文工团的队员带头跳舞

复旦大学文工团舞蹈队的李辉（右）与队友在表演

也难怪，历史开了一个荒唐的玩笑，在恢复高考制度后的第一届大学生中，很多人考上时已过“而立之年”。不光七七级是这样，七八和七九级亦是如此，这个年龄格局直到八零级才有所改变。于是，前三届同班同学年龄参差不齐的共性，成为校园里的新“老三届”。文科似乎比理科明显，我所在的新闻系尤为突出。

入学报到那天，新闻系七七级全班的平均年龄是29岁半。有的同学自己开始念大学，儿子倒要上初中了；还有个别已婚的本地同学，经常下了课就回家，寝室里的床位形同虚设。如此这般，新闻系男生在整体上就不太可能“交关潇洒”了。到舞风渐起时，去舞会上看的不少，而上场跳的却极少。

不仅如此，有个年岁较长的同学，观舞归来还骂骂咧咧：“男男女女，搂搂抱抱的，像什么样子！”不过，骂归骂，这位仁兄有一天被人发现，他居然利用室友们全都外出的空档，抱着一张靠背椅子做原地旋转。可见，形势真是比人强！

好几位男同学在舞场上看得心痒痒，开始在狭小的寝室里成双成对地猛练“一、二、三”基本功，打算有朝一日大显身手。练习的时候，尽管是一个走男步，一个跳女步，但在旁人眼里，很容易看成两个男生揪在一起打架。后来，请到已入堂奥的女同学上门辅导，才基本结束了这种操练似的同性交谊舞学步。

舞会，本是一个释放青春活力之地，其间难免裹挟着心灵的骚动和激情的宣泄。就在那次全校性舞会过后不久，校园“南京路”上中文系的黑板报上出现了署名“东聿”的一首《大学生情歌》，呼吁姑娘们在舞会上“大胆一些，再大胆一些”。那气魄，那暧昧，比之若干年后传唱大江南北的“妹妹，你大胆地往前走呀”，可谓有过之而无不及！

才上任不久的校党委第一书记夏征农看到后，当即在校团委主办的《复旦青年》黑板报上贴出一张大字报，列出四点看法，质疑“这种情调是否健康”，可谓一石激起千层浪。顿时，黑板报长廊上掀起了“笔战”，抨击和挖苦“东聿”之诗者有之，极力辩护和反唇相讥者亦有之，并未视校领导的意见为是非标准。那时，“大批判”余温犹在，双方不免“上纲上线”，如指责对方是“江青”“赵七爷”，等等，逐渐流于意气之争了。

新闻系参与这场黑板报“笔战”的，是一首署名“孙翁”的打油诗，大意是：

农民在田地劳作，工人在车间大干，士兵在战场流血，学子岂能不珍惜大好时光，却孜孜于舞榭耕耘？这一发问很尖锐，因为其时西南边境自卫反击战的硝烟尚未散去，前线天天都有流血、牺牲，但诗的内容当天并未引起太多的注意。

谁知，过了一天，一张小字报贴在诗的旁边，曰：“据查，孙翁者，新闻系二年级儒生某某某也。已婚，得二子，男女各一，乃当世最美满者，故有不复‘耕耘’之意矣。”末了，还点评一句：“此乃情操高尚之士也！”

这张令人发噱的小字报一出，校园为之轰动！那天中午，从文科楼下课回寝室，走在“南京路”上，只见新闻系的黑板报前人头簇簇，都是挤着看这张小字报的，而且看过后无不发出“呵呵”的笑声。

实际上，“孙翁”是班上两个同学各取其姓的署名，但因为被点名披露的是其中一人的“隐私”，该同学自然气得七窍生烟。他略做考证，小字报署名“佟苍”，乃沪语谐音“同窗”，显系同班同学所为，便当即命笔，写下四言绝句：“项庄舞剑，意在沛公；佟苍跳舞，心系姑娘。”他要以对仗工整的箴言，一针见血地揭露“佟苍”们的“司马昭之心”，让女生们皆知并提高警惕。

可是，不知是被闻讯赶来的辅导员劝阻还是另有缘故，这首用于反击的小诗最终没有公之于众。但这位儒生一连几天都眉头紧锁，对同学的招呼不理不睬，对那位向他道歉的室友更是没有好脸色。而“孙翁”中的另一位则若无其事，一如往常。当然，“佟苍”的这个玩笑是开大了，辅导员在班会上做了语气严厉的批评。

这场“诗歌的风波”，自然引起了校领导的关注。3 月 17 日下午，时年七十有五的夏征农邀集校系两级共青团和学生会干部约 30 人在党委办公室座谈，围绕着黑板报上的“笔战”阐述了系统的意见。他对《大学生情歌》再度明确表态：“我认为那首诗是不健康的，但不是反对跳舞和恋爱，恋爱是禁不了的。”

夏老是一派文人气质，所谈的话题虽严肃，但声调不高，语气温文：“打球、唱歌、跳舞是个人爱好，不能强加于人。学生可以组织各种活动，包括跳舞，但不能说不跳舞是‘封建主义’，跳舞是‘社会主义’；有些甚至把有看法的同学说成结了婚才不跳舞的，这很不好。”话到此处，就把批评的对象从中文系转到新闻系了。

他还很严肃地说：“黑板报一定要好好地抓一下，把校风引导到正确的轨道上来。有不同意见可以商讨，不能采取对付敌人的办法。你认为诗是正确的，可以讲道理嘛。有些现象是不正常的。不是小学生，是大学生了，怎么能随便骂人呢？希望黑板报能在促进学生的学习上起到一些良好的作用……”

座谈会后，共青团和学生会干部及辅导员老师分头做了工作，一场由跳舞而引发的“诗歌的风波”终于平息，而举办舞会则获得了肯定，从此成为全校最普遍的文娱活动，更多的同学冲出寝室，步入舞场。

不久，热情奔放的迪斯科登堂入室，传统的交谊舞反而渐渐成了舞会上可有可无的点缀；乒乓球房的空间仅能用作系一级舞会，全校性的舞会则移往更宽敞的中央食堂二楼；再后来，一到周末，校园里有几处同时举行舞会，跳舞成了“赶场子”的文娱活动……

那一年，我在课余担任校报记者，也列席了那次座谈会，并做了报道，所以迄今还能借助采访本，翻查到夏老在座谈会上的讲话记录。

其实从那以后，每当悠扬的舞曲响起之时，我总会禁不住想起当年因舞会而起的风波，想起“东聿”“孙翁”和“佟苍”，想起在座谈会上对学生干部娓娓而谈的夏老。“东聿”是何人，我从未打听过，中文系那一届同学想必还记得。在北京工作的“舞王”李辉已是著名的文史作家，“舞星”汪澜和那位“佟苍”在上海同一报社任副总编辑，另一位“舞星”早年去了美国。“孙翁”中的一位，退休前是沪上一家晚报副总编辑，而另一位被称为“儒生”的，担任过沿海某市机关报副总编辑。至于偷偷抱着靠背椅子做原地旋转的那位仁兄，是先后驻黑龙江、广东的新华社资深记者。夏征农则曾任分管文教的中共上海市委书记，退居二线后，还担纲《辞海》主编，上海市文联主席、社联主席等职，2008 年 10 月 4 日，以 105 岁的高龄走完了“半是战士半书生”的一生。

（本文原载于《博览群书》2009 年第 4 期）

歌乐山的伊甸园

——也谈“西政七八级神话”

侯建刚

西政七八级是一个十分特殊的群体，他们是历史上特殊的一代，年龄长者三十出头，幼者十四五岁，可谓父子同窗，母女同学。423 名同学中，产生了 14 位部级领导干部，一百多名厅级干部，数十位中国法学界、文化界的领军人物，中国最专业、最富有的若干律师事务所由他们中的一些开办，国内一批法学院校的校长、院长由他们中的一些担任。中国教育界、司法界把这称之为“西政现象”，并盛誉为“不可复制的西政七八级神话”。

对于西政七八级神话的历史必然性和偶然性，贺卫方、王卫国、江必清、舒扬等一大批学友已经有过深入的解析，可谓“前人之述备矣”。每每看到这些高妙的论述时，我除了无保留地赞许和认同之外，还跃跃欲试地想进一步加以阐述。

我以为，“文革”后首批法学院校恢复招生，众学友艰坎、丰富的人生经历、阅历和越过重点院校招生线的考分，以及西政领导、老师们对学生们在发展个性，研修学业方面无比慈爱的包容，这三位一体造就了“不可复制的西政七八级神话”。

“文革”中，全国政法院校停止招生。恢复高考的 1977 年，千疮百孔的政法院校没有来得及招生，直到 1978 年，才有西南政法学院、北京政法学院、华中政法学院和西北政法学院率先招生，而在这四所政法院校中，唯有西政鹤立鸡群，一枝独秀地成为重点大学，这就表明西政学生的基础素质明显优于其他政法院校学生。

我记得很清楚，1978 年 10 月 4 日，我们在西政领导、教职员工乃至家属们苦等多年的期盼中来到歌乐山，学校的领导和师长们如同晚年得子一样，把每个学生视为自己的心肝宝贝，慈爱之情、怜爱之喜难以掩饰，甚至常常娇宠到放纵、溺爱的程度，由此，歌乐山成为我们七八级学生的伊甸园。

我们的老院长胡光是一位德高望重的老同志，同时，也是风度翩翩的儒雅学人。1957 年，为了让尽可能多的学生免于右派之难，他顶着巨大的政治压力，但绝不肯出卖自己的学生，为此，他被行政降级处分。在七八级新生的开学典礼上，老院长还专门讲到这段经历，把当年没有保护好每一名西政的学生，作为自己人生永远的追悔、永远的痛。

胡光院长已去世十几年了，现安葬在成都墓盘山革命公墓，恰巧与我父亲的墓碑仅五米之遥。每年清明去给家父扫墓时，我都会在老院长的墓前伫立良久，追思这位革命老人慈祥、宽厚、儒雅的音容笑貌。

西政老师对学生们视如己出，娇宠、溺爱有加，有时候竟然达到了“护犊子”

1979 年，西政排球队获重庆市大学生排球赛亚军，队员们与老院长胡光（第二排左三）的合影，我在后排左二

的程度，这一点我在我的年级主任武青芳身上有着太多的感受。

武主任和她先生宋子祥(西政副院长)都是河北人，她原本担任西政财务科科长，因喜欢读书、思考，在我们进校前，被西政党委书记苏明德亲任为师资班年级主任。

我进大学时二十出头，可谓“少年不识愁滋味，为赋新词强说愁”，只是一个劲地读闲书，发一些忧国忧民的感慨，写一些风花雪月的闲诗，完全是一个地地道道的热血文学青年。

我们刚进校的时候，西政的学习、生活环境极其简陋，没有像样的教室、寝室，被同学们戏称为“稀烂政法学院”。那时我一心沉迷于写小说，经常逃课去烈士墓的石桌上写作。一天早晨，武主任在烈士墓将我“捉拿”，但她丝毫没有批评和责怪我，而是十分理解地对我说：“早上你还是应当去教室上课，哪怕是为了学校的正常教学纪律，你也应当去上课。下午，我给你找个清静的地方写小说。”

武主任所说的“清静的地方”，其实就是她家。就这样，在以后的一个多月时间里，我每天下午去她家闭门造车，晚上还在她家胡吃海喝，直至11时左右才回到寝室。

我们进校之初，正是中国开始发生重大变革的年代，校园里民主运动的风潮狂飙突进，我们都热血沸腾地投入其中，尖锐、激进甚至“反动”的观点和言辞比比皆是。作为老革命同志的武主任虽然对我们的许多观点并不赞同，但她从来不给我们扣“政治帽子”，而是以欣赏和嘉许的态度鼓励我们独立思考，探索真理，关心国家大事。

学校有一位做学生工作的女老师，她是“文革”前的留校生。此人对学生也表现得热情非凡，一进校就跟我们套近乎，说她也是成都人，还经常邀请我们去她家，把我们用粮票换来的鸡蛋、鲜鱼等物品加工成佳肴，改善生活。我们一开始都把她看成可亲可近的朋友，什么心里话都愿意跟她说。

一天，武主任严肃认真地对我说：“建刚，学校有的人在校长办公会上说你思想反动，你以后发表政治观点要看看场合、看看对象，对有的老师不要什么观点都说。”听了武主任的暗示，我完全不愿相信，我怎么也不能把我认为值得信任、愿意对其讲真心话的师长与告密者联系起来。武主任语重心长地说：“建刚呀，你真的是太年轻了，太单纯了，只知道用心读书，还不知道社会是怎么回事情。”从此以后，我便管那位老师为“职业革命者”，对她也敬而远之了。

1985年初，我正要调往四川团省委工作，一天在团省委办公楼大厅巧遇那个“职业革命者”，她正在为自己的仕途奔波。我仍将她视为师长，热情地与之打了招呼，不料她径直去了团省委书记办公室，对书记说：“侯建刚是一个资产阶级自由化思想非常严重的人，他根本不适合做共青团工作！”

很快，团省委的哥们儿就将这个情节告诉了我，并问道：“建刚，你过去在学校是不是得罪了她，她怎么会这样说你呢？还是你的老师！”听罢无语，只感到一阵阵不寒而栗，我终于知道了李玉和、江姐、成刚、许云峰是怎么牺牲的了。

这个“职业革命者”是西政的败笔，这类人为了自己的权力，不惜出卖任何人，或者不惜以任何东西去与权力进行交易。而我那可敬可爱的武主任则是疾恶如仇、刚直不阿的高尚的革命者，她与我神情相投，从骨子里鄙视那种投机专营的龌龊小人。

武主任还在关键的时候保护了我，使我终生感激。

1980年秋天，校园里的民主选举刚过去不久，自由主义思潮甚为浓烈。此时《四川文艺》编辑陈晓到重庆组稿，他先到西师，然后和西师热衷政治理论的黄云开、王康、熊郁、李宪等人与川外的陈维刚联系后，来到西政找我，我约了蒋庆、温晓莉、王卫国与本班的杜庆国、韩德云等人与他们谈论哲学与时政。这件事立即被重庆市和四川省高教、公安部门定为反党、反社会主义的串联，公安部门已考虑抓人。我被定为组织者，公安部门打算直接找我。

这时，武主任挺身而出，她斩钉截铁地对他们说：“侯建刚是根红苗正的革命后代，而且人也十分正派，他不可能反党反社会主义！”她还阻止了公安部门与我的直接见面，把我约到她家里了解情况。她对公安部门的人说：“侯建刚很清高，你们去直接找他，肯定要碰钉子，谈不出好的结果。”

当时，我父亲有一位老朋友在西政担任副院长，他是看着我长大的，但是在这种时刻，他都没有站出来为我说话。而我在进校之前并不认识武主任，她毫不含糊地站出来保护了我，使我觉得能在西政求学，能遇上这么慈爱的师长，真是莫大的人生之幸！

毕业后，我与武主任保持相当一段时间的通信，后来曾多次回到西政去看望她。

只要有可能，她都会像迎接远方游子一样把我叫到她家去，腾出最好的房间让我住下。宋院长会满心欢喜地亲自操刀，弄出一大桌美味佳肴，一家人一边饮着美酒，一边家长里短地聊着，那种感觉真像回家一样。所以，后来我一直管武主任叫“武阿姨”，管宋院长叫“宋伯伯”。

西政领导、老师的开明、包容，也使蒋庆在政治上免遭其难。

蒋庆长我五岁，贵州人，父亲是贵州省法院领导，也是根红苗正的革命后代。他本身是学法律的，但却剑走偏锋地迷恋上了哲学，先是康德、黑格尔，接着是萨特、克尔凯郭尔、海德格尔，再后来就是孔孟、老庄、王阳明。他是一个十分单纯的儿童似的哲人，整天想的都是构建自己的思想体系，脑子里除了哲学还是哲学，没有任何形而下的功名利禄。

进校不久，他的一篇批评雷锋精神的文章，就引起了巨大的反响，他使人们开始从另外的角度去对一些早已习以为常的事物进行审视和反思。

川外 78 级的陈维刚（现波士顿大学哲学宗教教授）是一位学富五车、满腹经纶的学子，他通过我的介绍与蒋庆成了难得的“谈友”。经常是蒋庆、陈维刚激情洋溢地神侃，我和温晓莉、王卫国以及川外的刘小枫等一大批同学在一旁津津乐道地洗耳恭听。

那时马克思的《1848 年哲学—经济学手稿》引起了思想界的重视，蒋庆通过对这本小册子的研读，看到了两个马克思，一个是年轻马克思，一个是老年马克思，于是他一气呵成地写出了文才飞扬的长篇论文《回到马克思》。这篇文章犹如重磅炸弹，在中国思想界和政界引发了强烈的震动，使蒋庆顿时成为备受各界关注的“问题学生”。

当时蒋庆离经叛道的言论引发广泛关注和争议，相关部门要求对蒋庆做出诸如开除学籍的处理。而学校据理力争，坚持把蒋庆视为勇于探索真理的热血青年，并禀报上级，尽量做好蒋庆的思想转化工作。上级转念一想也有道理，如果能够成功地转化蒋庆这种顽固不化的“问题青年”，那将是全国思想教育战线上的一个重大成果。

于是学校组织了七人帮教小组，由学校宣传部长高峰领衔，汇聚了西政马列思想研究造诣深、铁嘴钢牙的几名教师。帮教工作在每周二的下午，持续了两三个月，蒋庆独自舌战群儒，不仅已有的思想认识没有被转化过来，而且促发了其他人更多的思想火花。

上级领导部门十分关心蒋庆的思想转化进展，他们希望西政能够提供一个转化“问题学生”的典型。然而，蒋庆是一个顽冥不化的学究，他没有认同的观点，誓死也不会附和。帮教小组与蒋庆的讨论、辩论，始终是在一种充满平等、尊重的氛围中进行的，最后的结果是：学校尊重蒋庆保留个人观点，蒋庆不再公开发表激进言论。

上级所期待的转化“问题学生”的“政治卫星”，始终没能从歌乐山升空。

毕业后，学校特意将蒋庆留校，领导和老师们认为，只有西政得天独厚的平等、宽容的学院氛围，才能够包容蒋庆，使他尽情地去思考和构建他的形而上的精神王国。

2008 年 10 月，是七八级入校三十周年纪念，约三百名同学从天南地北重聚歌乐山。同学们无论是官居几品，学富几车，富甲几斗，重返歌乐山时，都如同快乐的孩童一般，人人脸上都洋溢着灿烂的笑靥，怀旧、叙情、感恩，成为同学们共同的愿望和莫大的享受。歌乐山收藏了我们青春的脚印，见证了七八级那饱含理想主义、英雄主义和浪漫主义的激情燃烧的岁月。

学校以最高的礼遇迎接七八级游子的归来，学校的书记、校长多次情真意切地说道：“七八级为西政争得了无上的荣光，西政永远以七八级为骄傲！”

每位同学报到时都得到了一枚校徽，大家都无比虔诚地把它佩戴在胸前。我们这群四五十岁或五六十岁的老学生，漫步在昔日播撒理想和青春的校园中，与现在的学生相遇，他们都以无比羡慕和崇敬的眼光对我们施以敬意。

我特地走进自己当年的寝室，现在那里是三位研究生的住所，当得知我是故地重游时，他们都热切地把我请进房间，聚精会神地听我畅谈关于知识、想法、包容心的年轻人成才真经和自恋、自卑、自信的人生感悟。他们深有感慨地说：“学长所讲的这些东西，是我们在书本里、课堂上从来没有看到和听到过的。”

当年的歌乐山，犹如金庸笔下的神功练场，它远离都市的浮华和尘世的喧嚣，

我们班上西政女篮的队员们

我们这一群童男童女心无旁骛地在那里接受灵魂的洗礼，修炼功法。当我们离开的时候，犹如七剑下天山，梁治平、贺卫方、蒋庆、顾培东、舒扬等一大批学友有如郭靖、黄蓉、韦小宝，个个身轻如燕，身手不凡，一套套独门独派的文化组合拳如行云流水，出神入化，剑剑封喉，刀刀见血，在中国思想文化界的圣殿里，“搅得周天寒彻”。

毕业后，我来到四川师大马列教研室教中共党史和哲学，我的一些同事和领导虽然在学业上十分粗糙，但却对功名利禄从不马虎，因此他们对独立的学者人格很是嫉妒，对自由的学术思考绝不宽容。老实说，他们在不知自由主义为何物的情况下，就统统将其斥之为“资产阶级自由化”，每每这种“秀才遇着兵，有理说不清”的时候，我除了以沉默表示不屑以外，更感觉当年歌乐山的宽容、包容精神是那么的弥足珍贵。

重返歌乐山，长时间的激情飞扬，思绪翻涌，那些日子，老是情不自禁地哼起美国民歌《可爱的家》：“纵然游遍美丽的宫殿，享尽富贵荣华，但是无论走到哪里，都怀念我的家。”

感谢你，歌乐山，我的青春伊甸园！

感谢你，歌乐山，你为我们西政七八级营造了一个梦牵魂绕的精神家园！

寻找我们心中的那支歌

——回忆我和作曲家谷建芬的一段交往

钟 明

上大学时才十八九岁。那个年代，台湾校园歌曲风靡一时，比如，刘文正演唱的《乡间小路》《外婆的澎湖湾》，及其他人唱的《童年》《橄榄树》《蜗牛与黄鹂鸟》《兰花草》等歌曲，因曲调独特，旋律清新、富有校园味道，歌词纯朴自然，朗朗上口，如一股清爽的春风吹遍了祖国大地。

我总觉得不够过瘾，于是给当时崭露头角的女作曲家谷建芬写了一封信，因为喜欢她谱写的《年轻的朋友来相会》那首歌，希望她能为我们新一代大学生谱曲。但我仅仅是一个刚上大学的学生，专业圈里谁也不认识，于是，抱着侥幸的心理只好把写给谷老师的信寄给了《歌曲》月刊编辑部，请求他们转寄。

出乎意料的是，过了不久，我收到了一个大信封，里面是谷建芬老师的亲笔回信及当月的《歌曲》杂志，上面刊登了我的呼吁书，请作曲家们为新一代大学生谱写适合我们的校园歌曲。可想而知，我当时心里多么激动和感动！

哇，这下子，真是“一石激起千层浪”，接连几个月里，我陆陆续续收到了许多作曲者及有同感的读者来信……

不久，谷建芬老师来信邀请我去她家做客，一起交流想法。于是，我利用周末去拜访谷老师。谷老师那时住在鼓楼大街附近地区的一个宿舍大院，离中央歌舞团不远。初次见面，在我看来，谷老师是一位非常和蔼可亲的中年知识分子，中等个头儿，中等身材，很秀气，儒雅，而且很富有激情。我知道这种激情是艺术创作的源泉和动力。

因为她和我父母是同龄人，所以，一见面，我就不由自主地称她为“谷阿姨”，

同学们在谷建芬老师家，左一为谷老师，我坐在谷老师旁边

后来才改叫谷老师。谷老师的爱人叫邢波，是中央歌舞团的舞蹈编导，又高又帅。

后来，慢慢地才知道，谷建芬老师祖籍山东，1935 年出生于日本大阪，七岁那年随父母回到了祖国。1955 年从东北音乐专科学校（现沈阳音乐学院）作曲系毕业后，谷老师被分配到中央歌舞团，然而在她参加工作的第三年，由于政治运动的影响，她被下放到江苏一个农村参加劳动改造。

尽管谷老师离开了她心爱的钢琴、曲谱，整天与庄稼、水田打交道，但她的心里从未泯灭对音乐创作的渴望，她不断地汲取民间歌曲丰富的营养。1976 年，中国从历史的低谷中走出，谷老师才重新获得了创作的自由和权利。

获得新生的谷老师对创作简直到了着迷的程度，每天坐在钢琴旁一坐就是十几个小时，那时候的她每年都要创作近百首歌曲。压抑已久的巨大能量得到了最大程度的释放，谷老师到了完全忘我的境地。

1980 年，张枚同在《词刊》第三期发表了他的新作《八十年代新一辈》。这首词主题新颖，形象鲜明，语言优美动人，结构比较严谨，音乐性强，它一下子吸引了谷老师的注意，诱发了她的乐思。她在这样一种兴奋激动的心情中，一挥而就，写下了她的成名曲《年轻的朋友来相会》。

这首歌的成功给谷老师带来了广泛的声誉。歌曲曲调优美，旋律流畅，一下子在广大群众中流传开来。1983 年，它被联合国教科文组织选为亚太地区音乐教材。然而，正当谷老师沉浸在巨大的创作喜悦之中的时候，她的流行歌曲的创作引起了艺术界的广泛争议。

俗话说“万事开头难”，对于不同的创作风格和艺术见解，谷建芬默默思考着。她始终认定她的选择是对的，她继续耕耘着属于她自己的那一片土地，她要探索出具有中国特色的流行音乐，她要用格调高雅、旋律优美的音乐陶冶青年的心灵。

当我了解到谷老师在逆境中不屈不挠地坚持自己的信仰，艰难地奋战时，那崇敬之情如滔滔江水，不能自已……我，一个普通大学生，能做些什么呢？由于从小当学生干部而锻炼出来的组织能力，我充满自信地邀请谷建芬老师到我所在的中国人民大学去举办作品介绍会。

后来，我得到了校学生会的大力支持，谷建芬作品介绍演唱会吸引了好几百名意气风发的学生，谷老师带着任雁、吴国松，还有另一位年轻漂亮的女歌手为我们演唱，深受欢迎。

自此之后，我校专门成立了“林园之声”校园歌词征集筹委会，我们连续几个月在全校大张旗鼓地利用校刊及广播站，刊登与播放校园歌词。歌词经选择后还打印成册，出版了天蓝色封皮儿的“林园之声”校园歌词精选集。

我记得校园歌词征集筹委会里陈晨任主编，孙平也是个头儿，好像还有李黎，这都是陈科文前几天在电话里谈起《林园之声》校园歌词征集时提起来的。记得我们好几个学生文艺骨干将打印好的《林园之声》校园歌词集子送去谷老师家，那天袁强也在谷老师家里。谷老师还请来男高音吴国松，另一位年轻漂亮的女歌手，已经想不起她的名字啦，他们在一起彩排一个更大规模的“谷建芬校园歌曲作品演唱会”。我们大学生合唱团好像也参与了演出，不知当时校刊摄影记者萧燕、许群有没有拍照。

演唱会那天，八百人的大教室坐得满满当当的，连过道儿里都坐满了，气氛相当热烈，中央歌舞团的许多演员来表演，《兰花与蝴蝶》《清晨我们踏上小道》《留下一片阴凉》《年轻的朋友来相会》等歌曲，激发着年轻人的热情。记得谷老师特意为我伴奏，让我独唱了一首她的歌曲《留下一片阴凉》，那是多大的荣幸啊！这场歌曲介绍会，也记载着我们这一段不平凡的友谊。歌中唱道：“前人栽树，后人乘凉，你栽一棵留下一片阴凉，我栽一棵留下一片阴凉……”

我们唱着《年轻的朋友来相会》这首歌走过了大学的四年，我们唱着这首歌走遍了祖国大地，在各行各业为祖国建设添砖加瓦。

在这熟悉的歌声中，流淌着我们这一代人激情燃烧的岁月，那深藏在记忆中的年代又一次涌现在眼前……当时同学分别时，相约二十年后再相会，心里也默问着，二十年后我们都会变成什么样子呢？

现在回想起来，虽然我们当中的大多数人并不辉煌，也并不显赫，但是我们在踏踏实实地做自己认为应该做的事情。

我真的很怀念那个单纯、热情和充满希望的年代！是啊，怀旧是多么的温馨，我们都曾经历过，拼搏过，现在仍然奋斗着……重温往事，感叹时光的飞逝，会让

我们和谷建芬老师（左四）在一起，从左至右依次为：袁强、我、聂莉莉、谷建芬、陈志军、彭坚、李黎

我们更加感恩！重温往事，也会让我们更加珍惜今天！

最后一次去谷老师家告别是在我 1988 年出国前夕。谁知，这一别就是 20 多年啊！

二十多年的时间过去了，谷建芬，这位作曲家已经写了一千多首歌曲，有《妈妈的吻》《我多想唱》《思念》《绿叶对根的情意》《歌声与微笑》《烛光里的妈妈》《今天是你的生日》《世界需要热心肠》，电视连续剧《三国演义》主题歌与插曲，《青青世界》《巫山神女》《滚滚长江东逝水》《二十年后再相会》，等等。

同时，谷老师也培养了毛阿敏、那英、孙楠那样知名的歌手，而她的名字也和中国流行音乐的历史密不可分。

前几年，在电视上看到央视和 Channel V 联袂评奖，在北京世纪剧院举行的华语歌曲榜中榜大奖颁奖晚会上，谷老师荣获终身成就奖，以表彰她对中国音乐事业的特殊贡献。她的四大弟子除了毛阿敏之外，那英、孙楠、解晓东都在场为她祝贺，谷老师手捧着奖杯感慨万千，回顾了这二十年的艰难历程，及每一首旋律诞生之时作曲家所经历的磨难和艰辛，还提到了当年去大学宣传她的通俗歌曲的事情……

谷老师最后的一席话令在场的很多人动容，大家用热烈的掌声向她表达敬意。

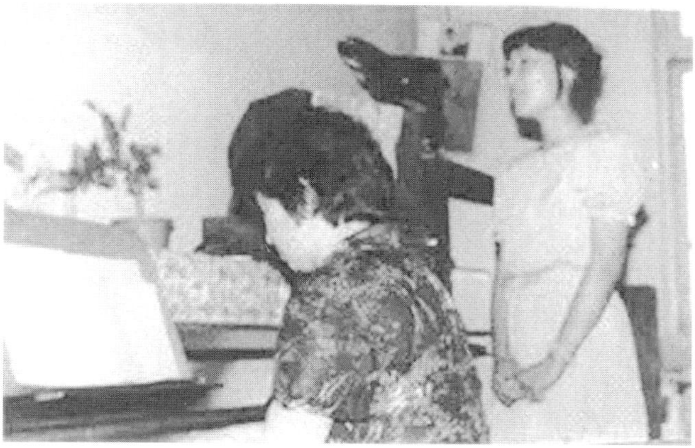
谷建芬老师指导我（右）练唱

此时此刻，我已是泪流满面……

往事如烟，岁月如歌。人生能有几个二十年啊！但愿有朝一日，我能再见到谷建芬老师，如果有可能，在谷老师携孩子们到美国巡回演出时，能邀请他们到美东来演出，我至少可以在当地帮忙联系音乐厅，做一些幕后组织工作，比如联系赞助，宣传售票，舞台总监……

如果，再进一步的话，我也可以唱一首《那就是我》，代表着远离故乡但仍然心系中华的海外同胞……我想像着那将是一个歌如海情如火的盛会，台上台下几代人都熟悉的旋律，几代人都曾经历的激情与共鸣……

哎，又有了一个新的梦想……我想，人生苦短，风云变幻，倘若有梦陪伴，那就拥有了鸟语花香、彩霞飞满天的五彩缤纷的世界……

写于 2006 年 11 月 17 日。

我们是两朵带电的云

——追忆同窗挚友骆一禾

熊国胜

骆一禾是我大学时的同班同学。我和他本来并不熟悉，也没怎么说过话，后来不知怎么就熟悉了，但仍旧话不多，常常是会心地一笑而已。

刚上北大时，我以为中文系会教人写作，结果没那么回事，我很失望。好在我们班上渐渐有了写作的新气象，一下子冒出了好几位诗人，我印象最深的是一禾、何拓宇、丁玫、周立文（周易）、刘卫国（老木）等，他们的诗我都读过一些。仿佛一石激起千层浪，我居然也跟着心潮逐浪高，忽然觉得生活有了些生气。

于是，近朱者赤——有一天，我终于鼓足了勇气，围着未名湖边走了几圈，作了一首小诗《无题》。写好后我拿给一禾、拓宇他们看，不料他们大加赞扬。于是，我有了进一步写诗的念头，还买了一个专门用来写诗的本子。

一禾那时跟何拓宇、赵仕仁来往最密切，被称为“三剑客”。但有机会见到我时，一禾总会笑着问：“老熊，最近写诗了吗？”这时我既高兴又扭捏，要么是最近没写，要么是觉得自己的诗拿不出手。但一禾从不挑毛病，总是表扬我。

有一次，我因为家事而烦恼，就在写诗的本子上随意画了一个带箭头的十字，一个箭头向北，一个箭头向东，我将它命名为《归心》。我觉得这样的隐私别人不容易看懂，不料一禾看了竟有些惊喜，很感兴趣，他似乎一下子就懂了我的心思。

通过读诗写诗，我们渐渐熟悉起来。有一天，一禾在我的本子上写了一首诗送给我，题目是《雷电》，说“我们是两朵带电的云”，“平淡无奇的相逢，在一刹那，迸溅出电闪的光明”。我感到莫大的荣幸，激动之余，赶紧回赠一首。从那以

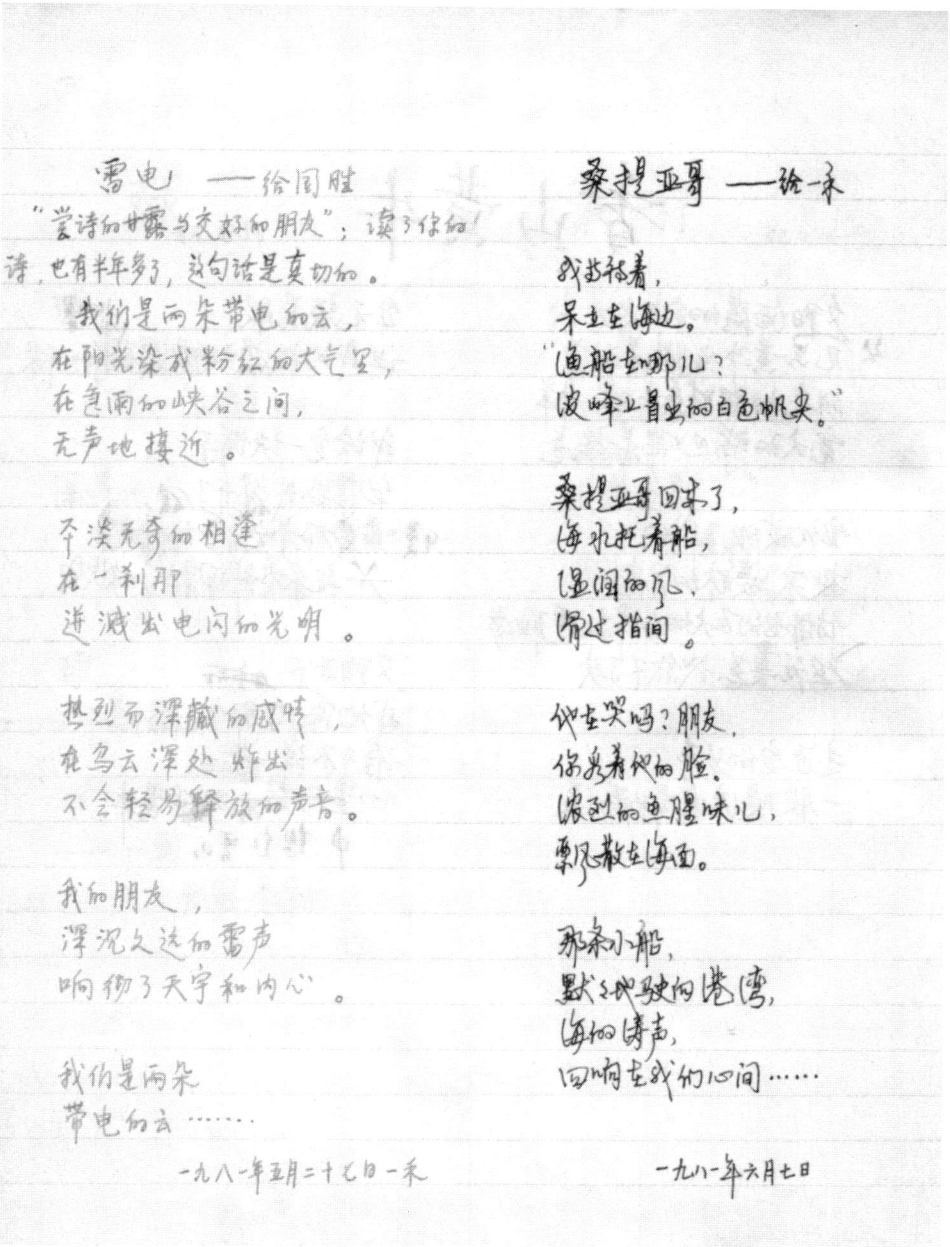

骆一禾和我给对方的赠诗

骆一禾

后，我觉得和一禾的心贴得更近了，但在实际交往中仍然话不多。

那种静默的状态，并没有让我们觉得尴尬，反倒觉得轻松愉快，到现在我也解释不清这是为什么。也许就如海子的一句诗论所言：“诗，就是把自由和沉默还给人类的东西。诗，要求于人的不是理解，而是对于沉默和迷醉的共同介入。”

那个年代，没有手机、电脑。对我来说，读诗写诗就算是很不错的消遣了。我并没有当诗人的志向，偶尔写诗只不过是自娱自乐而已，完全是随心所欲，跟着“起哄”，有一搭没一搭的。

但因为一禾经常要看我的本子，我不得不“交作业”，所以必须认真对待，不惜搜肠刮肚。在一禾的“逼迫”下，我最终写出了两三首还算说得过去的诗，总算可以博一禾一笑了。

对一禾的诗，我很喜欢，抄了不少，但不求甚解，更多的是把他的诗当作友情来分享。记得当时在抄诗的本子的扉页上，我特意抄了一句话：尝诗的甘露与交好的朋友。现在看来，这句话因为一禾的存在，显得是那么贴切，那么美好。

1983年，大学毕业了。一禾与拓宇分到了《十月》杂志社，继续和文学打交道；而我则分到了一个影视制作单位，基本脱离了一禾希望我走的路。不过，一禾似乎并没有放弃对我的关注，每次见到他，他还是会问我写诗没有，我说没有。

时间久了，一禾还会问，但句式变成了“你现在不写诗了，是吧？”。看得出来他多少有些失望，又有些无奈。但见到我那种没有“作业”可交的不安和惶恐，他立即不再为难我，一笑了之。

多年以后，我才知道一禾并非一笑了之。1985 年 9 月，我收到了一份极特殊的生日礼物——一个紫色的小本子，里面抄的都是我大学时写的诗。一禾亲自作序，张玞亲自用钢笔誊写完成。

我当时惊呆了，说受宠若惊也不为过。我做梦也想不到我的第一本诗集会以这种方式“出版”，要知道他们后来一位是大名鼎鼎的诗人，一位是多才多艺的北大博士，而我何德何能，受此殊荣？

我那些小诗实在是小得可怜，加起来不过几百字，可一禾却为它们写了四千字的序——《想成为人的人们》，大有点石成金之功效。所以我说一禾并没有一笑了之，他对诗的用情之重，让我震撼。从那以后，我悄悄又有了个新念想——要是哪一天真的能出版一本诗集就好了。

1985 年是个多事之秋，确切地说应该是个“多事之夏”。那年夏天“三剑客”之一的仕仁在怀柔水库溺水而亡，年仅 25 岁。发生这个惨剧时，一禾好像在场。

我当时正在内蒙古“锻炼”，收到了一禾的一封长信，他既悲痛又气愤，好像在一些事情上替仕仁打抱不平，具体内容不记得了，信也未被保留下来。多年以后，“三剑客”都走了，我想写一篇纪念他们的文章，可是唯独想不起仕仁去世的具体日期。

我估计这恐怕也是不好打听的，但有一天我翻看一禾的诗论《美神》，居然“得来全不费工夫”，一禾写道：“特别是我要提到我死去的朋友赵仕仁，一个大学时代的朋友，一个福建山乡里木匠的儿子，他在 1985 年 6 月 29 日溺水而死……”没想到一禾把仕仁去世的日期写进了他的一篇重要诗论中，可见这件事对他影响之深。

在仕仁去世前后，我也在内蒙古遭遇车祸，当场休克。所以说，1985 年是个“多事之夏”。

1988 年，我因为拍纪录片到西沙群岛待了 40 多天，沿着永兴岛、东岛、珊瑚岛、中建岛走了一圈。由于交通不便，我们到了一个小岛后，大部分时间都是在等船，因此可以深入了解和体验小岛生活。在东岛上，一个老兵带我去打野牛，开始我很兴奋，很好奇，但结果让我大失所望。

原来，岛上所谓的“野牛”是古代从大陆运来的黄牛，来到荒岛后无地可耕，无人饲养，无家可归，时间久了便成了“野牛”。我在大学曾写过《香山黄牛》的诗，对牛（当然不仅仅是牛）的处境极其同情，可这次我竟然稀里糊涂地将它们当作“猎物”，任其让子弹射穿，还妄想从中找到海明威在非洲打猎的感觉，实在是太可耻了。

我想把这段经历写成小说，回京后我把这个想法告诉了一禾，他听了很感兴趣，鼓励我把它写出来。我花了几个月的时间，最终写出了一篇很短的文章，有点像小说，又有点像散文，大概是“四不像”，不过这毕竟是我的第一篇小说。

我把这份“作业”交给一禾后，似乎没有受到他以前对我写诗的那种表扬，但大约也是合格的，达到了发表的水平。于是，我的第一个短篇小说《野牛》，被一禾发表在 1989 年 3 月的《十月》杂志上。

我之所以重新查回小说发表的时间（1989 年 3 月），是因为我突然意识到，这个时间和一禾去世的时间（1989 年 5 月），居然是那么近。我万万也想不到，我的小说发表一个多月后，一禾就永远离开了我们。所以，这次发表小说，成了他对我最后的关怀和鼓励。

1989 年当然更是一个多事之秋。这年春天海子卧轨身亡，这是继 1985 年仕仁离去之后，一禾第二次痛失挚友。两次都是那么突然，那么惨烈。显然，因为诗歌的缘故，海子的离去对一禾的影响更大。

那一段时间我似乎一直没有见过一禾，只知道他在忙海子的事。直到 5 月 13 日，张玞突然打电话给我，说一禾突发脑溢血，现在天坛医院，不省人事。我立即赶往医院，同学旺子、晓林也如约前往。

当得知一禾的情况非常不好，医院已无力回天时，旺子建议用特异功能试试。于是我坐在旺子摩托车的后座上，跟着他东奔西走，着实拜访了几位颇有名气的“大师”，遗憾的是，他们最终没有带给我们惊喜。

在一禾病重的 18 天里，我基本上天天都去医院，有时站在病房门口，有时就站在过道里，心里不断呼喊着一禾，祈盼他能醒来。这是我当时唯一可以为他做的事情，可惜他再也听不见了。5 月 31 日 13 时 31 分，一禾永远离开了我们。

与视死如归甚至赞美死亡的海子不同，一禾一直都非常热爱生命、热爱生活，他曾在诗中写道：“我不爱死 / 不畏死 / 也不言说死 / 我不歌颂死 / 只因为我是青春。”

骆一禾（左二）与同学在北大（我在右二）（李晓锋摄）

就在他病倒的前两天（5 月 11 日），他还在给帮助出版海子诗集的诗人阎月君写信商讨各种细节。所以，与海子诗一般的死不同，一禾的死没有留下凄美想象和壮烈风景，没有遗嘱，甚至没有叹息……对于这个世界，一禾未曾道别。

一禾去世后，同学小聚时经常谈起他，我们也去墓地看过他几次。久而久之，我发现大家对一禾都很怀念，但了解不多，尤其是对一禾的家庭背景和成长经历知之甚少。2013 年是我们大学毕业的 30 周年，班上要出一本纪念文集，希望大家写点东西，于是我首先选择了写一禾。

经过对一禾家人的采访以及相关资料的查阅，最后完成了《骆一禾的“背影”》。通过撰写这篇文章，我感受颇多，其中最让我惊叹的是一禾原来有着如此广阔而深远的“大背景”，以及伴随着“大背景”而长成的“大胸怀”。这里的“大”显然与国家和民族的命运密切相关，一禾与父亲骆耕漠的“含仁怀义”，也是建立在这种“大背景”“大胸怀”之上的。

再举个我熟悉的例子，大学时我曾写过一首《香山黄牛》的诗，当时我只是写了普普通通的一头牛，并没有想太多，可在一禾为我写的诗序里，他为这首小诗作了“大背景”“大胸怀”的解读，他写道：

《香山黄牛》……让我想起伟大的契诃夫，他害着肺病，咳嗽着坐在颠簸的马车上，穿过无垠的、正在化浆的、黑油油沸着泥浆的俄罗斯和西伯利亚大地，去库页岛看望那些流放犯；我仿佛看见他坐在藤椅上，因为强忍着身体的不适而不声不响，他的母亲担心地看着他；很多年以后，他的妻子克尼碧尔情不自禁搂住他的头说："亲爱的，我的坚强的人儿……"高尔基称他为秋天的太阳，爱伦堡称他为安东·巴甫洛维奇，俄罗斯人民永远记得在最堕落的年代里，这个人怀着负疚的微笑，叹息着对他们说："唉，伙计，你过得可不怎么好啊。"同时，他始终没有厌弃他们……

由黄牛联想到中国农民是极自然的事，但一禾却联想到了更远的地方，想到了他喜爱的契诃夫。1890年，契诃夫抱病前往政治犯流放地库页岛考察。他参观监狱，走访苦役犯，目睹了种种苦难，深受震动。考察归来，契诃夫写出了报告文学《萨哈林旅行记》（萨哈林岛即库页岛）以及著名的中篇小说《第六病室》等作品。

库页岛之行和《第六病室》的发表，是契诃夫生活和创作道路上的重要转折点。一禾之所以如此赞赏契诃夫的库页岛之行，是因为他也同样敏感于中国人的苦难，而且一禾强烈地意识到这种"伟大的俄罗斯的悲哀"正在中国的大地上发生，甚至就在自己的身边，他继续写道：

每逢看到这里，我就像看到了一大群中国人，也就是勤劳、艰苦，很少奢望，被强力和天才们压得抬不起头来的那些中国人。我有个朋友，他母亲生了兄弟姐妹五个，年老了，身体不好了，苦到头了可还是没个完。这次上北京来，在天安门照了一张相，跟儿子说："都好了，身上不痛了，都好了……"读到这里，我知道，我们不能那么生活，但却无由嘲笑，它强烈地刺激着我的良心和毅力，不论这世界是否需要一个人的努力，不论这良心是否到得太早了……

这位老母亲身上的"痛"让一禾叹息，但是她的"不痛"却令一禾更痛——"它强烈地刺激着我的良心和毅力"。这样"强烈地刺激"在中国的一些优秀文学作品中也时有闪现，如聂绀弩在读过沈从文的小说《丈夫》后不禁感叹：“一个刚刚 21 岁的青年写出中国农民这么创痕渊深的感情，真像普希金说过的‘伟大的、俄罗斯的悲哀’……”为什么中国人会如此有感于“伟大的俄罗斯的悲哀”呢？一禾在诗论《美神》中的一段话或许可以作为一种解释：

中国大地和俄罗斯大地一样，生长着同样厚实而沉重的人民，在此，人民不是一个抽象至上的观念，他不是受到时代风云人物策动起来，而是一个历史发展的灵魂。这个灵魂经历了频繁的战争与革命，从未完全兑现，成为人生的一个神秘的场所，动力即为他的深翻，他洗礼了我的意识，并且呼唤着一种更为智慧的生活。

透过这些解读，不难看出一禾的“大背景”“大胸怀”以及“含仁怀义”等构成了他的精神世界。他的精神决定了他“智慧的生活”，也决定了他诗歌的品质。正如一禾在诗论《美神》中所言：“在写一首诗的活动中，诗化的首先是精神本身。”

一禾生前还送给我一本昌耀的诗集——《命运之书》，向我隆重推荐诗人昌耀。我从中还读到他评价昌耀的文章，他写道：“昌耀的诗歌世界广博而结实。评价他的劳动，不仅是艺术上的，也是精神上的，因为一个大诗人的精神产生了他的语言作品……”现在，如果把一禾的话反过来用在他自己身上，我看也是恰当的。

昔日五朵金花，今朝竞相开放

葛有彦

中国人民大学农经管理专业七八级共46名同学，女生只有五个，却撑起了我们班的半边天。她们无论在学习、军训、劳动、文体还是其他活动中，表现都很优秀。我们的班长赵荣超曾写过一篇《我们班的五朵花》，登在《中国人民大学》校报上，后来《中国青年报》也转载了，我们班的五朵金花影响更大了，她们是：黄西谊、徐翔、赵萍、单红、陈克。

黄西谊：我认识的第一个人大同学

1978年10月20日，我从河南济源的王屋山下走进了人民大学的校园。

在农经系新生报到处，我们的班主任解红老师，还有系办公室的张秀华、邢杰

五朵金花，左起依次为单红、陈克、徐翔、赵萍、黄西谊（赵荣超供图）

老师帮我办理了入学手续。

见我对校园环境不是很熟悉，一位年轻的女同志，我想可能是系办公室工作人员吧，帮我提着装洗脸盆、书籍的网兜，把我送到红三楼宿舍，告诉我靠窗的那个上铺是我的床位。

我把行李放下后，对她说："老师，谢谢您！"

她没等我说完，就不好意思地笑着说："我不是老师，也是今天才来报到的。"听了她的话，我才知道她也是我们班的新同学。

入学后，我们班分成 4 个小组，我有幸担任了第四组的组长，黄西谊也分到我们组。她的家在北京，入学前是北京第二棉纺厂工人。她虽然年轻，却颇有才气。在我们班里，她不仅学习好，而且文学功底深，书法方面也很有造诣，写得一手好字，还具有艺术表演的天赋，同学们称她"才女"。

大二时，学校在八百人的大教室举行文艺晚会。班长赵荣超编了一个小品：女儿考上人大，向父母报告喜讯。黄西谊演母亲，范剑平演父亲。当黄西谊喊着"老头子"，范剑平专注地听着收音机并从幕后走出来时，台下响起一阵阵热烈的掌声。黄西谊惟妙惟肖的表演，把一位母亲听到女儿考上人大这一消息时的情景，活灵活现地呈现在观众面前，得到了很多同学的好评。

我记得我们系七九级的尹成基同学曾对我说："那个演母亲的演得太好了，她的眼睛好像会说话，把母亲演活了。"这是一次很成功的演出，可惜的是没有留下剧照。不过还好，我还有一张我们班参观北京植物园时的照片，依稀可见黄西谊当年的风采。

大学毕业后，黄西谊被分配到中国社科院农经所《农经问题》编辑部，1985 年我到北京出差时还见过她，听说她和人大哲学系七八级的一位同学结了婚，以后又听说他们到国外发展，黄西谊在英国完成博士学业后，在利兹大学图书馆工作，现定居在英国第三大城市利兹，那里早在 16 世纪就是英格兰最大的毛纺织业城镇，现已是英国主要的金融中心之一。

二十多年过去了，她现在和我们虽然远隔千山万水，但入学时带我去宿舍的情景仿佛就在昨天，她在晚会上那爽朗的笑声犹在耳旁回响。

徐翔：江南姑娘成了大学校长

我们班的五朵金花，有四位入学前家在北京市，只有一位家在外地，她就是徐翔，一个来自江南水乡的姑娘，入学前是南京港务管理处五作业区工人，当时是车工，主要搞机械维修工作。入学后她也分在我们第四组，这样，我们班的五朵金花，我们组就占了两位。

入学后不久，有一次我们组在红三楼宿舍开讨论会。成仿吾校长来西郊校园视察工作，看望新入学的同学们。当成老来到我们宿舍时，校报记者拍摄下非常珍贵的那一瞬间，照片登在当时的中国人民大学校报上。成老和我们在一起，徐翔就坐在成老的身边，成老对刚踏入校门的新生寄予殷切的期望。徐翔可能也没想到，许

1978年10月，我们七八级农经系第4组的同学正在宿舍开小组讨论会，成仿吾校长来到我们中间。左二为成校长，左三为徐翔，左四为黄西谊。(赵荣超供图)

多年后她也会成长为一名大学校长。

大二春季的一个星期天，我们组的同学骑着自行车，带着铝锅，到樱桃沟野炊。我们的网兜里装着蔬菜、粉条、香肠、豆腐干、调料等，在春风里来到大自然中。男同学捡来柴禾，在铝锅里盛上樱桃沟的泉水，用三块石头支起铝锅生着火，徐翔在清清的泉水中洗净蔬菜，在饭盒盖内切好香肠、豆腐干，在锅里勾好粉芡，该下锅的都适时下锅，加入多种调料，很快就做出了一锅颇具江南风味的青菜香肠豆腐汤来。

我们吃着面包喝着汤，好像从来没有吃过这么香的美味佳肴，觉得再没有比这更鲜美可口了。这次野炊，徐翔同学初显身手，她的厨艺出人意料的好。

徐翔是位聪慧文静的姑娘，不仅勤于思考，而且善于读书，同学们好像没见她花费多少时间，但学习效率极高，学习成绩极好。在一次英语比赛中，她取得了全校第二名的好成绩，学校还奖给她一本英汉辞典呢。

大学毕业后，徐翔和我们班来自安徽怀远县的王凯同学，双双考取南京农学院（后改为南京农业大学）农经系的研究生，这是我们班中唯一恋爱成功的一对，后来这两个相爱的同学结婚了，一同在南京农学院任教，在教学和科研的领域里比翼双飞。

王凯曾到国外深造，完成博士生的学业，回国后继续任教，现已是知名的博士生导师了。徐翔从南京农大的普通教师、教研室主任、系主任、经贸学院院长，一步步走过来，现在已是南京农大副校长，成为一位知名的学者、博士生导师和高校管理者。

赵萍：辛勤耕耘在人大校园里

赵萍入学前是北京帆布厂工人。大学时，我们虽然不在一个组，但她却给我留下了深刻的印象。她是一位优秀的共青团员，积极参加班级活动，热心帮助同学。她的功课很好，特别是高等数学，没有什么题可以难住她，在我眼里，她是一个数学奇才。经常有同学向她请教数学问题，她总是耐心地给同学解答，我也是其中一个受益者，她给我讲解数学难题的情景，现在还历历在目。

七八级新生入学时，学校房子紧张，北京同学没有安排宿舍，全部是走读，风里雨里骑着自行车来上学。赵萍根据北京同学的走读生活和我们班的一些校园故事，编过一个演唱节目，她和我们班的女同学在文艺晚会上演唱得非常精彩。

“春天里来百花开，自行车铃儿响叮当，走读生活好风光，没宿舍也要把学上，也要到课堂，哪怕老天玩那鬼花样……”

“夏季里来好太阳，好太阳来当头照，找到咱们的‘牛皮王’，自称力气世无双，掰手腕子战果真辉煌，输给了小姑娘……”

“秋季里来秋风爽，戒烟运动好兴旺，夸一夸戒烟先锋将，冬去春来知多久，决心书写了八百张，空炮放得响……”

“冬季里来梅花放，今年梅花格外香，不信你问问朱班长，你看他脸上放红光，一天到晚喜洋洋，原来他要当新郎……”

赵萍编写的这个演唱节目朴实生动，而且很风趣，非常生活化，使我至今难忘。

大学时期的赵萍，是一个具有学者潜质和风度的人，一个踏踏实实做学问的人。她很勤奋，潜心读书，认真思考，在科学的路上不断求索。

大学毕业后，赵萍考取了人大农经系的研究生，师从张象枢老师。完成研究生学业后，她留校任教，辛勤地耕耘在人大校园里，现在在工商管理学院，工作在教学第一线，除给本科生上课外，还带出了一批批优秀的研究生，她现在已是知名的博士生导师了。

毕业二十余年来，我们班举行过五次聚会，几乎每次都会见到她的身影。她无论多么忙，都会赶过来和同学们相聚。

单红：年龄最小的她成了澳大利亚的国家公务员

我们班的五朵金花中，单红的年龄最小，入学前她是昌平县（今昌平区）阳坊公社的知青，父母在北京地质学院工作，家庭环境的熏陶和知青生活的磨炼，使她不仅聪颖活泼，性格开朗，而且非常坚强，很有毅力。

单红不仅学习好，而且喜欢文体活动，歌也唱得特别好，很有韵味。1981年春，我们班举行集体活动，去潭柘寺春游。她在游人中发现了歌唱家李光羲夫妇，就走过去和两位老师交谈，请教音乐方面的问题。她和我们班的金花们，还与李光羲夫妇合影留念呢。

就在那一天，我们班离开潭柘寺，又去到西山八大处风景区，在那里，有同学拍摄下一张我们班珍贵的集体照，五朵金花尽在其中。

我们班的女同胞只有五位，却撑起我们班的半边天，这不是一句套话，确是如此。前面谈到班长赵荣超编写的小品，剧中三个角色，女同胞扮演的就有两个。范剑平演父亲，黄西谊扮演母亲，而考上人民大学，向父母报喜讯的女儿，就是单红扮演的。

舞台上，她那逼真而又朴实的神态，活脱脱就是剧中的那个活泼可爱的小姑娘，把剧中人考上人民大学后的喜悦、激动，向父母感恩的情景，表现得活灵活现，令人叫绝。

大学毕业后，单红被分配到农业部农垦局财务处工作。她结婚后，和爱人到国外发展，现定居在澳大利亚的首都——有“大洋洲花园”之称的堪培拉，在联邦政府的农业与资源经济管理部门工作。

2002年，我们班毕业20年后再相聚，在北京听她讲述了出国后艰苦奋斗的经历：先是打工，做家教，还做过清洁工等多种工作，她一方面过语言关，适应异国的生存环境，同时又充实和提高农业经济管理诸方面的专业知识，并与当地农牧渔业生产的实际情况相结合，最终实现了自己的愿望，进入国家机关，成为澳大利亚联邦政府的工作人员。

单红在政府机关中，对自己所负责的那份工作兢兢业业，在家庭生活中，对孩子的教育也很有自己的想法。她带女儿回北京探亲期间，为了让女儿亲身体验国内同龄人的学校生活，她和一所学校联系后，让女儿到学校里与学生们一起听课和参加课外活动，她还与学校方面就国内和国外教育中的一些问题进行交流，当时北京的报纸还做过报道，登过照片呢。

陈克：她曾随同朱镕基总理去河南

陈克考入人民大学以前，就已是中共党员，她在革命圣地延安插队，度过了三年难忘的岁月。别看她年纪小，可在艰苦的生活中很快就磨炼出来了，不仅学会了当地的许多农活，而且干得有模有样，受到当地乡亲们的称赞，还当过村里的妇女队长，和那里的姑娘婶子们相处得很好，她们很听她的话，有话也愿意跟她说。

陈克在大学里不仅学业完成得好，而且非常热心班里的工作，组织能力也很强。经过四年的学习，她以优异的成绩毕业，被分配到国家计委商业外贸计划局工农业产品处。她运用大学里学到的专业知识，把自己分管的那份工作做得有声有色，受到领导和处里同志们的好评。她从办事员到科长、处长，一步一个脚印地向前走。大学毕业 16 年后，我们班同学第一次相聚在母校时，她已是国家计委粮食宏观调控办公室副主任。

朱镕基总理在职期间，国家面临粮食购销体制改革，农村曾一度出现卖粮难，有些粮食收购站压级压价，粮食收购时断时续，农民卖粮排长队。朱总理到产粮大省河南考察和调研，国家有关部委的同志随同前往，其中就有时任国家计委粮食调控办副主任的陈克。

陈克在国家粮食购销体制改革中，很用心地去做好自己分管的那份工作，尽了自己应尽的职责，做出了一定的业绩。随着国家粮食购销体制改革的进行，国家决定成立中国储备粮管理总公司，陈克出任中储粮副总经理。她从一个曾在延安插队的知青，成长为一个中储粮的管理者，走过了漫长的历程，而其中人民大学的那段学习生活，则有着难以估量的重要作用。

回忆起我们班的女同胞们，一张张亲切而熟悉的面孔，在我的脑海里更加清晰了。昔日五朵金花，今朝竞相开放在祖国大地和异国他乡，四季飘香，更加芬芳。

同窗好友王小波

| 刘晓阳 |

后死者的不幸是因知己都已经先其而死，后代对其一生，尤其是前半生，所知甚少，故写不出好的吊祭文章来。先死者则比较容易获得好祭文。诸葛亮吊周瑜那样的好文章，孔明自己是无福享有了。我有幸认识王小波，并知道他的文笔好，而他是我师弟，按理说，后生后死，他应该后我而死，故曾约他在我死后给我烧祭一篇好悼文。没想到他却先我而亡，只好由我这师兄来给师弟写回忆文章了。

第一个王小波

王小波写过一篇杂文《智慧与国学》。文章的开头说道："我有一位朋友在内蒙古插过队，他告诉我说，草原上绝不能有驴。假如有了的话，所有的马群都要'炸'掉。原因是这样的：那个来自内地的，长耳朵的善良动物来到草原上，看到了马群，以为见到了表亲，快乐地奔了过去；而草原上的马没见过这种东西，以为来了魔鬼，被吓得一哄而散。于是一方急于认表亲，一方急于躲鬼，都要跑到累死了才算。"

小波说的这位朋友就是我。我也是"老三届"的。在内蒙古时，我们公社还有一位知青叫王小波。我刚听到这名字就觉得耳熟。因为王小波是北宋农民起义军首领，历史课上讲过的。

我们公社的王小波中上等身材，瘦瘦的，面皮白皙，长得很清秀，人也聪明，是一位聊天好手。后来开始了"推荐工农兵学员"，福星忽然照耀到了他的头上，他被推荐去上大学。临行前在公社为他饯行。席间，王小波多喝了点酒，脸上白里透红，煞是好看，就如旧小说里形容的那样：“面如傅粉，唇若涂朱。”我们举杯祝贺王小波荣升，不料他却说他知道自己是因为出身好才被选中。这年头推荐也不凭才，并不以此为荣。这回去了一定好好念书，就是说他白专也在所不惜。这话虽说逆了我们的祝词，但我们这些“孙山学会”(取名落孙山之意)会员却听得颇顺耳。

后来我没再和王小波联系过，只听说他在搞模糊数学，而我却总是“扫帚星”当头，上大学的梦一再破灭。王小波早就毕业好多年了，我还在年复一年地当老童生。直到1978年深秋，上面改变了以家庭出身推荐上大学的做法，我才“范进中举”。

第二个王小波

我被分配到了中国人民大学贸易系商品学专业。上第一节课点名时，听到一个熟悉的名字“王小波”。我顺着答应的声音望去，原来这不是我的“插友”。这位王小波不但面无傅粉，唇未涂朱，而且脸色黑黄，嘴唇发紫，上身颇长，坐在凳子上，比他身旁的班长高出一大截。这人的相貌和他的姓名很不相称。在我的印象中，“王小波”三个字，就应该和“唇红齿白”的清秀小生联系在一起。从他的长相看，大约是“口里口外，刀子板带”一类到城根、河沿约架的爷们儿，心想以后还得提防着点。

下课后，因为初次见面，大家都故作矜持。我独自一人走出教室，站在外边点起一根烟。那位姓名和相貌极不相称的王小波也掏出烟来，好像没有找到火柴，于是很腼腆地跟我借了个火。看来此人不像恶人。我俩站在一起，身材竟是一般高。

后来同学之间渐渐地熟了才发现，这位王小波不但不是恶人，简直是我认识的朋友里首屈一指的大好人，可见以貌取人是多么靠不住。从此，我心目中的“王小波”三字，就不再和白面小生联系在一起，而是和这个脸色虽黑，却表情丰富，嘴唇虽紫却妙语连珠的形象联系在一起。

我们两人后来越聊越投机，竟成了最要好的朋友。经常是温着半截功课，忽然来了烟瘾，我们俩就互相招呼一下，一起到操场上去散步抽烟，互相说些有趣的事。他讲云南，我讲内蒙古，风土人情，荤素笑话，什么都有。小波那篇杂文开头讲的

“叫驴之过冀北之野，而马群遂崩”，就是我讲给他的。他讲在街道工厂时的师傅有句口头禅：“子曰，完蛋操也。”他这位师傅老想请病假，症状是：“看天蓝色，看地土色，蹲在茅坑上什么都不想吃。”

这些故事后来都入了他的杂文，令读者捧腹。从小波嘴里听到的他的这位师傅，已经不亚于鲁迅的那篇《我的师傅》了。和小波在一起的时候，每逢遇到败兴的事，他总是笑眯眯地来句“子曰，完蛋操也”。

书

小波在《思维的乐趣》里提到他们下乡时没有书读的痛苦，我们在下乡时也有极度缺书读的饥渴感，竟把《赤脚医生手册》翻得稀烂。小波在乡下时，知青被军代表管着，“假如知青看书被他们看到了，就是一场灾难，甚至‘迅鲁著’的书也不成”。

我下乡的队里有位旧世家出身的知青带了部线装的木版《红楼梦》和一部同样老旧的《三国演义》，都是一碰就酥的脆纸，纸黄得不得了，也没有标点符号。结果被军代表发现没收，一把投入灶火里给烧了。这套比脂砚斋本相差不远的祖传古版《红楼梦》，全世界总共没有几套，全是各国图书博物馆里的珍藏，谁料竟在蒙古包里被当牛粪干用了。

上大学以后，国家百废待兴，“天下作家一浩然”的出版局面渐次被打破。我们就像杰克·伦敦《热爱生命》里那个刚被营救起来、饿疯了的生还者不顾一切地寻找和藏匿食物一样，也如饥似渴地到各处搜寻可读的书。每个周末回到宿舍，都带回一捆捆刚买的书。宿舍里放了几个书架，摆的全是书，其中我买的最多。

小波文章中提到的奥威尔的《1984 年》和小赫胥黎的《奇妙的新世界》就是我从外文出版社买来的过期处理的旧编译参考资料。小波看完了《1984 年》后告诉我，他见过一份统计资料，说此书预言的一百多件事情，到那时绝大部分已经实现。换句话说，至少到 1980 年，这本书就已经不再是预言，而是历史了。

我和小波的共同爱好是读野路子书和读书路子野。我发现商务印书馆有一套由著名外国科学家写的非专业杂谈，比如马克斯·波恩的《我这一代的物理学》，海森堡的《物理学和哲学》，尼尔斯·玻尔的《原子物理学和人类知识论文集》，冯·诺依曼的《计算机和人脑》，赖欣巴哈的《科学哲学的兴起》等。作者要么是著名的科学哲学家，要么是诺贝尔科学奖项的获得者或者各学科大师。

这套书从20世纪50年代开始，断断续续地一直出到现在，才仅出了很有限的几本，而且印数非常少。我把那时出过的这套书从新旧书摊上差不多都找全了。小波看了以后跟我说，读这种成功大科学家回过头来写的人文哲学书，才最可信和最有教益。

找书、借书、买书、读书、聊书，成了我们大学生活的一大部分内容。记得一次物理化学考试的前一天，小波拿着一本傅献彩著的《物理化学》上册要回家去读。我惊奇地问他："还来得及吗？"他说："没事。"第二天他回到宿舍，从书包里掏出来的那本《物理化学》的封面和封底已经缩成海带似的油黑的两卷。我问小波："看完了吗？"他说："看完了。"

《物理化学》不是小说，傅献彩写的那本又不是简易本。这家伙竟然一天读完。我问过小波读书的速度。他说自己测过，是常人速度的七倍。我读书也算快的了，不过常人速度的两倍而已。但书在小波手里，折旧破损的速度更超过常人七倍。

婚 事

上大学之前，我们都经历过"文革"、下乡、待业、进工厂，婚事都耽误了。我和小波虽好，但互相都不打听对方的私事。我看小波那副无忧无虑的样子，大概和我情况差不多。有一天我们俩一起骑车进城，路过百万庄附近一个机关大院的门口，他忽然有点不好意思地说，要进去找个人。我也没当回事，就自己骑车回家了。没多久，听班上同学说小波有个女朋友，就是在那个大院里工作并经常在报上发表文章的李银河。

忽然，一天早晨，同学们传说小波结婚了。我很惊奇，事先一点消息都没有，在校门口附近遇见小波，问他这话可当得真，小波咧开大嘴，有点不好意思地笑了

王小波（左）和李银河

笑，掏出几块糖塞给我。我则笑着问他："如意君安乐否？"这是《警世通言·王安石三难苏学士》里的典故。再见到李银河时，她说，"你把我们俩全骂了"。我赶紧道对不起。

小波不事张扬的婚礼提供了一个良好的榜样。不久我也学他的样子悄然结婚。我和老婆曾在一起插队，她也是李银河的中学校友。那天我们刚从婚礼上回家，正好小波来找我。因为我事先谁也没告诉，让小波吃了一惊。我请他进来坐会儿。他看有亲戚在旁，只坐了一下就站起来要走。我还想拦他，不料他悄悄跟我说，看我结婚太忙，我们一起做的课题论文草稿该我誊抄的那部分，他想拿去帮我抄。

小波真是好哥们，帮人就帮在点子上。这不就是"刀兵点水工"的诨号"及时雨"吗？婚者昏也，我也没推辞，就把草稿给了他。

写 作

就在小波结婚后不久，班上同学又传说小波发表了一篇小说。我见到小波问他是否真有其事，他只好承认。我请他拿来看看。过了几天，他才有点不好意思地塞给我一本《丑小鸭》。小波的小说刊登在上面，题目是"地久天长"。小说讲的是"我"和另一位有点书呆子气的男知青，还有一位女知青一起在乡下干活时的真挚友情，互相之间丝毫没有三角恋爱式的“邪念”。后来那位女知青突患脑病去世。“我”和“他”就把“她”留下的书分了一下，各自离开。

我把小波的小说拿回家给父亲看。父亲看罢笑着说小波是在歌颂柏拉图式的精神恋爱。我倒没有觉得小说里有那位贤哲式的爱情，不过我非常欣赏这篇小说的题目“地久天长”。因为我们下乡时唱过一首歌，《小松树》。歌词最后是这样的：

小松树啊，你可曾记得，
我们的心在激烈地跳荡。
亲爱的朋友我的好兄弟，
愿我们的友谊地久天长。

小说题目一下子就勾起我对当年知青之间少年纯情的回忆，这才知道王小波把交朋友当作人生第一件大事来抓。

我也看《说唐》《水浒传》走火入魔，平生所喜的是“三十六友反登州”和“一百单八将排座次”。“小孟尝”秦叔宝和“及时雨”宋公明那份江湖上闻风拜倒的名头，真是令人生羡。后来小波在他的《黄金时代》里写道：“在我看来，义气就是江湖好汉的那种伟大友谊。水浒中的豪杰们，杀人放火的事是家常便饭，可一听说‘及时雨’的大名，立即倒身便拜。我也像那些草莽英雄，什么都不信，唯一不能违背的就是义气。只要你是我的朋友，哪怕你十恶不赦，为天地所不容，我也要站到你身边。”这话我已经在《地久天长》里看出端倪了。

不久后又听同学说起小波在《读书》上发表文章了。我还是去“质问”小波，他还是有点不好意思地承认。这回他写的是书评，评论海明威的《老人与海》，文章不长，没什么废话。我们那时候读书是先看文学史和文学评论，中国的外国的都看，目的是知道哪些书是“文学史上有名的书”，然后照单搜寻。

启迪智慧的人

小波在《思维的乐趣》里说：“我在大学里遇到了把知识当作幸福来传授的数

学教师，他使学习数学变成了一种乐趣。我遇到了启迪我智慧的人。”他所指的，就是我们的业师朱先生。

朱老师毕业于北大物理系，因受家庭出身太好之累，一毕业就被空军要去，在航校教了半辈子高等数学，一直没有搞成他喜爱的物理，“文化大革命”后调来这所大学。朱老师非常会讲，课间我们还常围着朱老师聊天。我和小波曾经问过朱老师这样的怪问题，很多学生学不好数学，您说究竟是学生笨呢，还是老师笨？朱老师明确地回答，是老师笨。只要会讲，差不多的学生都能学会。

数学课结束后，我们班每有聚会或者郊游，总不忘邀请朱老师参加。朱老师念我们的好意，特地给我们额外讲了一堂狭义相对论。他在课堂上说：“狭义相对论的主要公式是洛伦兹变换。现在一般书上的洛伦兹变换都是用数学分析推导的。今天我给你们换一种方法，用线性代数来推导。”于是一手秀丽的粉笔字平展在黑板上，把震惊当世的相对论讲得简单明了，一直推导出 $E=mc^2$ 的爱因斯坦质能方程。

朱老师给我们讲的概率论超过了我们专业教学大纲的范围，教到马尔可夫链。朱老师告诉我们说，马尔可夫链以前算概率论，从马尔可夫链开始算随机过程。回想起在大学学过的功课，就属朱老师教的有用。

朱老师到那时还没放弃他心爱的物理。有一天，他告诉我们在《潜科学》杂志上发表了一篇有关相对论尺钟分析的论文。我赶紧到书摊上买来，大家传着看。我们谁也不怀疑业师的数理分析功力。可惜爱因斯坦在中国是被当作和雷锋一样的榜样来用的。等像朱老师这样的人士真问到相对论时，又像小波在《智慧与国学》里举例说到的那两位质问欧几里得几何学能带来什么好处的学生和质问法拉第电磁感应有什么用的贵夫人一样，又该受到中国传统思维“器物之用”式的质问了。朱老师的论文也就到此为止。

小波在他的文章里说：“我认为在器物的背后，是人的方法和技能，在方法和技能的背后是人对自然的了解，在人对自然了解的背后，是人类了解现在、过去与未来的万丈雄心。”这话所指应该是包括朱老师在内的。他在课堂上给小波和我，给全班同学启迪出来的科学和理性的思维方式，让我们受用终生。

毕业后我被再度分配进工厂，小波去了分校。不久，我们俩的夫人都出国留学去了。我和小波自然就成了她们“老哈”(husband) 协会的留守会员。

两位老婆一走，我和小波又重新过起了光棍汉的日子。我得坐班，小波当教师可以不用坐班，就不时来厂里找我，有时还顺便在我们厂的浴室里洗个澡。后来我办公室的同事全都认识他了。这种日子过了整整两年，我们俩才双双出国去寻老婆。

《1984 年》

终于迎来了 1984 年。整个上半年我和小波都在忙联系出国的事。我们俩三天两头见面，互通声息。那时的出国政策是大学毕业后至少服务两年才能申请，也还没允许夫妻二人同时出国，但政策时紧时松。我和小波都在到处打听。年前小波忽然得到消息，允许伴读的文件批下来了，他赶快告诉我，然而国内这边有了着落，还要等国外那边的消息。又是小半年过去了，忽然福星光临到我们头上，俩人都拿到了老婆所在学校的入学许可，于是开始办理出国手续。

护照拿到了，然后是签证。我和小波对签证心里都没谱，还是决定先侦察一下“地形”吧。美国驻华领事馆门前常围着好多人。据说一旦被拒签，就要在护照上做个记号，很长时间之内不得再次申请。所以很多人在门外打探消息，如果里面的签证官员手比较松，就赶紧去签。如果手紧的话，就躲着点。

侦察好的第二天上午，我和小波一起走进领馆，只见一排排椅子上坐满了人。椅子阵旁边有一行人在排队。我们打听清楚后，也排在队伍后边。前面的队伍在逐渐缩短，眼看就要轮到我们了，这才忽然感到万一惨遭拒签的恐怖。我们俩互相推诿着让对方去“蹚地雷”。终于还是小波心眼好，发一声狠道“是福不是祸，是祸躲不过”，在我前边打头阵去了。

我们俩的英语都不行，头天晚上刚结结巴巴背了几句临时可能用上的现成句子。不料小波从窗口底下塞进去申请签证的材料，人家连一句英语都不问。一个美国人说着满口中国话，一看我们毕业的学校，随手就批了。我在小波后边也和他一样，顺利签成。小波拿着签证在门口等我。我们俩这才松了一口气。

刚走出领馆没多远，又停在那里：下一步该干什么呀？我们想了想，觉得应该是买飞机票和置办行装。咱们好歹也算是中国出去的留学生，国家伟大的体面还得靠咱们维持呢。于是商定好一个日子，一起去采购。

采购那几天，我们俩到处看服装。谁知买书我是行家，买服装可是外行。那时刚刚改革开放，厂家盯住年轻姑娘的钱包，到处都是花里胡哨的女式服装，可就没我们大男人合适的衣服。更何况我和小波都身高一米八四，都穿 44 码大鞋。我们俩四只大平足在马路上来回遛得踝子骨生疼了，满街的服装店硬是还买不到一件合适的衣服。

我和小波走一处生一处气，最后忽然想到，实在没法，只好到利生体育用品商店去买运动服装，兴许还有大号的，因为运动员还是个子高的多。果然不出所料，利生有大号的。于是两人各买一身，权充出国的行头，也顾不得太多形象了。

那时还没有几家外国航空公司飞北京航线。我们又没钱，只能乘坐中国民航的飞机。民航每周只单日飞美国，而且降纽约的不降旧金山，降旧金山的不降纽约。小波要去东部的匹兹堡，在纽约转机。我则去中西部的一所大学，要在旧金山转机。这回我和小波可真要分手了。想起我们在一起整整六年的“海聊”，特别是最后这两年一起过的“老哈协会”的日子，真是舍不得。本来还想着同乘一架飞机，怎么也能再多聊十来个小时，没想到航空公司的航班这么不近人情。凭什么不能先降旧金山再降纽约？

我们是八月中旬走的。小波的机票是星期三，我的是星期五。小波走那天我去送他，顺便侦察一下机场地形。那天上午天很阴，非常闷热。小波的飞机起飞后，我和一同送他的他母亲还有大姐刚走出候机厅不远，忽然惊天动地一声，天上打了个极响的炸雷，吓得他姐姐大叫一声，一头钻进他妈妈的怀抱。我当时也是心头猛然一震，生怕小波乘坐的飞机遭到雷击。回到家里提心吊胆了一整天，直到晚上看电视新闻，见没发生什么事才算放心。

我到达美国后的第一件事就是赶紧给小波打了个长途电话报平安，并问小波听见那声炸雷没有。小波说，没有啊。原来他那架飞机已经飞出低空云层很远了。

我休息了两天后就去研究生院报到。走过街头的几家书店时发现，橱窗里都摆着奥威尔的《1984 年》。

地久天长

在草原时唱过一首歌，《动荡的青春》。歌词里有这样的句子：

时刻挂在我们的心上，
是一个平凡的愿望。
愿亲爱的家乡美好，
愿祖国万年长。
听风雪在喧嚷，
看流星在飞翔。
我的心在向我呼唤，
去动荡的远方……

当年小波去了云南，我去了内蒙古。后来两个不安分的灵魂在大学里相遇相识。这一回，激烈跳荡的心再度呼唤我们去更遥远、更动荡的远方。两个不安分的灵魂又各奔东西，动荡的青春依旧。

今后的路怎么走？谁也说不清。

我心里想着：亲爱的小波，我的好兄弟。愿我们的友谊地久天长。

最后的电子邮件

美国东部时间 1997 年 4 月 10 日早晨，我照常来到办公室里，打开计算机，找到老同学王小波给我发来的电子邮件。一个多月来，这是每天上班最令我兴奋的事。

王小波的电子邮件发自 4 月 10 日星期四上午 7：11：38，到达我这里的时间是 4 月 9 日星期三下午 19：13：17。美国东部时间和北京时间差 12 个小时的时差。小波的电子邮件是告诉我最近他又要出一本杂文集。

晓阳：我正在出一本杂文集，名为《沉默的大多数》。大体意思是说：自从我辈成人以来，所见到的一切全是颠倒着的。在一个喧嚣的话语圈下面，始终有个沉默的大多数。既然精神原子弹在一颗又一颗地炸着，哪里有我们说话的份？但我辈现在开始说话，以前说过的一切和我们都无关系——总而言之，是个一刀两断的意思。千里之行始于足下，中国要有自由派，就从我辈开始。是不是太狂了？

——小波敬上

小波给我的信永远都是在开玩笑，我也随手回了他一封电子邮件。美国东部时间是 4 月 10 日上午，北京时间应该是 4 月 10 日深夜。

小波：你好！来信收到，中国的自由派始于足下实在不狂。只是你的杂文集如何能捎给我呢？有多少篇？网上传得过来吗？

第二天星期五早晨，我仍然满怀期望地打开计算机寻找小波的电子邮件，奇怪，竟然没有！或许这家伙又到别处玩去了。星期六和星期日虽不用上班，但这两天我都特意到办公室去查看小波的电子邮件，可是毫无音信。星期一，电子邮件仍没有。星期二还是没有。

小波不是个随便对待朋友的人，他无论如何会给我发几个字过来，以免我的盼望。我们是太老的朋友，又天各一方，太久没有痛快聊天了。借助电子计算机的网络技术，我们刚刚发现一个可以隔着地球聊天的办法，怎么他那边又忽然中断了呢？难不成出了什么意外？

我有点慌乱，于是又发了一个简短的电子邮件过去询问。时间是 4 月 15 日星期二上午 10：26：47。

小波：如何数日不见音信？莫不是出了什么事？甚念！

第二天星期三到办公室发现还是没有音信，晚上回到家里忧心忡忡地刚准备上床，忽然接到另一老同学李悦打来的越洋电话，我急着问小波怎么样了。不料，他劈头告诉我一个惊人的噩耗，王小波猝然去世！

这消息如五雷轰顶，把我震呆了。我盼了近一个星期的电子邮件，竟然得来的是如此噩耗！李悦拖着哭腔告诉了我小波猝死的时间，就是在他发给我最后一个电子邮件的当天晚上。他连我发回给他的"中国的自由派始于足下实在不狂"都没来得及看到——他在顺义住处的计算机尚未联网。

我实在抑制不住这锥心刺骨之痛，大哭了起来。就在小波明言"我辈现在开始说话"之后，从此再也接收不到他的信息了。"难道天公，还箝恨口，不许长吁一两声！"

王小波之墓

1998 年春节过后不久，忽然接到继母去世的噩耗，便赶紧请了两个星期的急假回国奔丧。办完丧事，我才抽空和小波遗孀李银河联系去看小波墓。自从上次匹兹堡分别，已经整整十年没见过李银河了。

那还是在 1988 年，我开车从美国中西部的明尼苏达去东部的美国首都华盛顿地区看望正在马里兰大学读博士后的妻子，匹兹堡正好在经过的路上。事前我给小波打了个电话，正好李银河要博士论文答辩。她听说我要来，特别高兴，让我把小波拉走，她好能静下心来准备。

我当时刚买了一辆新车，晚上才赶到匹兹堡。第二天小波就坐着我的车一起开往马里兰。我还清楚地记得，李银河送走我们时，叮嘱我千万不要让小波开车。因为小波出过车祸，撞了公路上设置的障碍物，总让李银河不放心。

宾夕法尼亚的山间公路蜿蜒曲折，我们聊了一路，那时小波已经拿到硕士学位，准备等李银河拿到博士学位就回国。在这段时间里，正好搭我的车到华盛顿一游。如今当年的新车已经是老车了，但仍在我手里开着，而搭乘过此车的老朋友王小波却已作古经年。

我们在华盛顿足足玩了一个星期。李银河在这期间通过了博士论文答辩。然后我又开车把小波送回匹兹堡家中，自己返回明尼苏达。从那以后，我就再也没有见过李银河。

去看小波墓的那一天是 3 月 6 日，李银河坐朋友的车来接我，又经过人民大学门口接上我们当年的班长，就上了北京到昌平的公路。我们一路向北开到沙河，再向西拐上一条乡间公路，又开了挺长一段，路的右侧出现了一条河。虽然是早春天气，河边的垂柳已经发青，河水荡着微波，缓缓流去，逝者如斯。这里毕竟距离北京的现代化建设很远了，受到的污染不是很严重。我们沿河开了一会儿，过了一座桥，在彼岸又沿河走了一小段，路就与河分开，向西直奔佛山公墓。

公墓的大门是一座大牌坊，上书“佛山陵园”四个大字。整个公墓坐落在一个西山余脉延伸出来的终端上。进入公墓大门，左边是平滩，右边陡立起来的山坡上就是墓地。密密麻麻一片白色的碑林错落有致地布满整个山坡。这是一座石头山，无法耕种，用来做墓地正其宜也。再朝纵深望去，公墓尽头处的大石头山坡上刻着个极大的“佛”字。佛山公墓即以此得名。

一进公墓大门，就看见小波墓在右侧半山腰上。小波墓与众不同，没立任何石碑，而是选了一块非常大的花岗岩，在岩石下部凿出一个洞穴安放小波的骨灰。洞口再用一块四方石板砌上。花岗岩未加任何修饰，只在距离地面一米多高处刻了五个绿色的大字和生卒年：“王小波之墓 1952—1997”。每个字有一尺半见方，笔法苍劲，出自书法家曾辉之手。

整个坟墓给人一种不修边幅、粗犷雄浑的感觉，颇类小波生前气质。小波墓坐北朝南，地势较高，眼界开阔；左前方一马平川，若无空气污染，当可望达京师；右前方是另一支西山余脉环抱过来，风景绝佳。小波身后能有此墓地，端赖李银河及北京好友们费心尽力。

李银河在墓前培了一些土，准备开春栽树。我们在墓前拍了几张照片，徘徊良久后方才离去。李银河给了我一套刚出版的小波遗作——《黑铁时代》和《地久天长》，印刷得很精美。小波短寿，虽然他的作品集印出来有六大本（即包含《黄金时代》《白银时代》《青铜时代》《黑铁时代》的“四大时代”，《地久天长》和杂文集《沉默的大多数》）了，但毕竟只留下了这六部著作，天若假年，还不知有多少机智诙谐的笑话从他的计算机键盘上源源不断地流将出来。

古语云：“五十而死不为夭。”小波死时尚不足四十五岁，以如此才情，而阳寿不永，不由人不扼腕。小波太有灵性了，连老天也妒其才而夺其寿。想到和小波哥们儿一场，从此天人两绝，能不悲哉？

王小波，一个正常的平常人

网上多次有人邀请我写王小波，但我不能细写。第一是没有得到李银河首肯。第二是王小波本性就不喜欢溢美，但也非“我是流氓我怕谁”。

我若把他说好了或说坏了都不行，将来地下无颜见师弟。

简单说吧，王小波就是一个绝对正常的人，比我还正常。他不卑也不亢，不上进也不落后；不玩世不恭，也不道貌岸然；不追求阳春白雪，也不追求下里巴人。总之，就是一个再正常不过的人。

现在的问题是，中国经历过数千年三纲五常、千年科举等的教育，所有人都变得有些不正常了，所以看到王小波这样的正常人反而觉得不正常。

在美国心理学系的课堂上，教授会告诫学生：“不正常的人是正常的，正常的人才是不正常的。”足见正常人的数量之少。这从当时中国全民积极参加“文化大革命”就不难看出。而王小波恰恰属于这不正常的稀有正常人之列。

嫉妒王小波的人如方舟子、王怡、余杰都刻意贬低他，而另有一些“追星族”崇拜他。最近我回国才知道，居然有文学博士生做王小波的论文，还专门到我们当年的东风二楼 235 号宿舍去凭吊。因为原子量为 235 的金属铀同位素是最好的原子弹材料，故我们宿舍的门牌 235 号前面被写上了一个大大的“U”字，成了 U-235。

对于溢美王小波的人，作为兄长的我当然感谢了，但他们所说的也并非我那位真实的同门师弟。至于贬低他的，其实不外乎嫉妒他而已。小波文章在，天下后世自然会有人对比着细读，不难看出这些人的心态。王小波的文章肯定能传世，而那些贬损他的人及其文章却未必都能传世。

我与王小波之间的交往讲到底还是"默契"两字。我的话说一半，不管是玩笑，还是用典，他都知道我后一半要说什么。反之亦然。

大学毕业时，大家都怕分配到外地。我也曾遭辅导员动员，但我说："上一遭我服从分配去当了'抗战八年'的知青，这一遭无论如何轮不到我了。你们要是非分配我去外地也行，我就辞职还回去插队，然后再办'困退'。"辅导员这才作罢。

一天，在校门口集合时，同学们都在嘀咕分配的事，我便指着同学说："尔等出仕，皆可为刺史、州牧。"

小波正在我身边，立刻转过脸来故作惊讶地问我："那你呢？"

我笑着回答说："管乐耳。"

小波转向同学们大喊："这家伙自比诸葛亮了。"

我一看被他说破了，便当即改嘴说："哪里，哪里。我说的是管弦乐那个'管乐'。我只想分配去伯尔尼专利局当小职员，审查铜管乐器的专利申请。"

小波又转向同学大喊："这家伙自比爱因斯坦了。"

总之，我们之间经常这样开玩笑。

小波其貌不扬，为人有点羞怯，从不絮絮叨叨；聪明绝顶而又不显山不露水，随其自然。小波也会说损话，而且一针见血，但从不伤人。他刻薄别人最常用的两个词一个是"假天真"，另一个是"一惊一乍的"。

大概就是这样。王小波是一个正常的、满嘴笑话的平常人。

（本文选自中国人民大学七七、七八级校友联谊会编：《七七八八集：中国人民大学七七、七八级入学三十周年纪念》，北京：中国人民大学出版社，2008年。原文标题为"校园里的王小波"）